日光倾城系列01

许我再次邂逅

Once again, I promise encounter

你眉眸间的淡淡欢喜
是我心头抹不去的温暖记忆。

温可言◎著

人民东方出版传媒
東方出版社

图书在版编目（CIP）数据

许我再次邂逅 / 温可言著. —北京 ：东方出版社，2013
ISBN 978-7-5060-6848-2

Ⅰ.①许… Ⅱ.①温… Ⅲ.①长篇小说－中国－当代
Ⅳ.①I247.5

中国版本图书馆CIP数据核字(2013)第226873号

许我再次邂逅
(XU WO ZAICI XIEHOU)
温可言　著

责任编辑：辛岐波　李　娜
出　　版：东方出版社
发　　行：人民东方出版传媒有限公司
地　　址：北京市东城区朝阳门内大街192号
邮政编码：100010
印　　刷：三河市金泰源印装厂
版　　次：2013年11月第1版
印　　次：2013年11月北京第1次印刷
开　　本：880 毫米×1230 毫米 1/32
印　　张：9
字　　数：239千字
书　　号：ISBN 978-7-5060-6848-2
定　　价：29.80 元
发行电话：（010）65210059 65210060 65210062 65210063

目录
CONTENTS

目录

CONTENTS

CHAPTER 01

如此特别的七夕礼物

她以为的平淡幸福，终究也是这样惨淡收场。
世间繁花如昔，只是你我已各奔东西。

不知道从哪一年开始，农历七月初七这个日子就被人正儿八经地摆上台面，称作中国的情人节。牛郎织女鹊桥相会，人们都挺当回事儿，把这个节过得热火朝天。傅博和周静薏在这一天也过节，只不过送给彼此的礼物是一本离婚证！

拿到手上的时候，两人都仔细地看了一眼，对，是离婚证，没错！

周静薏也问过傅博，怎么好选不选，选了这一天来办手续。

傅博一脸的无辜："有什么办法？那不是我空的时候你忙，你空的时候我忙吗？"

凑巧而已？

周静薏觉得很讽刺。前年的七夕，傅博和她第一次见面。去年的七夕，她和傅博吃过饭闹了一次别扭。因为这个别扭，两人开始了一年的拉锯战，婚礼延迟，酒席退订，新房装修停工！又是一个七夕，他把她领到了当初办理红本本的地方，可惜这次不是满怀憧憬幸福地走入婚姻殿堂，而是分道扬镳。

看着他们的背影消失在婚姻登记处的楼梯口，这边窗口的两个工作人员就开始讨论了。

“今天办的都是结婚登记，就这么一对是离婚，七夕办离婚，是什么创意？”

“我看那女的气质挺好，男的也白白净净，稍微胖了点儿，不过还算蛮有派头。看上去挺相衬的小夫妻，坐在那里，不吵不闹的，怎么就走到了离婚这一步了？”

“现在的年轻人想法都新潮得很，你记得不，前几天来办离婚的那对儿，才登记不到一个礼拜！”

“唉，真是把婚姻当儿戏了！”

这边出了婚姻登记处的大门，傅博立在那里问周静薏：“去哪儿，我送你。”

周静薏回头看着气定神闲的傅博，气儿不打一处来！他真不觉得离婚是件什么大事，就好像是两个人刚去吃了饭还是逛了街似的，跟没事儿人一样的轻松。

“不用，我自己打车走。”

说完，她想起之前的两个结婚证没被收回去，还在自己那里，就唰地拿出来：“这个你处理掉！”

傅博看着那两个红本本有点愣：“放你那里好了，留作纪念。”

还留作纪念呢！周静薏觉得心里一阵堵得慌，但还是强忍下去，冲着傅博灿然一笑：“不是已经有七夕的礼物了吗？还要这纪念做什么！”

她细白光润的手指捏着两本结婚证，一下下用力撕着，直到再也撕不动了，把碎片甩手扔进身边的垃圾筒。

好了，结束了！

她径自坐上出租车走了，独留傅博一人立在婚姻登记处大门口。不过他只是稍稍愣了一会儿，就钻进自己的别克车，往另一个方向驶去。

如同几米那本很出名的漫画《向左走，向右走》，七夕这天，他们终于结束了两个人之间的一切，彼此走向不同的方向。

那会儿拍婚纱照的时候，周静薏看见样照中有一套几米漫画造型，马上一脸灿烂地对着傅博：“我们也拍这么一组《向左走，向右走》好不好？”

当时傅博脸都绿了，咬牙道：“想都别想！还向左走向右走呢，有意思么你！”

那时看着他愤愤的脸，她心里还乐滋滋的。

现在好了，一语成谶。

再回想起从前的一幕幕，周静薏觉得触目惊心！

她的脸色不大好。出租车司机很识相，一般在这个大门口面无表情上车的，估计都是刚离，一时半会儿还适应不过来，所以尽量少搭讪。

开出去好一会儿，她才报了自己公寓的地址。没想到办离婚手续那么快，半个小时的事情就把两年的感情、时间、精力，还有其他乱七八糟的，都三下五除二地做了个了断。

周静薏不想回公司，想到公司里江景耀那张冷漠阴沉的脸，眼神凌厉得好像要在人身上剜个洞似的，就让人咬牙切齿。她才不想在他面前病恹恹的，要出现也是雄赳赳、气昂昂的。

可是刚到自家楼下，江景耀的直线就追过来。

“在哪里？马上回公司！”他总是这样盛气凌人的语气。海归，了不起啊！家财万贯，了不起啊！买下整个远大集团，了不起啊！周静薏心里郁结地想。

但她毕竟还是受过良好教育的高级白领，不会这样真的撕破脸皮和上司挑衅。江景耀在办公室那边只听见她用动听的声音不卑不亢地拒绝着：“江总，我下午是请了假的，现在是我个人支配的时间。”言下之意就是，您甭想一个电话就召我回去。

“请假？”他冷哼一声，“我没看到你的请假申请。”

“杨副总已经批准了我的申请。”周静薏想不明白，明明她的编制是杨涛这边的，只是因为江景耀的总裁助理临时怀孕，才被借用。她两边的工作都要兼顾，这几个月来已经忙得焦头烂额了，现在连请个假，他江景耀都有说辞。

果然江景耀不疾不徐地说："你现在还是我的临时总裁助理，没得到我的批准，擅自请假，现在还不马上回公司？"

周静萱立在灼热的太阳底下，一阵晕眩，好半天才缓过气来。

那边听得这厢没动静："周静萱、周静萱，搞什么？说话啊！"

全身的血嗖地直往脑门撞，也不知哪儿来的勇气，她对着手机大声嚷道："今天我离婚！"

周静萱在公司向来是冷冽淡漠的。无论江景耀多为难她，她都是眉眼淡然，一副不以为意的神情，再棘手的工作也不会推辞。就是那份不示弱，那股子不在乎，越发让江景耀不待见她。可是你说这不待见吧，他还非把她箍在自己眼皮子底下，隔三差五地让她一个人忙得天昏地暗。

她这样带着哭腔大声和他讲话，倒是第一次！

江景耀有点被震住，啪地一声挂掉电话。

本来单为离婚这档子事，周静萱是不会哭的。要哭，也在那一年的拉锯战里哭完了。她只是觉得有点儿气不过，尤其是傅博那一脸的无所谓。这个时候，江景耀还来折腾她，也实在令她一下子有些失控起来。

冲江景耀嚷过之后，她心里反而平静了许多，回到自己的公寓，洗澡睡觉。周静萱已经失眠很多时日了，似乎是从去年七夕傅博开始和她闹别扭，说要分开之后，她就像从幸福的天堂一下子坠落到十八层地狱一般，每天忍受着精神上的煎熬，还有公司里江景耀的折磨，一年下来，人已经憔悴了许多。

然而，这一晚，她却睡了一个好觉。

第二天去上班，周静萱神清气爽。例会的时候，江景耀的目光扫过她，探究地停顿了几秒，又不动声色地收了回去。

她装作没看见，心想丢脸就丢脸了吧！反正都嚷过了，谁还没个情绪失控的时候啊！

杨沫曾经和周静萱这么说过：结婚是需要低调的，而离婚分手是提倡广而告之的。

周静萱觉得在某种意义上，这话还是有些道理的，于是在网上和几个好友先后宣布了消息。

杨沫第一个回过来，一个大大的笑脸："恭喜你获得新生！！！"

朱宜兰的反应是："七夕去离婚，这丫是不是故意的啊？"

游嘉乐的身份有点特殊，他是傅博和周静萱共同的朋友，也是当初撮合他俩的媒人。他曾自诩是媒公，等他们结婚摆酒的时候，得照规矩给十八只蹄髈的。不过在离婚这件事情上，游嘉乐是坚决地站在周静萱这边的："这小子八成是脑子敲坏了！"

看着QQ上头像一个个不停地闪动，她写了一句："还是觉得身心轻松了许多，早上路过凯悦摄影的时候，我还挺开心地想，又可以去拍次婚纱照了！"

她一一复制，贴过去。

杨沫马上回了句："好样的，有前途！"

周静萱笑了笑，关闭对话窗口，下线，开始工作。

失去了婚姻，她还有工作，尤其是这份工作可来不得半点马虎。

远大集团是去年被江氏收购的。旗下旅游、餐饮、酒店全部纳入江氏统一管理，加上江氏本身的房地产、科技、网站等领域，已经是A市首屈一指的上市公司。收购远大成功后，江景耀的大哥江景晖就把国内这摊子事儿交给了留美回来的江景耀打理，自己忙着拓展海外贸易那一块儿去了。

周静萱原先是远大下面一家国际旅游公司的高级主管，在远大被收购后，却一跃成为江氏集团副总助理，这可令不少人匪夷所思！也难怪，周静萱人是长得不错，气质优雅，但是性子有点儿冷，不爱和人主动套近乎，也从不掺和在女同事堆里八卦什么。可是现在这社会，你不八卦别人，不见得就不被人八卦。有些流言还确实不怎么好听。

所以说，女人要在事业上有所成就，长得太难看是不行的，但是长得太好看，似乎也不太行！在公司里，她总是表情冷冷的，和周围的人都保持着那么一份客气的疏离。也只有这样，才能掩饰住内心的伤怀，才能装作听不到那些流言。

偶尔回想起从前在远大时，工作是忙碌和快乐的。曾经的周静薏也会俏皮地笑，做成大单之后还会一脸满足地去和好友大搓一顿。其实她暖暖笑着的时候，真的很迷人。杨沫每次见了都会去捏她的脸颊："好个让人着迷的妖精！就从了俺吧！"

周静薏也会和她逗："不行呢，本姑娘可是许了人家的！唉，恨不相逢未嫁时！"

然后，大伙一阵哄笑。

但是自从傅博提出要分手，她就变得越发伤感沉默。后来江氏接手之后，她转到新的岗位，更是被工作压得麻木了。她几乎忘记了离上一次开怀大笑有多久了。

其实在江景耀接管江氏之前，周静薏是见过他的。

那还是一年多以前，江景晖率队赴欧洲考察，这也是周静薏做成的一宗大单。那次还是周静薏自己做的领队，返回的时候在机场遇见了来接机的江景耀。

那时的江景耀应该是刚刚从国外回来，玉树临风，笑容谦和，和现在简直是天壤之别。周静薏那时对他印象还很不错。哪知后来真的在他手下做事，才发现这人简直是个魔鬼！

他在公司从来不会有笑容，面无表情，好似雕像。你要是说错一句，多一句嘴，锐利的眼神马上唰地扫过来，足以叫你心惊胆战一天！江景耀的车钥匙上有个别致的银器饰品，晃动的时候会发出悦耳的响声。每天这个声音从他的专属电梯那儿响起时，整个楼面霎时安静下来，每个人都立马伏案做事，大气儿都不敢喘一个。

他每天工作时间远不止十二个小时，每天八点早上集团高管例会，晚上是业务会议，这一开常常要到半夜。即便他有应酬，这厢会还是要开，会议内容事后他都要只字不漏地过目。他记忆力超群，任何公司内部系统里的转发文件和报告，连时间都记得一清二楚，你想打个马虎都不行，只能谨小慎微地做好每一件事。

江景耀做事雷厉风行，从不给人留颜面，这也是令集团内人心惴惴的一点。据说他给某分公司老总的批示，对方没有立即执行，三天后马上被停职。连江景晖亲自打招呼，求情说这是一起打江山的老部下也不行。

过完年，江景耀的总裁助理莫欣怀孕保胎。总裁办发通知，将周静薏临时调去时，每个人都很同情她。

整个江氏，估计只有她最可怜了！

给总裁当助理不算，原先的工作还要兼顾。谁都知道这位总裁可是每天只要睡三四个小时，其他时间全部是工作和应酬的。跟着这样的主儿，没一个人能撑很久，原先的分内事还要做好，铁人也不够啊！

杨涛是她之前跟的上司，很随和，上下级之间相处得很默契。杨涛也看出她的性子，很宽厚地待她。刚拿到总裁办通知的时候，他也是一愣："你没得罪过江总吧？"

周静薏摇头，彼时傅博已经提出要和她离婚，连一个理由都没有。

伤心欲绝的时候，来这么一下，正好可以化悲愤为干劲。

等到真正接手了，才从心眼儿里觉得：真不是人干的活儿！

莫欣移交的时候，足足移交了三天，亏得还是全部整理好，一一列清楚的呢。

临走的时候，莫欣不无同情地和周静薏说："撑不下去就早点怀个孩子，这样才有理由离开，不然……"

她没再说下去，周静薏已经听懂了，莫欣这孩子原来是这么要的。等生了孩子回来，这位子总不能再留着等她了吧，去集团里任何一个地方，也比待在这儿强一百倍吧！

薪水高，也得有时间、有这个命来花啊！

但是，怀个孩子？

她忍不住自嘲：我都要离婚了，还找谁怀去？自己是连后路都被切断了，只能硬着头皮干下去了！

自从做了江景耀的总裁助理，周静薏这日子可是过得太充实了！日夜连轴儿转，熬夜开会加班是常有的事儿。最令她受不了的是：江景耀还觉得理所当然，甚至有些轻蔑。

那种轻蔑是骨子里透出来的，而且对自己尤甚。这一点周静薏看得明白，但是她没在意过，只当是他出身贵胄自恃不凡的一种傲气。

她见过不少身家丰厚的，有些也是神气活现的，眼里没有任何人的存在。当然江景耀还不算很土很暴发户的那种，不过周静薏没兴趣、也没时间研究他到底是算哪一种，她实在是太忙了！

一上午周静薏都在自己的玻璃隔间里用心做着一份方案。这是昨晚江景耀刚布置下来，下午就要交出来的。

冷不防，内线电话急促地响起，她心陡地一沉。

一号线，江景耀办公室。

进入江景耀宽大舒适的办公室，感觉自己就像赴刑场一样，有一种人为刀俎我为鱼肉的感觉。又会是什么难缠的任务布置下来？她在心里如是想着，脸上依旧风轻云淡。

“收购远大之后，我觉得有必要对整个公司进行一次ISO9001的质量体系认证，也是一次系统的梳理。这个事情你去办，限期三个月。”

他说得很轻描淡写，周静薏心里却有点儿发懵。

见她不动，江景耀有些不耐：“没听明白？”

“要不要我再重复一遍？”他的嘴角又露出令人厌恶的、嘲讽的意味。

“听到了，但是三个月，整个公司都要进行，怕时间不够！”她曾经接触过这方面，知道这一项工作是牵一发而动全身的，只能循序渐进地进行。三个月？真是开玩笑了！

江景耀嘴角一勾，往大班椅上一靠，姿态悠闲。好啊，她也会说来不及了吗？

“你要是用心，同时调动起集团内的资源，自是不难的。少想些私人的事情就可以了！”

他的语气很冷，周静薏已经习惯他总是这么阴沉的语气，但是后面一句，完全是对昨天的讥讽。她心里有些窝火，但是面上也不好发作。

“好了，你可以出去了！”江景耀转过头看房产简报，再不理她。

召之即来，挥之即去，这就是他对下属的典型做派。

看着周静薏头也不回地走出去，江景耀心里涌上一种莫名的感觉。耳边回响起昨天下午周静薏在电话里和他嚷：“今天我离婚！”他蹙眉，略一思索后，叫人送来了周静薏的人事档案。

江景耀是个工作很严谨的人。对于下属，他向来认为上司有权知道下属的一切想法。周静薏的情况，他了解过。准备借调她过来的时候，他看过人事经理提供的资料。虽然他对她是有看法的，但是从资料上看她的学历、能力还是可以考虑下的。

但江景耀记得很清楚，那时资料上并没有显示她已婚。想到这，他不由得微眯起双眸：这个女人太不简单了！还玩隐婚？

送来的人事档案是用牛皮纸封袋装好的那种档案。江景耀很少见到这种档案，因为这类档案涵括了一个人从小学到工作所有的求学、入团、入党的全部资料。太全了，他是没有时间一一过问的，这种事只是人事部门的工作。但是今天，他却抽出内里的材料，仔细浏览起来。

江景耀记得自己是在接大哥回国那天，在机场遇见周静薏的。印象中一般的导游或是领队都是休闲运动装，皮肤黑乎乎的，可她却不是。

周静薏似乎也是很随意的衣着，纯棉的白色镂花罩衫和黑色的棉麻长裤，微卷的长发清爽地扎了个马尾，露出白皙的脖颈，脸上很干净清透。她眉眼灵动，语笑嫣然地和江景晖说笑着，在人群中是那般地令人瞩目。他站在出口处一眼就被她吸引住了！

他一向喜欢这样纯净雅致的女人，当时和黎惠在一起也是因为她看起来让人赏心悦目，不是那种美若桃李的艳，而是那种淡而馨雅、宛若莲花初放的亲切自然。而且黎惠每每睁大了眼眸，半是嗔恼半是委屈的模样，更是像足了一个人。那个人，江景耀忍不住嘴角微扬，又有一丝遗憾：那个她会在哪里呢？当初怎么会偏偏没有记住她的名字呢？

看到周静薏的刹那，他就想起黎惠。他回国接管家族的事业，可是黎惠却不肯跟他回来，言之凿凿地说要去好莱坞发展，当下就把他气得不行。两人就这么天各一方地各自忙碌，每周都会有电话和视频联系，江景耀虽然恼她却还是十分牵挂她。他和黎惠在一起整整六年，一个男人一生中能给几个女人这么长的时间？

所以江景耀一直觉得，他对黎惠是有责任的。

那种责任，就是婚姻！

江景耀对周静薏有看法，那还不是一点点的！

这些年他虽然在美国，但是对于自己这个大哥，江景晖，他是很了解的。江景晖人生有两大终极奋斗目标：一是事业，二是女人。

无疑，江景晖在事业上绝对是成功的。他敏锐的商业嗅觉和果断沉稳的作风，使得江氏集团这几年发展迅速。江家的男人都秉承了极为出色的外表和谋略，江景晖不仅在事业上蒸蒸日上，而且据江景耀所知，大哥在猎色方面也是老手。

所以集团晋升周静薏到总部来，下面谣言甚嚣的时候，江景耀就猜到不可能是空穴来风。不过后来也不知怎的，周静薏只是被安排在杨涛手下。

直到那次去丽晶酒店见台湾客户，江景耀商谈完公事喝多了几杯，因为是自己开车来的，所以去拿了江氏常包在丽晶的总统套房钥匙，想等酒劲过了再开车回去。可是前台交给他房卡的时候，有些言辞闪烁。

原来这天江景晖也来取过钥匙，现在是不是在房间里，没人知道。丽晶的人都知道，江家二少马上是要接大少爷的班，所以谁都不敢不给钥匙。不过为了防止有什么事情发生，她们还是很有技巧地、含蓄地提点了一下江景耀。

他低头笑了笑，心想：大哥真是声名在外！难怪老头子会执意让大哥把国内生意交给自己打理，而让大哥去拓展海外贸易。

去到房间门口，江景耀迟疑了下，最后还是直接将卡片插入。咔嗒一声，绿灯亮起，他推门而入，里面灯火通明。

他心里明白，大哥果然也在！

江景耀抚住有些胀痛的太阳穴，靠在会客室沙发的一隅，这会儿自己走也不是，留也不是，索性闭上眼小憩一会。他想自己就待一会儿，等头痛好些就走，省得一会儿遇上尴尬。虽说他们兄弟彼此也不见外什么，可这种事江景耀不想知道得太清楚。

他虽说是阖上眼，可是主卧的房门一拉开，他就听到了声响。等到那个人影疾步掠过他面前，直奔外面时，江景耀已经睁开眼眸。那女子低着头，发丝凌乱，步履匆匆。脸被长发遮住，他并未看真切，可是他还是猜到了大概。进到主卧里看到醉眼朦胧，一头倒在那张KING SIZE大床上的江景晖，他伸手去拍他大哥的脸："呃……哥，醒醒！"

"唔……静薏，你还在啊！我就知道你不会舍得我一个人在这里！"江景晖显然是醉了，竟把他当作周静薏！原来，刚才匆匆离去的背影果然是她——周静薏！

大哥的女人很多，大嫂也向来是睁一只眼闭一只眼。江景耀对这些事从来也只是一笑而过。他不是江景晖，他的人生目标只有一个，那就是事业！

女人，只会让他觉得麻烦。比如黎惠，虽然很爱她，可是有时候想起她，还是会心烦意乱。可不知怎的，那天看见周静薏从大哥房里出去，江景耀心里很不舒服。那种不舒服就好像是有人用极细的针，一点点地扎着心房。谈不上痛，就是有那么点儿不爽！

后来他的助理怀孕保胎，人事部那边推荐了合适的人选，他一眼就看到了周静薏的表格。他把选助理那件事压了好几天，后来自己想明白了，管她和大哥有什么暧昧！她在江氏工作自然是为江氏卖命的，何况在他手下做事，哪还有时间搞那些乱七八糟的事！

把周静薏调过来，却仍然让她兼任原先岗位的工作，这样的状况竟然没吓跑她。那大半年里，他没少为难她，可她却越发把事情做到极致。有时候他也会从心里赞她，可是想起她和他大哥有着说不清道不明的关系，他就觉得十分的腻味。

而且自从半年前黎惠单方面提出分手，他飞过去竟然看到她小鸟依人般窝在别人怀里时，他就再也不相信女人！六年的情意绵绵，一下子成为对他无情的嘲讽，江景耀的心，伤到千疮百孔。黎惠说，他没有那个瑞特有背景有实力，可以帮助她在好莱坞立稳脚跟，所以她要分手！而且只不过是通知他而已，并不需要他同意与否。

江景耀从此再不想提及黎惠。那段时间，他只是拼了命地工作，原本俊朗谦和的脸上再无一丝笑容。也从此，他看到那些有些姿色的现实女子，看到她们对于名利的渴求，也越发地厌恶和漠视。

偏偏，周静薏的模样有点儿像黎惠。江景耀冷不丁会生气，生自己的气，也生周静薏的气。尤其是把她训狠了的时候，她不服气地扬头和他对视，嘴角的暗嘲和坚忍的神情，都能让他心头的火苗突突地直往上蹿，每次都是好不容易才勉强压下去，他想自己可能真的不该把她留在手下了。

这会儿她冒出个离婚来！江景耀觉得得好好琢磨琢磨这个女人，

看她搞什么把戏！

他一页页地翻着，忽然一张小学的入学情况表映入眼帘，有些发黄的纸张上有张黑白的一寸照片。江景耀忽然觉得有点晕眩，然后赶快去翻其他资料。一顿手忙脚乱之后，他终于停下手上的一切，慢慢靠在椅子上。她果然是和他同一年上的同一个幼儿园，同一个班。

那就是了！

那张清澈如水的眼睛他这辈子都忘不了，那瘪嘴时候委屈的小样儿，那般可爱！她哪儿知道那些年在幼儿园里，他都是故意逗她，才去抢她的包子吃的！

天啊！

二十多年过去了，她竟然兜兜转转地到自己手下做事。老天！江景耀抵住额头，又惊又喜。他把身体埋进大班椅里，头仰在椅背上，目光慢慢变得清明起来。

终于找到了，原来是她！

原来她的名字叫周静薏！

还来不及回味儿时记忆里那些纯真快乐的片段，一通电话就打了进来。王市长亲自邀约，下午去打球，顺便谈点儿事。江景耀悻悻地收起案头的档案袋，塞进去的时候，他发自内心地笑了下，还是原来的模式！

他总是欺负她，她不能反抗，只用一双清凉如水的眼眸瞪着他。就像现在，看到她被他抢白，被他刺伤时，那种带着雾气，却面容坚忍的模样，不也是又怜惜又畅快吗？

周静薏哪里晓得江景耀会这么有雅兴，居然一个人躲在办公室里翻查她的人事档案。她埋头苦干了大半天，又是审阅文件，又是联系几家知名的认证机构了解情况，全然忘记了时间，等听到肚子咕咕地叫了，才发现已是夜幕初上。外面办公区只剩下值班的秘书在，一看表，已经七点了。

奇怪，一个下午，江景耀都没找过她，鲜有的事啊！

她问了值班秘书，才知道下午是王市长约江景耀打球去了，怪不得！

心里一阵轻松，估计江景耀现在和市长晚宴呢！今天难得可以早点回去了。

值班秘书接了个电话，放下电话，神色惶然地看她："江总说，八点半高层会议。"末了，又问她，"周助理，您刚没接到江总电话啊？"

周静薏脸色一变，马上跑去看自己的手机。该死！竟然没电，自动关机了！

难怪江景耀打到外面值班秘书那里。敢情是先找的她，没找到！这下可好看了，通信不畅，无论是自身问题还是移动信号问题，在江氏，都是要严肃追究的。

江景耀又抓到她的小辫子了！

周静薏揉揉发涩的眼睛，整了下微卷的长发，索性清爽地扎了个马尾，凝神静气地等着江景耀的劈头痛呵。

晚上八点半。

偌大的会议室里，鸦雀无声。集团高层悉数到场，周静薏坐在右侧上首的位置，看着江景耀一身寒气地进来。外边明明是三十多度的高温，可他却带进了一股寒凛凛的风，令每个在座的人心里都打了个哆嗦。

江景耀眼神冷凛，直视着在场的每一个人。周静薏一股寒意自脚底迅速窜到头顶，感觉好像整个人掉到冰窖里了。哎，只能说这人气场太强大，她恨不能伸手去把会议室的空调关掉。

"市里一号地块的招标，是怎么回事？"

他的怒气一下子迸发出来，手里的文件啪地一声掷在会议桌上。也难怪他那么生气，没有中标，这事本身已经够不愉快了，需要认真反思招标环节是否有纰漏。负责人现在居然还隐瞒不报，弄得今天和王市长打球时他才知道！可想而知，当时他会是什么样的脸色！

周静萱用眼角的余光扫了下分管房地产的几位高层，尤其是刘总，已经脸色发白了……

会议一直开到很晚，最后散去的时候，好多人都像是没有灵魂一般，神色木然。周静萱理了理思绪，打算抓紧时间向江景耀汇报工作。

质量认证的事和几家机构都初步谈过了，以江氏这样的规模，非得需要四个月的时间不可，相关进程和安排计划，她要一一解读给江景耀听。这不是她一个人可以拼得下来的工作，她觉得还是有必要和江景耀解释清楚现实是什么状态。

因为离得近了，她依稀闻到他身上淡淡的酒气，混合宝格丽香水的味道，倒不觉得让人难受。

江景耀似听非听地看了眼窗外的夜色："走吧，陪我吃点东西去。"

周静萱微微一愣，他已经拿起车钥匙走到门口了。

"今天犯的错还不够？"他立在那里抿紧了嘴唇，在她眼里竟然觉得有点儿吓人，她只好硬着头皮跟上。

深更半夜，她可不想像刘总那样被江景耀一顿呵斥，弄得晚上失眠。工作已经压得人喘不过气来了，老是失眠，真会要人命的！

江景耀的迈巴赫静静地停在那里，专职司机已经被他先打发回去了。周静萱正揣摩着他的心思，这是他开啊，还是自己开啊？迈巴赫，她可没开过，性能什么的都不熟悉，可江景耀刚喝过酒……

江景耀冷哼一声，坐进驾驶座："我可不想被人说请了个花瓶当司机！"

他说话总是这么让人难受，周静萱有些愤恨地瞪了一眼迈巴赫。浓浓夜色里的迈巴赫沉稳大气，浑身散发着系出名门的不凡，哪里像它的主人这么刻薄。

等到上了车，她也装作若无其事地回敬了他一句："不见得所有女人都是花瓶。"

江景耀闻声笑了下，脸上神情莫辩，这边双手依旧娴熟地驾驶着车子，将其驶入夜色中。

他的口味其实不大挑，只要干净、味道好就可以，所以迈巴赫停在一家做夜市生意的台湾小食店门口时，周静薏一点也不诧异。倒是一帮正吃面的食客，纷纷抬眼看这两人从耀眼的迈巴赫上下来，都忍不住暗自咋舌。

江景耀始终是面无表情，叫了两碗云吞面，自顾自地吃起来，没有说话。吃东西的时候不说话，是有教养的，所以这个时候还能看出江景耀的一个优点。至于他还有没有别的优点，周静薏心想真是很难找啊！

她默默地琢磨着，这会儿也该一点了。等会儿回到家，以最快的速度洗澡睡觉，也要两点。唉，明早照例六点半起床，又只能睡4个半小时，难怪黑眼圈始终去不掉。

吃完结账，外边淅淅沥沥地下起雨。江景耀走到车边，忽然一回头："怎么不上车？"

周静薏立在路边，挑了挑眉。奇怪，他怎么会这么问？平时像这样的深夜加班宵夜后，不都是他驾着迈巴赫扬长而去，自己独自打车回家的吗？今天这是怎么了？她有些讶异地看着那个立在那里的身影，侧影里他线条分明的脸上似笑非笑。

"上车，我送你回去！"江景耀居然说了这么一句。

周静薏不由自主地后退两步，无事献殷勤，非奸即盗！她脑海中不知怎么回事，就突然想起这么一句来。这边这么想着，头已经摇得跟拨浪鼓似的。

"不用，不用！江总您先回去吧！我打车很方便。"她是铁了心了，打死也不要他送。

江景耀默默地看了她两眼，也不勉强，径自上车。

看着迈巴赫飞快地远去，她晃了晃脑袋，有古怪！他今天好像没怎么为难她。

周静薏忍不住自嘲起来，难得上司没为难她，可她却觉得不对劲儿！但她又想不出到底是哪里不对劲儿，真是作孽啊！

周末的时候，周静薏照例回父母家吃饭。回到家，整个人都轻松了许多，对着一桌子的饭菜，她忽然有了食欲，到底是家里的味道。

“爸妈，那个……我办掉了！”她吃完饭放下碗筷，才慢吞吞地说出来。

“啊，办了啊！”周母一听就急了。

“怎么能这么便宜他？”

周母一想起傅博就气儿不打一处来。当初他满脸恭谨地来拜见长辈，说已经和女儿求婚。也是看着他在那一年里，对小薏嘘寒问暖，还真是不错，没事总是笑眯眯地往这儿跑，小两口形影不离的样子，凡事都有商有量，挺像过日子的。

做父母的，谁不是盼望着子女有个幸福的婚姻。看着他诚心，也就点头让他们去领了证儿。哪知才过没多久，这混账小子，居然说不想结婚了！

起初也只是当小两口闹闹别扭，说的都是气话。周父周母总归先说女儿的不是，时间长了才知道，只是装修的时候闹了点儿意见，女儿在电话里和他吵了几句，回头他就想离婚了。

这年头，哪家的夫妻没个磕磕碰碰的，周母想起过去一年里的事，就觉得揪心。

“妈，您也别气了。算了，就当我遇人不淑吧！现在也算是了结了，重新开始新生活！”

周静薏当然知道母亲的怨气，谁家摊上这么一件事儿都不会开心的！临近婚礼前夕，准新郎突然说，不想结了，摊上谁都受不了，更何况还领了证儿。父母这样的年纪最在乎这种事。

一家人顿时无语。良久，周母眼睛一亮：“小薏，那接下来你打算怎么办？”

能有什么怎么办？为了离还是不离，已经折腾了一年。现在离了，她只想平静地生活，何况工作上又那么忙。

“抓紧找个人结婚吧！你看你都二十九了，转眼就要三十了！马上谈，快的话，明年结婚，赶巧明年怀上，后年我就能抱上外孙了！”

周母和丈夫会心地一笑。两人退休在家，早就想抱外孙了，也免得去公园散步的时候，看着人家的孙子孙女眼馋。

周静薏嘴角不由得一抽，这算盘打得，真是！

她也不好反驳，只得闷闷地说：“我想静一静！”

回去的路上，她只是沉默着。父母亲都年纪大了，有这些想法也不为过，可是世间的事，哪一件是能满打满算的呢？傅博为什么要离婚，她至今都不清楚！她心里那么纷乱，怎么再接受另外一个人？

表面上是因为装修时，两人的一次大吵。那一次周静薏哭了，一个人站在堆满装修材料的新房里，泪水涟涟。那个本该操心装修的人，却神秘地不知道去了哪里。消失了两天，等傅博回过电话来，她就在电话里和他吵了起来。

她觉得傅博太不负责，把新房装修的事一扔，自己去北京看奥运比赛，还瞒着她！在这点上，她确实挺难受的。

她也不是那种有气会搁在心里，面上还照旧是软侬细语的人。她就想问个清楚，傅博是不是骗了她什么？

傅博死不承认。

可明明他神秘消失了两天，电话也不通啊。

之后两人就开始冷战，谁也不理谁。原以为他会意识到自己的错误，可终究还是周静薏失算了！

傅博一不做二不休，直接提出要暂缓婚礼。从那时开始到离婚，将近一年的时间里，她和傅博就这样，越走越远。直到最后，她也不再抱任何希望。一个死心塌地要和你离婚的男人，他说出的话和做出的事情，怎么都是很伤人的。

杨沫曾经问她："是不是傅博外边有人，不然怎么会前后反差这么大，而且心还那么狠，搞不好是外边那个女人大了肚子，这边才硬逼着她同意离婚的。"

她不敢相信傅博外边有人。傅博和她一直感情不错，平时下了班也是形影不离，大多数日子都是住在她的公寓里，偶尔有个一两天回父母家去。

杨沫一击掌，肯定的嘛，八成是回去的那些日子出的问题！

她一脸迷惑，不会啊，他回家去，婆婆都是知道的。偶尔她还和婆婆闲聊什么的，也没见傅博骗她什么！再说了，傅博胖胖的，又不是很帅，也不是很有钱，条件一般般，谁还会冒着做小三的风险来勾引？

杨沫只是笑，用手指狠狠地戳了下她的额头："小薏，你太不了解现在外面的世界了。"

周静薏看似冷冰冰的，可对家人朋友却都很细心体贴，对傅博也是温婉的模样，就是偶尔有点小迷糊。她没有她杨沫这般精明。

"现在外面的女孩子，都不像咱们这样的老成持重了。男人，只要长得过得去，有点小钱，有辆车开开，又肯花钱请吃饭去玩的，就只能求神拜佛不要太有女人爱！何况你家傅博，虽然胖了点，但长得还不错啊，白白的，相貌清秀。上次我那同事见了，就说你家那个挺有派头儿！"

他那叫派头？周静薏听了抿嘴淡笑："是啊，傅博和他上司一起去日本料理店，人家准把他当老板，而冷落傅博那瘦瘪瘪的上司。"

"对啊，就是这派头儿，最招小姑娘爱了！而且你家那位，最喜欢在外头吃饭，肯买单，还喜欢到酒吧坐坐，不要太有女人缘哦！"

杨沫讲得绘声绘色，她也听得半信半疑。

那心底里细细碎碎的怀疑就像是阳光下的尘埃，再也无处躲藏。无限放大之后，她开始留意傅博的行为举止。

后来再和他沟通两个人的婚事，总见他把手机设置成震动，贴身放在裤兜里。和她说话，也不再是耐心倾听，眼神总看在别处。他和过去的朋友都不再联系，甚至是换了平时的交际圈子。

倒还真是有疑点，可他也没杨沫说的，特别注意打扮，在意自己的衣着。身上、车内，还依旧是原来她熟悉的香水味道。他平时下班去的地方，也就是那么几个，日本料理店、韩国烤肉馆，再有就是朋友的游戏店和那个至尊酒吧。几次路过，她远远地看到他的车安安静静地停在那里。

这人，到底是为什么？她真的不知道。

甚至有次和傅博见面，傅博急了："静薏，你不觉得一旦男人下了决心，就很难再回头了吗？"

周静薏只淡淡地说："要么你跟我说到底是什么原因，比如说，是你外边有人了……你是知道的，以我的性格，肯定立马和你分！"

她只是想知道原因，所以只好这样诱他说出实话。其实他如果真的承认，她会怎样，连她自己都不确定，是否真的会那样洒脱？

傅博只是不相信地看她，毫不犹豫地摇头。

于是，两个人接着耗下去……

但是，这样耗着，毕竟是痛苦的。或许对傅博而言，这是一件悬而未决的棘手事情；对周静薏则更多的是伤感。

再不会有人每天买了早餐，一脸温柔地出现在她面前；她煎的荷包蛋再完美，也没有人眉开眼笑地夸赞；风起雨落的日子，不会再有人巴巴地守在公司门口，为她披上一件犹带体温的外套；每次深夜加班回家，仰望着属于自己的那扇窗口，再也看不到那温暖而熟悉的灯光……

自己一个人去外面吃饭的时候，看到上面撒着葱花，她总懊悔没告诉服务生不要放葱花。因为从她和傅博相识的那天起，她就不用刻意担心葱花的味道，傅博总是周到地做好一切。等她用筷子慢慢剔除葱花后，已经没有一点食欲，有的只是伤心和无奈。

曾经，他是许了她一生的……

初相见，是在游嘉乐家的聚会上。一大帮朋友，有熟稔的，也有初见面的，但都是一个Q群里的，都喜欢运动、旅行、美食。

傅博是最迟来的，正好是周静薏去开的门。

游嘉乐后来在Q上和她戏谑："有没有一见钟情啊？"

她很肯定地说："没有。"

"真没有！"

傅博不是她原先喜欢的那一型。

女人，都喜欢养眼的帅哥，周静薏也不例外。她本身外表就很出色，初恋的男友高大英俊，风度翩翩。但是外表出色又如何？两个人的相处更多的是性格兴趣上的契合。更何况从十六岁那年家里发生那件事之后，她已经不会再百分百地相信谁了。她只是想有个人可以淡定地在自己身边，暖暖地冲她笑，让她那颗从来都是漂泊无依的心可以有个归宿。

"那怎么会被这小子独占花魁？"游嘉乐继续问。

其实傅博早就和她坦白了，当时来聚会，就是冲着她来的。游嘉乐私底下把周静薏说得美轮美奂，大有要不是老子是已婚人士，不然哪儿轮得到你之类的意思。

当初傅博追求她确实很有诚意，处处都让她很暖心。

久而久之，她心里就多了这么一个人。

真正表明心意是和游嘉乐夫妻一起开车去宜家。在满是琳琅可爱的家居饰品中，傅博推着推车，跟在她身后，耐心地和她探讨这个抱枕柔不柔软，那个摆设好不好看。

傅博看到她举着一组可爱的手工彩绘小杯子犹豫不决，拿起又放下，就俯过身来，轻声在她耳际说："买吧，以后放在家里，喝喝清酒的时候用得着！"

清酒是他的最爱，这话再明白不过。等到那一句"做我女朋友好不好？"问来时，这边早已水到渠成地点头答应了。

其实，后来周静薏也在想，是内心太孤单了，所以她才会贪恋傅博带来的温暖隽永。

再后来就是登堂入室，两情相悦。情到浓时，早已设想了将来的幸福。“以后，每天接送你上下班，每天给你买早餐，每个月开车出去自驾游一次，每年长途旅行一回。”这些傅博都信誓旦旦，她也是深信不疑。

想到最后，她想要儿子，他也是满口应允。“一定配合你，生个集咱俩优点，聪明又健康的大胖小子！”

那样的温馨甜蜜，居然会这么快转瞬即逝。

周静薏、杨沫和朱宜兰，三人是从小学到高中的同学，后来念了不同的大学才分开了几年。不过一回来，三人又成了坚不可摧的三人帮。

人家五年、十年、二十年开个同学会，还有这么一句：“同学会啊同学会，拆散一对是一对！”她们三个人倒好，每逢周末就会小聚一下。吃饭、聊天、美容、逛街……什么同学会，见鬼去吧！杨沫最腻歪那一套虚假的做派，每个人都炫耀自己过得多么多么好，其实，骨子里就是个屁！

“就是啊，真正过得好还用得着拿出来炫？幸福不幸福，看眼神就知道！”杨沫一说起来，还犹自愤愤不平。

朱宜兰窝在自家松软的沙发里，慵懒地调笑她：“人家可就是觉得有钱花、有男人疼、有房有车的，就是幸福了！”

三人中朱宜兰结婚最早，大学一毕业她就和初恋男友结婚了。那男的后来事业越做越大，回家却越来越晚。

朱宜兰对此一直忍着，直到她男人把别的女人带到他们那张婚床上去。她亲眼看到那不堪入目的一幕后，再也没法忍下去了，转身就把那对狗男女反锁在卧室里。十几层高的楼，她男人才不敢跳呢！

隔着那道门，朱宜兰要了银行卡的密码，蹬蹬地跑去银行，把卡上的整数全转走了！转账的时候，她只知道自己什么都没了，就剩下这些冰冷的钱，二百万！她就剩了不到一千块的零头给他。

后来男人看着账上的零头，咝咝地倒吸凉气。妈的，这女人心真狠！他还曾装作回心转意和她软磨硬缠。这年头哪个男人不风流？风流之后谁又是真的是要离婚？

可朱宜兰却铁了心，拿着钱搬了家，离婚两个字始终没有松口。男人后来恨恨地说："你别以为离了婚还能找比我更好的！这种事哪个男人能没有？"

朱宜兰和周静薏她们说起这事儿的时候，满脸鄙夷："你们说，他是不是吃错了药？离了婚，我找不找男人，找什么样的，关他什么事？"

她颇有感慨地继续说："女人要学会保护自己，不管男人有没有钱，都要把财政大权捏在自己手里。没钱，男人还拽什么？还不得乖乖回家啊！"

她自己是前面不聪明，后来关键时刻聪明了一把，才拿到这笔钱。朱宜兰现在开了一家颇有特色的时装店，生意不算太坏，日子也总算是过得去。婚姻带给她的感觉太坏了，在她脑子里这就是敌我双方的暗中算计。

杨沫在一家电视台工作，平时也常出入那些衣着鲜亮的时尚派对。看着城中那些富豪名流明明家有正室，却还光明正大地挽着年轻明艳的明星或是小蜜走红地毯，她也不免感慨万分。这世界到底是怎么了？这样的婚姻不止是爱情的坟墓，看来更是人性的坟墓！

所以，傅博刚开始追求周静薏时，两个闺蜜只是冷眼旁观，时不时地挑剔上几句。周静薏总是笑着听过也就算了。她知道杨沫和朱宜兰看多了太多不幸的例子，朱宜兰自己又是这样被男人伤到，所以才会有这样过度的反应。她们是为自己好，不想自己也步上同样不幸的道路。

后来，傅博和她求婚，两家的父母也开始欢欢喜喜地操办两人年底的婚礼。看着周静薏拍得美美的婚纱照，两个好姐妹眼里流淌着沉默。那种沉默里隐含着激动，朱宜兰有些哽咽地和她说："静萱，你一定要真的幸福啊！"她笑着点头。选择傅博，两人一起过平淡温馨的日子，就是她向往的幸福。平凡的幸福，淡而隽永，让心里的暖意细水长流般地流淌一辈子。

那一刻她觉得自己只想做好他的妻子，笑意盈盈地和他相伴到老。

最后，她和傅博还是分开了，那场夭折的婚礼从此成为她的梦魇。她再不能出席别人的婚宴，她怕自己抑制不住的伤感会影响到新人。究竟该如何去面对婚姻？如果当初她和傅博在爱情的道路上走得再久一些，是否还会是这样的结局？

也难怪有人说，80后的婚姻是闪婚，也是闪离。周静萱心想，自己竟然也赶了一场时髦。婚姻还未来得及拉开帷幕，就走到了终点。

那一年里傅博时而低头，时而强硬，到后来周静萱已经不敢应他的任何一个邀约。因为每次约她吃饭，看似增进两人感情，可最后等她吃饱了，傅博总会小心地抛出探询："静萱，要么我们还是分开吧！"

周静萱觉得刚吃下去的那些东西像硫酸般在胃里翻滚，欲吐不能，太难受了。时间久了，她也灰心了。罢了，心累了……

在公司，照理她这个总裁助理负责的，应该是集团公司管理层面的工作，是高层职务。可江景耀却不止把她当集团高层，她还要操心他的日常琐事。文案草拟这种秘书的活儿就不用说了，连准备他爱看的财经杂志剪报、帮他订礼物送客户、每天想着法地给他准备可口的午餐外送，甚至送他的衣物去干洗这些零碎的事情，他都不忘记关照她。

从第一天到江景耀手下做事起，他就不停地折腾她。不止每天没好脸色对她，还嘲笑她打字不够快、咖啡泡得不纯正、书柜里的图书标签颠三倒四什么的。突发的、紧急的工作分配时总是一扬手：这个交给周静萱，那个就让周静萱去跟进。

他不知道人的精力也是有极限的吗？

周静萱望着每天堆积如山的文件、资料，还有内部系统里黑压压的待批邮件，只觉得自己像是沉溺到了遍布海藻的深海里，全身被缠绕得无法动弹，甚至连呼吸都困难。但那都是工作，最多只能算上司有些不近人情。除了一推了之之外，她只能埋头苦干。再说以她的性格和人品，也的确做不来那种消极怠工的事情。

常常是花了心血和时间做好的材料和项目，被江景耀挑得一无是处。有些借口更是无厘头，他就那样轻飘飘地一句："看上去还不错，可是我的潜意识告诉我，还差那么一点点。至于是什么，我也不知道。你自己去领会吧！"

潜意识？你怎么不说第六感、第七感！周静萱心里窝火，可面上只能忍。照旧面无表情地拿回去重新做过，心里的委屈也只能是回家狠狠地踩上几脚枕头，仿佛那是江景耀的脑袋，痛殴一顿，方解她心头之恨！

那种恨因为每天朝夕相处，所以很真实，很强烈。相比之下，对于傅博的轻率，倒恨得没那么真切了！

秘书组的四个秘书倒是很舒坦，每天只是接接电话、打打字、送送文件什么的。只是苦了周静萱，偏偏她也是个要强的主，一咬牙也就撑了下来。

还好杨涛那边很是省心，很多数据整理、资料拟定的活儿都是杨涛找手下的销售主管分担掉了。和周静萱相处久了，杨涛不觉得她是外面传言的，靠着江大少爷的关系凭美貌上位的。清冷的外表下面，反而是颗极柔软的心，有点倔强，却让人心疼。

他这边的职员大多是男性，都是挺率直的脾气，日子久了，都对她刮目相看。现在去了总裁那边也不见她颐指气使的，所以在集团里遇见周静萱，他们都是主动和她打招呼的。

有次随江景耀去开会，杨涛下边一个年轻的销售专员看见周静萱，挺殷勤地过来和她打招呼，一脸灿烂地喋喋不休。周静萱照例只是客气地回应，等那人走后，一直在前面等她跟上来的江景耀忽然出声：

“你对男人倒还真有本事啊！”

饶是周静薏再淡漠，也受不了这话。刚想和他对峙，江景耀已经大步进入会场，只留给她一个冷漠的背影。

两人从此关系就越发恶劣，除了公事，谁都不和对方多说一个字。江景耀怎么想，周静薏是不知道，但也越发清楚：江景耀做人说话都太偏执，很过分！

对于这样的男人，要是在生活中，她早就扭头走了，哪还会继续每天对着这副嘴脸！可这是在公司，他总还是自己的老板、上司，周静薏只得咽下这口气。但做事归做事，从此她再懒得去看他的脸。

她不能在失去婚姻之后，又要失去工作。做人不能这么失败！那过去的大半年，即便是现在回想起来，也像在做噩梦一般。

江氏每年都会在年报公布之后宴请一些大客户。成功并购远大之后，江氏各方面的业绩又那么出色，因此今年更是要隆重一些，连省里、市里的相关领导都被邀请到了。

整个宴请的筹备又是周静薏负责。那些大领导的日程哪里是那么好确认的？她不知道动了多少脑筋，每天盯紧那些领导秘书。一直到宴会前，黄副省长是否莅临还没有确切的答复。而宴会的主桌上，江景耀却早早叫人摆上了黄副省长的铭牌。

路过她身边时，他看似随意地问她：“黄副省长应该赶得及宴会开场，行祝酒词吧？”然后一双墨玉般的眼眸定定地看住她，意味深长地笑。

她像是被人逼到了悬崖，而对方依旧云淡风轻地问她，你能跳下去吧？周静薏深吸一口气，倔强地回道：“能！”

可她心里是没底的。掠过江景耀身边，她掏出手机打给大学的师兄。师兄现在是省政府办公室涉外处的副处长，大小是个官，总能派上点用处。

"静薏啊，等我看看黄副省长今天的行程啊！"

师兄听周静薏把邀请黄副省长的来龙去脉一说，知道是底下的秘书没安排好时间，难怪周静薏会火烧火燎地找他了，照理江氏这样大集团的邀请，黄副省长是不可能推掉的。一查，果然是下午在视察A市的一个工地时被耽搁了。

这种事不能催领导，只能让下边的秘书机灵办事。周静薏心里着急，"师兄，帮我关照下刘秘书吧！五点半宴会开场，一定尽量抓紧过来啊！"

师兄心里那个暖和啊，想当年在大学里，周静薏可是出了名的冷美人，从来不搭理男生，他还是因为学校里的几次竞赛，和周静薏算是比较熟。这些年都没见周静薏想起自己，平时打个电话什么的，现在紧要关头，马上想起自己，多让人心花怒放啊！

师兄马上宽她的心："静薏，不要着急！小刘最听我的，我马上打电话给他。"

周静薏忙说好，这边脸上也开始有了血色。

果然才过十分钟，小刘的短信就发过来："已在途中。20分钟后到。"

她眉头舒展地笑了，这一笑不打紧，几个经过的客户都看傻了。那笑容太干净清纯了！

黄副省长专车抵达时，江景耀亲自出来迎接。其实他父亲当年和黄副省长还是战友，后来转业的时候，一个从政，一个经商，不过这几十年两家人走动还是很多的。

周静薏走在后面和刘秘书寒暄。刘秘书有些抱怨："杨处可紧地催我，弄得领导还以为我怎么电话那么多呢。"

"噢，真不好意思。"她真是打心眼里感谢师兄。

"早就和江总说过了的，领导会晚点到。那边工地也是一下子走不脱身的！"刘秘书说着，也没在意这边周静薏的脸色微微黯淡下来。

宴会安排得当，可以说尽善尽美。宾主相谈甚欢，政界、商界的那些大人物们平日里都是熟稔的，一时间气氛热烈而友好。

等到晚宴结束，客人们都悉数被送走，立在中国印象门口那厚实古朴的石阶上，周静薏觉得自己浑身一点力气都没有了。看着星空中那轮皎洁的弯月，她只想回家好好泡个澡。刚想转身去拿自己的包，猛然发现江景耀竟踱步到自己身后。

她知道再完美的事，在苛刻的江总裁眼里也会有瑕疵。为了不使自己的心情变得更坏，还是早点开溜。

“江总，我先回去了！”

哪知他根本置若罔闻，自顾自不悦地说着：“今天你点的这些菜很不合适。好些个菜上不是葱花，就是蒜泥，要是客户中有人不吃这个呢？”

周静薏心想，不吃这个的只怕就你和我吧！那些客户的口味我早就摸过底了。再说了，海鲜的菜式里没法不放这些。她老早就想到过这个问题了，但是要顾全大局。

这会她只低头不语，心想你总有要挑剔的。

江景耀看她低头不做声，以为是服软了，正打算去取车，周静薏却樱唇轻启：“江总，你原本就知道黄副省长会晚到，对吧？”

他早就胸有成竹，却故意挑她急得上蹿下跳。他以为自己什么，把人当猴耍？想起这小一年的折磨，还有今天的故意折腾、挑剔，周静薏觉得自己也太悲催了吧！做得再好，再尽心，也还是要被他打击！凭什么！

江景耀讶然地回过脸来，斑驳的树影、灯光笼罩下，周静薏纤瘦的身影有些不真实。她的嘴角因为愠怒而紧抿着，清秀雅致的脸上紧紧地绷着，她在生气？

“《员工守则》第三十七条，下属无权指责上司的任何行为。”

江景耀语气微凉地说完，就转身离去。一会儿，迈巴赫就悄无声息地从眼前驶过。周静薏想了想，三十七条，是这条吗？

那天是七夕的前夜，她在中国印象餐厅外的花影下独自站了好一会儿，神情疲倦。

没办法，江景耀就是那么个上司！直到手机响起有短信发来的提示音，她才如梦初醒。打开来，是傅博的短信："明天下午两点，别忘了！"

周静薏心里一阵苦涩，他居然还发短信来提醒她。怎么，他就那么怕她反悔么？他就不知道，这么耗着吊着，她心里也很累吗？

CHAPTER 02

请给我个分开的理由

流年辗转的记忆，些许甜美伴随一页页的苦涩，
如同唇齿间的寒意，只能冷暖自知。

当加班成为习惯，家就成了只是回去睡觉的地方。

又是一个注定无法清静的夜晚，周静薏的办公室里，明亮如白昼。她从电脑前抬起头来，眼皮酸涩。江景耀要一份江氏旗下所有酒店的运营分析报告，在第二天董事会上用。可通知各酒店财务时太晚，等到数据上来已是傍晚了，搞得她只好在公司加班赶材料。

她无奈地笑了笑，恨不得在额头上绑块白布条，上面写“加油！”

看着窗外茫茫的夜色，让小赵给自己端一杯咖啡，不加糖。她向来对咖啡这玩意很敏感，稍微几口喝下去，晚上一定整夜睡不着觉，大脑皮层兴奋异常。今天这加班看来是早不了，豁出去了！

江景耀也还没走，这份报告很重要。他也知道时间仓促了些，原本想叫财务部和运营高层一起过来拟定的，可是那几个高层和市里几个部门都安排了应酬，过不来，只能让周静薏一个人孤军奋战了！不过，周静薏通晓财会金融营销，倒也不会应付不过来，只是人会很辛苦。

自从前一天知道周静薏就是他儿时经常耍弄的那个小女孩，江景耀心里有那么一点不同了，一个人独坐在偌大的办公室里会莫名地笑，但凡有人敲门或是内线电话进来，他又极快地将笑容收敛回去，不留一

丝痕迹。

他不知道要不要和周静薏相认。就这么跑过去她面前："喂，你还记得我吗，我是×××！"有点傻，而且他现在还是她上司。

江景耀自然明白这些日子以来，周静薏对自己肯定是恨到骨子里去了！自己也的确挺为难她的。可是，他转念一想，周静薏已经不是二十多年前那个天真无邪的小女孩了！她和他大哥暧昧不清，借着这个上位升到集团来。你看，这会儿又离了婚。女大十八变，她已经变得和他所厌恶的世俗女子一样了！

有什么好相认的！他脸一沉，再不去多想。时间很快溜走，一看表，已经九点多了！他实在忍不住过来她的办公室瞄了几眼。

"才做了这么点儿？"他有些不悦。

周静薏低着头没搭腔，心想若不是你临时起意要开董事会，怎么会搞到这么手忙脚乱呢？

江景耀看她只是聚精会神地看着电脑上密密麻麻的各组数据，没搭理他，只留给他一个专注的侧影。他发现她每逢加班都是素颜，挽一个发髻，戴一副暗红色边框的眼镜，看上去挺舒服的。

他在她不大的办公室里来回晃了两圈，也觉得无趣，只好悻悻地回去自己的办公室，继续等。

这期间，蔡恒给他打了两个电话。他们这帮发小，从小一块儿打闹，家里条件也都差不多，也算是知根知底的了。江景耀当年去美国留学，一去就是六年，回来之后只和他们聚过一次，就一直忙着管理公司的事务。平时蔡恒、郑辛叫他过去一起喝酒聚会什么的，他不是开会就是出差。今天是蔡恒过生日，非得让他去。

"哥们儿，多晚咱也等你！"蔡恒最后摆了这一句。

江景耀看了看外面，心想，反正也是等，于是拿了车钥匙就下楼去了。临发动迈巴赫的时候，他给周静薏打了个电话："你做好了，给我打电话。"

说完他就挂了，周静薏把剩下的咖啡全部喝尽，继续做事。

那晚真是热闹，蔡恒把整个皇廷包了，所有的VIP包厢任来宾随意进出，大家K歌喝酒猜拳好不热闹。江景耀已经久不习惯这样的场合，只觉得闹腾。平时这种K歌的应酬都是底下人去的，他只管签字报销而已，但是今天无论如何都要给蔡恒面子，所以他也是很有风度地靠在一边，看他们起劲地闹。

蔡恒喝得有点儿多，一路晃悠悠地飘过来，几个叫来的小姐想上前扶住他，都被他推开，一双狭长的凤眸斜睨着其中最高挑的一个："听话，去那边，陪那几个去。"说完，还伸手捏捏人家擦得粉嫩的脸蛋儿，嘻嘻一笑。

明明是极轻佻的举动，在蔡恒做来却显得十分的自然。他就是有那个本事。江景耀忍不住暗暗发笑，这人在女人堆里混成了精，真成了个孽障！

蔡恒最后在江景耀身边坐定："景耀，来喝酒！"

褐色的XO在酒杯里晃着，酒杯在迷离的灯光下显得晶莹剔透。江景耀酒量一般，酒风却是极好的，何况是寿星的酒，自然是一口干掉。

"好样的，不愧是咱们从小一块儿穿开裆裤长大的！"

他又要提自己儿时穿开裆裤的糗事了，江景耀忍不住打断他："别，你穿开裆裤的时候，咱还不认识！"

"没有吗？"蔡恒眨着酒后微醺的眼眸，一脸的茫然。

江景耀好笑地偏过头去，蔡恒那个穿开裆裤追女孩子的故事他听过很多遍了，连郑辛他们都受不了了！他们这帮发小里没一个人承认那时就认得蔡恒，这厮太糗了，从小就色心包天！

况且他江景耀从出生到七岁的时光都不是在那个大院里度过的，那时他也不叫江景耀。他的童年和蔡恒他们不一样，他一直到七岁才被领进江家。之前他只是杨嘟嘟，一个调皮捣蛋的普通小男孩儿。

蔡恒这一晚一直和江景耀絮絮叨叨，说起邵氏的那场商战，说起那场惊心动魄的车祸。那是他们那个圈子近几年里最惊爆的事了！江景耀之前也有所耳闻，没想到听蔡恒说来，竟是如此地催人泪下。他和邵睿泽、张浩宇关系都不错，在美国的时候，他们每次飞过来都会联络自己。他也很是欣赏两人，虽然邵睿泽和张浩宇不是一个类型。

想到张浩宇最后为了保护心爱的女子，只身赴死，江景耀有些动容。想起某个人的薄情，他心里有些郁结，这酒就开始喝多了！

蔡恒后来就眼直直地看着江景耀猛灌自己。他不是舍不得这酒，几千块钱一瓶也不过如此，只要哥们儿喝得高兴。他是真没见江景耀这么喝过，像是和什么人有仇似的。等到他反应过来要去夺下他的酒杯时，已经迟了！

江景耀已经醉倒了！

蔡恒自然是要送江景耀回去的，但是他不知道江景耀现在到底是住在江家大宅里，还是在外面金屋藏娇。这一年多，他对江景耀的情况有些吃不准。这家伙太拼命，好似一个工作狂，哪有好好和他们这帮哥们儿汇报过啊！

他很有套路地找出江景耀的手机。江氏这种大公司，晚上是有值班秘书的。

急促地电话声在大厅里响起，值班的小林估计上洗手间了，铃声一直在响，周静薏听得犯晕，只得冲出去接。

“你好，这里是江氏。”

蔡恒这耐心正快没了，忽然手机里传来一个很好听的女声，他有点儿犯愣。因为是用江景耀的手机，所以周静薏以为电话是江景耀自己打的，只是不知道为什么她接起来，他又不说话了！

“江总，我这里的资料都整理好了。您看是给您送过去，还是您回公司来看？”都凌晨一点多了，她想江景耀应该不会再回公司了，肯定又会让她送去他在帝豪的公寓。她打的出租车又不能直接到他楼下，只能步行十分钟走进去。看来咖啡是喝对了！

蔡恒听明白了，这人是江景耀的秘书。好了，找着人了！等他利索地把江景耀喝醉的事一说，然后问江景耀的住址，却不想这边的周静萱却是大大吃惊了！

江景耀一向是很律己的，酒是偶尔会喝，但只是一点点。他晚上都是自己开车，所以从来不会有过量这么一说的。今天他还要看自己的分析报告，奇怪，还会跑去喝酒，居然还喝醉了！

她报了江景耀在帝豪的住址，语气恳切地请蔡恒帮忙派人送江景耀过去，自己也马上准备赶过去。她有江景耀家的备用钥匙，那是可恶的江景耀使唤她去拿干洗衣服时留下的。现在倒能派上大用场了！

蔡恒本来可以让其他人送江景耀的。他自己晚上也喝了不少，人是清醒的，可开车还是不太好，几个发小就劝他不要去了，让他们送江景耀。蔡恒偏偏不肯，他的少爷脾气上来，谁也拗不过他。

其实说到底，他是想去看看刚才接电话的那个女人。声音真好听，在他听来犹如天籁。以他对女人的了解，能有这么清澈甜美不矫揉造作的声音，肯定是个极特别的女子。不然也不会做江景耀的秘书啊！江景耀什么人呐，那可是个极挑剔的主！

众人将江景耀轻放在蔡恒那辆宝马车后座，然后郑辛又敲敲前车窗："蔡少，路上慢点开。"

蔡恒嘻嘻一笑："放心，我就是不顾着自己，也得顾着景耀啊！"

江景耀酒品还不错。虽然是醉了，但没有叽叽咕咕的什么毛病，只是安静地睡觉。蔡恒偶尔会从后视镜里瞄他两眼，这家伙睡着的模样和从前一点没变。不过蔡恒也听说了，这小子现在江氏可算是一手遮天，喜欢和下属玩冷酷阴沉。以前可不是这样的，难道是在美国给洋妞泡坏了？

到了帝豪门口，蔡恒的宝马却进不去。保安很负责，没有因为看到宝马就随便放行。

蔡恒最不喜这样被人堵在门口，多没面子啊！他指指后座："我朋友是你们这儿的业主。"

保安侧身往车后座看了看，夜有点儿深，也看不真切。好像是C区的江先生，但又不敢确定。蔡恒急了，不是吧？生平头一次啊！他俯身去翻江景耀的手机，一边懊悔自己刚刚没问那女秘书的手机号码。

他拿着手机，翻看着已接、已拨电话。对着最后拨出的那个名叫周静薏的号码，正有些吃不准呢，手机屏幕却唰地亮起来。

周静薏来电。五个字。蔡恒欢天喜地地接起来。

"你好！"这会儿周静薏已经知道接电话的是谁了。江景耀已然醉了，那就只能是江景耀的那个朋友了。

"你有没有到帝豪门口？"她知道帝豪的物业向来对进出的人员管理得很严，连她都是江氏来给办的出入通行证。

"正拦着呢！"蔡恒心想这会儿真糗啊！

"噢，那等我一下。"

那边周静薏已经在江景耀家里拿起可视电话拨到了小区保安室。保安一看是小区内线，忙接起说两句，这边就放行了。蔡恒松了口气，心也凉了几分。瞧这儿的保安和这女秘书熟的，江景耀八成早近水楼台先得月了！

扶着江景耀上电梯，到16层，周静薏已经守在那里。看着眼前的女子熟稔地从厨房倒水，再去浴室温热毛巾出来，蔡恒心里拔凉拔凉地，江景耀这小子真有艳福啊！

其实蔡恒长得一副好皮相，随性不羁的神情，再加上不凡的衣着，总之就是现世女子最趋之若鹜的豪门公子哥儿，多金英俊，又懂得博女孩欢心。可是他们这个圈子里，谁身后不是有一群虎视眈眈的女人啊！

他的口味总是随着心情变化，有时是清纯天真的女大学生，有时是妩媚娇艳的当红明星，偶尔会是性感撩人的名媛少妇。女人宛若一件衣服，在蔡恒那里至多一两个月，追到手就渐渐失去吸引人。不过他也从不亏待她们，分手之后总有不菲的分手费给对方。因此这些年百花丛中过，他轻飘飘逍遥自在，倒也没有费神操心的事儿。

今天在江景耀这里遇见这淡漠雅致的周静薏，还有那清亮动听的声线，他的心凭空漏了几拍。周静薏的眼神只是淡淡地扫过他，他就莫名地兴奋不已。多希望她现在暖着毛巾照料的是微醺的自己啊！

是梦，果然是做梦。蔡恒孤零零地在江景耀家转了几个圈，终于觉得自己是多余的人。他讪讪地和周静薏打了招呼："周小姐，我先走了。你好好照顾景耀。"

说到末尾的"你好好照顾景耀"，他心里无端地冒上一股微酸，但又是无奈的。周静薏客气地送他到大门，门口的灯光衬得她肤色白皙，眉目沉静。蔡恒心里叹息着，依依不舍地步入电梯。

送走蔡恒，周静薏觉得自己也该回去了。她将文件放在江景耀的床头，调好闹钟压在上面。目光掠过江景耀和煦平稳的睡容，听着他顺畅的呼吸声，不由得觉得有些陌生。

也许，魔鬼在沉睡时也会像个天使般平静柔和。

江景耀第二天是被闹钟惊醒的。醒来发现自己和衣而卧，身上盖着软软的被子，太阳穴那里还隐隐地有些胀痛。他怔怔地想了几秒，依稀记起昨晚自己好像喝多了，后来是蔡恒将自己送回来的。再之后是怎么样，就什么都记不起来了！

洗完澡一身舒爽地出来，他的目光定在了床头的那叠报告上。昨晚周静薏来过了！

这个发现令他有些吃惊。周静薏有他家的钥匙，他是知道的。那不是每天使唤她来拿他干洗的衣服，再送去洗衣店清洗才给的钥匙么，有时候晚上也会让周静薏临时送资料或是文件什么上来。不过周静薏这点很好，即便知道他在家，也不会直接用钥匙开进来，总先叩门，通常都是他不耐烦地通过书房的语音电话让她自己开。

昨晚她在这里，但愿没发生什么，自己也没酒后乱说什么话。江景耀沉吟了好一会儿，思前想后觉得应该没什么。最好是这样，他不想破了自己的底线。

在等司机过来的那20分钟里，他仔细翻阅了床头的那份运营分析报告。数据详尽，对比明显。分析的意见极为精辟，运用了经济学上很多原理，却不显得哗众取宠。看得出周静薏做得很用心，而且短短的半天时间内还能动用集团高级财务顾问，那个脾气古怪的林老头子做了点评，尺度、时间都把握得刚好，对于这份东西，他是真的很满意。

董事会开得很顺利，如江景耀所愿。集团并购远大之后，显示出的优化资本能力完全体现出来，江氏的那帮资深董事们都对江景耀钦佩不已。所以他接下来要推出的分设大区域负责制，反对的声音也开始寥寥了。

由大区老总整合江氏在当地的资源，进行有序的调度配合，固然是一种提高效率和信息及时反馈的好办法。但是这和战国时期的划分诸侯有什么区别？江氏集团涉及的领域那么广泛，大区老总有几个能胜任这样的跨行业管理？

周静薏心里是有意见的。但是她知道自己说了也没用，谁说都没用。江景耀打算好的事情，谁又能奈何得了？不过之前他说要进行质量认证，她脑海里灵光一现。原来那个时候，他就计划好了。把公司内部的资源和各个环节重新梳理之后，他才好大刀阔斧地实施自己的计划。真是念MBA的，心思真长。

开完会已经下午一点了，饥肠辘辘的她先给江景耀叫外卖。昨天吃完午餐的时候，他关照过她：明天还是一样。于是她照例给他叫了街角那家意大利餐厅的芝士海鲜面、什锦蔬菜沙拉还有一份牛油果鲜蟹肉。

而她自己只是让员工餐厅送了一份快餐和奶茶上来，只想抓紧时间多休息一下。昨晚真的没睡好，头剧烈地疼。

她整个人软绵绵地靠在高背椅上，乌黑微卷的长发松松地披散下来，滑落在脸颊和锁骨处，漆黑浓密的睫毛遮盖住了眼睑下方淡淡的阴影，没有化妆，肤色有些苍白。上午因为要开会而抹的口红，这会儿因为要吃饭，所以早就擦去了，由此可以看到淡粉的唇色。江景耀恰巧经过，不由得立在玻璃隔间外停顿了片刻。看着周静薏悄然睡去，那样子好像很疲惫，心底里某个地方好像被轻轻地揉碎了！

他皱了皱眉，最后还是转身离去。

两份午餐被各自送上来。江景耀看了眼自己那份。因为昨夜的醉酒，他的胃正不舒服着，看着芝士就觉得腻，就打发人端到总裁室里的茶水间去。

他在办公室里给蔡恒打电话。蔡恒一顿酸不拉唧的话，听得他更加心烦。

电话里，蔡恒嬉皮笑脸地调侃他："哥们昨晚好睡吧？羡慕啊！"

江景耀没反应过来："怎么，你昨晚失眠睡不着？"

蔡恒："……"

"你那女秘书，哦，那个周小姐挺有味道的。"

江景耀听懂了，原来蔡恒昨晚和周静薏遇上了。这小子就知道女人！

"没觉着。昨天喝多了，我没怎么着你吧？"

蔡恒失笑。他接到江景耀的电话，还在自己别墅的大床上，身边还有个暖香温存的小尤物在舔他的脚后跟，是他的小可爱，一身金黄色的拉布拉多幼犬。小家伙太黏人了，老围着蔡恒转悠。

"嗯，你倒是没把我怎么着。"蔡恒在心里嘟囔，哥们我也不好那口啊！

"那就好！"江景耀和蔡恒习惯了在电话里打趣，正准备收线，忽然听蔡恒幽怨地说了一句"至于有没有把你家小秘怎么样，我就不得而知了。昨夜良辰美景，暖香温玉的，滋味不错吧？”

江景耀几乎要咆哮了！不过他自制力很好，马上镇定下来，似笑非笑地套蔡恒：“你在，我们能干出什么？”

蔡恒想也没想地接下去：“对啊，那不是我先走了嘛！”

轮到江景耀噎住了。

挂掉蔡恒的电话，他略一思索，按了下内线，就把周静薏给叫进来了。

因为刚刚被惊醒，周静薏的脸上还微微有些红晕。眼眸如水一样干净，倒没了平日里那种冷淡。江景耀在心里冷笑了下，那种冷淡也是刻意而为之的吧，吃准了他们这些富家子弟最吃这套！

“江总，你找我？”还是平静无波的声音。

江景耀坐在那里，嘴角微微一勾。他的样子阴郁而俊美，如墨的眼眸深邃难测。

“我家的钥匙。”他只是说这一句，说完人微微有些前倾。周静薏倏然明白，但也不以为意。转身去取来那把钥匙，黄澄澄的钥匙放在光滑的大班桌上。江景耀伸手取过，眼角瞥了下还立在那里的周静薏，鬼使神差般地说了一句：“你没复制吧？”

因为这句话，某人在不久的以后，肠子都悔青了。可是说过的话要收回来，是要付出代价的！

何况当场听了这话的周静薏是真生气了。她不屑地，直视着江景耀幽黑深邃的双眸，一字一句地：“报告总裁，我没那个癖好！”

然后面色清冷地，也不等江景耀再说什么，转身就回自己办公室去了。

相亲这种事情永远是上一代的比较心急。周母的办事效率很高，没过多久就真给周静薏落实了一个相亲对象。

周末回家去吃饭，饭桌上周母递过一张纸来。周静薏莫名其妙地看着上面龙飞凤舞的几个字：男，虚岁32。市直机关中层干部，短婚未育。身高175，大学学历。本地人。

“谁写的？”她不动声色地问母亲，心里明白从此就要被母亲推上漫漫相亲路了！

周母眉梢带喜：“这是你李阿姨口述，她小儿子笔录的。”

周静薏知道这个李阿姨，是个专做媒牵线的。前些年自己和初恋男友分手那会儿，这李阿姨也给自己张罗过相亲，都是些不着边的人。媒婆的一张嘴啊，白纸也能说成花！

看她有些提不起精神，周母忙出言劝慰：“放心，这次你李阿姨是拍了胸脯的。这个男的人品、条件、模样都是极好的。”

然后就听得耳边絮絮叨叨不断：“年纪合适，比你大3岁，正好是体贴照顾人的年岁。个子、模样据说都是很出挑的，学历也不差，和你也会有共同语言。最要紧的是职业，公务员多稳当啊，旱涝保收不用提心吊胆，更何况他还是个中层干部。这么年轻就能混到这个位置，以后说不定还能往上再升升。别看你现在工作收入都挺好的，可也总不能这么忙忙碌碌一辈子吧？有个靠得住的老公，你就是闲在家里也没事啊！”

其实每一句话，她都能驳回母亲的。但是看到她说得那么兴高采烈，又想起之前一年父母被她婚事给折磨得那个难受劲，周静薏话到嘴边，又咽了回去。

周母最后总结：“这人经济条件也很好，有别墅也有车的。综合条件不要太好！比你之前自己找的那个臭小子强多了！”

这个臭小子，指的是傅博。周静薏是不在乎那些条件的，她知道其实母亲也不是真的很看重那些东西，只是一门心思要她找个比傅博强的。被男方悔婚这种事，让周母觉得在人前都抬不起头来。如果女儿之后不找个条件很好很优秀的，怎么来堵悠悠众人之口？

可自己却是真的没什么心情。刚离婚才半个多月，就要去见一个陌生人，而且还是以结婚为前提，这让她心里挺不是滋味的。

一直没开口的周父在边上出声了：“小薏，你也就当认识个朋友。彼此先接触下，看看感觉。如果有感觉，那就接着谈，没感觉么，爸爸妈妈也不会勉强你的！”

“怎么会没感觉？这么好的条件肯定有感觉的！”周母兴冲冲地接茬。

周父回头狠狠地瞪了老婆一眼，自家女儿什么脾气还不了解么？好不好都要她自己来分的，不是自己喜欢的，她能过得下去？

周静薏只是低头在那里沉思。感觉，这个词怕是她现在最不喜欢听到的。傅博要和她分手的时候，不就用的这词么！

他就那样坐在车里，两眼望着前方，看都不看她，语气平淡：“我喜欢你的时候是真的喜欢，是真想好好和你过日子。这个真的没骗你！但是现在我对你没有一点儿感觉。感觉，你懂吧？一点感觉都没有了！我们还是离婚吧！”

那种感觉太残酷了！说来就来，说没就没了！她曾经自省过，是不是自己哪里做得不对，做得不够好？

她不是那种恋爱了就很会黏人的女孩子。但也会在闲暇时，低眉敛目地整理公寓，清洗他换下的衣服。偶尔还会下厨做几道小菜，两人围坐在玻璃茶几旁，边看美剧边小酌一番。傅博平时话不多，但是每逢这种时候，他必定是兴高采烈地和她东一句西一句扯着，甚至还会把工作上的烦恼向她倾吐。她知道他工作是蛮有压力的，所以会好声好气地宽慰他，要么就是安静地听他倾诉。

她也从不过问傅博的财政状况。伸手向男朋友甚至老公拿钱用，或者讨要礼物这种事，她连念头都从来都没有起过。反倒有的时候和杨沫她们逛街，看到有合适傅博的衬衣或者他喜欢的小玩意儿，她会毫不犹豫地买下拿给他。

朱宜兰就老说，你对傅博太好了！这么想着他干吗？男人都是犯贱的，你越不待见他，他越是死皮白脸地盯着你！男人雄性激素分泌旺盛，征服欲就比女人强，太容易到手的东西没办法太上心！

周静薏听了，只是不在意地笑笑。既然两个人打算要共度一生了，那何必计较谁对谁更好一些呢？再说了，那时傅博对自己还真是挺不错的。凡事总想着先问她的意见，下了班总先到她公司报到。有应酬或是朋友叫出去玩，也早早地会和她请假。她在公司加班到很晚，他也只是在QQ那头熬着，只等她说快好了，马上穿衣出门过来接她回家。

她在香港出差时听到人说：一间屋子如果夜晚的灯光是雪白的，那肯定是个孤单寂寞的人；如果是粉粉的，那一定是喜欢缠绵的人；最难得的是橙橙的、暖暖的灯光，那才是家的味道。家里有人等你回来的那种温馨，是一种平淡而永恒的幸福！傅博听了，第二天就把她公寓的大灯换了灯管。好多个夜里，傅博如果先一步回家就必定会打开灯等她回来。远远地望着那抹淡黄的光晕，想着家里有个人在等候自己，她就觉得心窝里也是暖暖的，很安心。

因为周静薏五一可能要陪客户出差，傅博满脸的沮丧。原来他一早就计划好了，要带自己去旅游，订好了房间，查好了自驾的线路，只等她点头。幸好客户后来也延迟了时间，所以她总算没有错过傅博的心意。在太湖边，两人月下散步的时候，她还故意逗他：“要是我真没法来呢？”

“那，那我就问候你客户全家！”傅博佯装生气的样子。

“啊，你这样粗俗啊！”她哈着手，去搔他的胳肢窝。他怕痒，所以一路逃回房间。等她追进去，却是羊入虎口。反被他压在绵软的大床上不能动弹，一场缱绻缠绵自是不用细说。

可是末了呢，他最后还是冒出一个没感觉。周静薏现在一想到感觉这个词就头疼。

周母后来佯装开明的样子：“把你手机号码给那小伙子了。现在相亲也都新派了，你们自己约见面吧！我和李阿姨就不参与了！”

难不成，原来母亲还想一起陪着去不成？那可就太隆重了！不就是见个面么，那就见吧。

隔了两天，那男的果然打电话来。他自我介绍：我是郭秉新。周静薏才想起来，原来是那个人！

彼时她正随江景耀一起查看南景美墅的工程收尾情况，身边都是人，也不好说话，就说等会儿再打过去，就挂掉手机了。因为事先知道下午要到工地来，她换上了平底的鞋子，不过下过雨之后，工地里还是很难走。

在查看一处样板楼的时候，手机又震动起来，而且似乎没有停下来的意思。拿出来一看，还是郭秉新打来的。她迟疑了下，看到江景耀不在眼前，就悄悄地退后几步在阳台上接起了电话。

“你好！有什么事？”

对方爽朗地笑着：“你在忙是吗？我还担心你刚才是不是不愿意和我说下去呢！”

周静薏皱了皱眉，这人有点那个啊！不过还是客气着说：“没有啦！”

“要么今晚在迪欧咖啡我们见个面？七点半，你看怎么样？”

她虽然觉得时间有点赶，但转念一想，也好，早见早了！刚想开口答应，身旁突然多出一个人来。

“你在这里做什么？”赫然映入眼帘的是江景耀那张清俊的脸，正蹙眉看着她。

她冷不防被惊到，身体一哆嗦，眼看着就到了阳台边缘。那里还没来得及装牢固的雕花栏杆，现在只是几根绳索围着。她看着楼底下那些嶙峋的石块、黄沙，还有带着钉子的木板，想这下完了，不骨折也只怕是要毁容啊，于是索性一闭眼！

突然身后有一双有力的大手揪住她的胳膊，一把将她整个人拽入怀里。那个怀抱出奇的温暖，那一刻她竟什么都忘记了！只是这样静默在那个胸膛前，听着那有力的心跳，任意识一点点地回来。

不用抬头，她就知道，把她拉回来的是江景耀。

江景耀也有些怔忡，看着怀里的人，有种被电到的感觉，浑身一阵酥麻。她身上有股淡淡的清香，将他的呼吸缠绕，那一刻，谁都没有放开手。

然而周静薏脑海中很快浮现出平日里的一幕幕，她立马往后退去，脸上也收起刚才的惊慌失措，换上一贯的淡漠。江景耀看着她犹自退后几步，像是有什么避之不及似的，忍着不悦，冷冷地瞥她："把手机关掉。"

这会儿他不管集团有规定不准关机的么！刚才是谁突然跑出来吓到她的，他居然还面不改色的！周静薏拾起刚才掉在地上的手机，放到兜里。

"要保证通信畅通，这是您一贯教育我们的！"她的声音很轻，但很坚定。

两人之间的微妙还是令人有些觉察，刘总从另一边走过来瞄了瞄两人的脸色，忙引着江景耀往顶层走去。

那晚周静薏还是和郭秉新见了面。

忙完手上的事儿，周静薏赶到迪欧的时候已经快八点了。她疾步走上二楼，郭秉新电话里说自己在二楼靠窗的位置，穿格子衬衫。她在二楼看了一圈，终于将视线落在了最里面的一张台子上。

一个穿细格子衬衣的男子正翻看着手机，平头，微瘦，相貌还算周正。像是觉察到有人在注视自己，这边已经抬起头来。目光一交会，对方已经立起身来。周静薏忙走过去："是郭先生吗？"

"我是郭秉新。你是周小姐？"他倒也是温和的语气，听不出有责怪她晚到的意味。但周静薏还是诚恳地表示歉意，毕竟对方等了自己快半小时。

虽然相亲是件尴尬的事，但是对于周静薏和郭秉新这样经常和外界沟通、打交道的人而言，闲聊起来也是有话题的。比如各自的工作、最近的天气、平时的兴趣爱好等。

听着郭秉新意气风发地讲述，她才知道，他是在市宣传部工作。平时工作挺忙的，最近才有些空，这不，李阿姨就积极地给他物色对象了！

周静薏只是含笑听着，郭秉新身上有种自我感觉良好的味道。这是她所不喜的，她向来觉得男人到了三十多岁这个年纪，应该是沉敛睿智、从容有度的。但是不喜欢也罢，面上还是要礼节性地给人尊重。所以她打算把手上的这杯茶喝完，再告辞离开。

“听说你也是刚离婚？”郭秉新突然这么问道。

她呃了一声，虽然是离婚了，但是经人这么一提，确实也觉着离婚二字听着挺吓人的。

“原因呢？”郭秉新倒是很有兴致地继续问着，大有打破砂锅问到底的样子。

她只好拿离婚协议书上的理由来搪塞他：性格不合。

不然怎么办？总不能说我也不知道什么原因吧？人家不把你当怪物看才怪！哪有稀里糊涂就离婚的啊！

“噢。”郭秉新一副了然且很有感触的样子。

“那还好。你们只是领了证，真要是生活在一起，性格不合是很痛苦的。比如我和我前妻，也是性格不合互相折磨了两年，去年才离婚的。”

周静薏听着郭秉新讲他和前妻之间的矛盾、争执。他们也是相识不到一年就结婚的，结婚前郭秉新有过想放弃的念头，但是当时万事俱备只欠东风，他的念头才提出来就被家里的长辈训斥得狗血淋头。他被骂过，心想也是，作为一个男人既然给了女人承诺，就要努力去实现，尽力做到完美。还未开始婚姻就缴械投降，那也太窝囊了！

周静薏慢慢地听着，心里原本的不耐渐渐消失了。眼前浮现出傅博那时眉心深锁的样子：“我不知道哪里出了问题，反正就算我们结了婚，以后也会离婚的！”

也许，郭秉新他们的故事正是自己和傅博的另一种版本。周静薏忽然心里一亮，也许从郭秉新这样的男人那里，她可以揣摩出傅博当时真正的心情。所以当对方语气恳切地邀约下次再见面时，周静薏很爽快地答应了。

起身离开的时候，她看到了不远处正双手插袋，笑嘻嘻地注视着她的蔡恒。

那晚在江景耀家和周静薏见过之后，蔡恒照例活得风生水起。今天他们几个人在迪欧VIP包厢打牌，出来结账的时候，就看见周静薏和一个男人相对而坐。他打量了下两人的表情，心里一乐，那样子看似相亲。蔡恒全身的细胞都活跃起来，精神振奋，原来自己还有机会！

蔡恒也是个想到什么就要马上去做的人。周静薏在相亲这个事令他敏锐地觉察到：江景耀和周静薏的关系可能并不是如他所猜测的。

蔡恒虽然风流，但是很讲义气。如果江景耀和周静薏真的有什么，他是绝对不会插足的。女人似衣服，兄弟是手足！这上面的分寸，蔡恒是明白的。

于是第二天他就把江景耀堵在了他惯常打球的高尔夫俱乐部。

江景耀一身的白色球衣，英姿勃发，因为刚打完一局，脑门上微微渗着细汗，见到蔡恒踱步过来，不由得觉得惊讶。

"怎么这么早？"江景耀知道蔡恒平时没有日上三竿是绝对不会起来的。也难怪，他们那群人都是夜猫子，习惯了夜夜笙歌，白天自然是要补眠的。只有自己是最劳碌的拼命三郎，每天忙公司的事务到深夜，第二天还得精神抖擞地开会上班。每周三次来这里打球，也是为了呼吸下新鲜空气，锻炼身体。所以一大早看见蔡恒在这里出现，他非常意外。

蔡恒但笑不语，直到江景耀身边随行的人都下去了，才装作不经意地问江景耀。

“美国回来也没见你带什么人出来见客？怎么样，要不要哥们儿介绍几个名媛或是明星给你？关键场合也好充充数。”

他得先探探江景耀的底。只是这样的滥招，江景耀焉能看不透？

“那些，你留着自己用吧！平均每两个月换一个，我想你自己更需要！”

江景耀靠在躺椅上，满脸的云淡风轻。

蔡恒倒没介意江景耀话里的揶揄，他只是有些担忧：难道他果真包养了那个小秘？

迟疑了下，蔡恒还是忍不住直截了当地问：“你和周静薏，没什么吧？”

听着蔡恒在问他和周静薏有什么关系不？江景耀冷不丁心里咯噔一下。他觉得那架势有点奇怪，好像丈夫来质问妻子的奸夫似的！

江景耀脑门上青筋直跳，心里有种受辱的感觉，没有做声。但是他越不做声，蔡恒心里越是发急：是真的有关系吗？

“你们江氏不是最反对办公室恋情的么？你还吃窝边草？”蔡恒有些不甘心地追问。江景耀这下火大了：“我对她，没兴趣！”

好似六月里喝了冰水般，蔡恒一下子全身舒爽，他兴奋地打了个响指：“OK，那从今天起，我就展开攻势了！

江景耀悻悻地，有些懊恼，但话已说出口收不回来，于是只得一本正经地告诫蔡恒：“你做什么我不管，但是不能影响她在江氏的工作！”蔡恒失笑，这个当然！

但是怎么才算不影响工作？江景耀没细说，蔡恒后来才晓得，这人太狡诈！

蔡恒顶顶乐意人家唤他蔡少，在博盛他好歹也是个副总裁，可偏偏不喜欢被人正儿八经地称呼蔡总。你若是不知就里毕恭毕敬地和他打招呼：“蔡总，你好！”他绝对是斜眼睨你，再也懒得和你多说一句。

没情调，酸不拉唧的，什么人啊！蔡恒保证会在心里冒上这几句话。

他蔡少是多风流倜傥的人物啊！换作是古时候，随便哪个朝代，白衣胜雪，衣带当风，手持羽扇，翩然于花红柳绿间，那该是多少逍遥的乐事啊！和郑辛他们一起，他也是经常诲人不倦地教导他们：男人可以风流，但绝对不可以下流！

那种初相识就直奔主题的，蔡少是看不上的。他喜欢那份耳鬓厮磨的缠绵，那种怦然心动的春风荡漾，这样的秉性在他闪耀夺目的背景下更是深得女人心。然而他却不曾行差踏错沾惹上什么头疼的麻烦事，这点极受他们圈子里所有人的崇拜。

每回谁被前朝，或是前前朝烦得不行，一顿混乱的时候，总要去找蔡恒讨教一番。到底是什么绝招让那些女人明明心里依恋着他，却俯首帖耳般任他说断就断，从不诽谤他蔡少的名讳？

蔡恒每回都是睁着一双无辜的桃花眼，俊美如斯的脸上似笑非笑："这个嘛，佛曰不可说，不可说！"把众人气得半死，却也拿他没辙。

所以蔡恒说要追求周静薏，江景耀心里挺不是个滋味的。蔡恒在女人方面向来无往而不利，但他从来没有长性。想到这，江景耀一愣神，周静薏儿时清澈无辜的眼神，现如今淡漠清冷的样子一一浮现在眼前。他垂眉淡然地抿了抿嘴角，颀长的身影伫立在落地长窗前，目光清远地落在天际处夕阳下的那一抹红晕上，蓦然无声。

周静薏忽然发现近来几日自己竟有空闲了！除了公司例行的事务处理，集团质量认证的项目需要自己一一把关外，其他琐碎或是繁重的工作竟然少了很多。老天，你这是开眼了么？她心里一乐，心想自己可以在下班之余好好安排下了。比如和杨沫她们去新开的时尚川菜馆一饱口腹之欲，做做美容抚慰下饱受加班熬夜之苦的肌肤，又或者在家打理打理那些绿植，总之有很多身心愉悦的事情可以有时间去做了！

而且好事情似乎扎堆来了，这天晨会刚结束，小赵就神秘兮兮地朝周静薏遥指了她办公室。她有些惊讶，莫非有人找？

推开自己办公室的门，里面并没有人，但是黑色的办公桌上赫然有一份包装极为精美的东西。浅浅的肉粉色包装纸下是一盒犹带晨露的玫瑰。盒子上的标签她认得，这种都是从国外空运过来的。是谁？居然花这样的心思？她有些惶恐，天哪！不会是郭秉新吧，话说自己和这个人也只是见过一次面而已啊！

小赵有点好奇地探进头来，瞧见桌上的玫瑰，小脸上一阵惊羡：“天，这么漂亮的花啊！”玫瑰谁都见过，可是这么娇美粉嫩、宛若霞雾的玫瑰真是少见！淡而沁人的幽香随着盒子的打开而散发开来。小赵眼珠子滴溜溜地转着：“十二朵，这花语是我日夜在思念着你啊！”

周静薏假装未听见，心里挺喜欢这花的。这花有一种让人心动的美，而且这送花人也算是用心良苦。她记得几年前远大的一位贵宾也是喜欢这种来自保加利亚的粉玫瑰。为了尽快签订合作协议，老板也是在两天内空运来了这么一盒新鲜采摘来的粉玫瑰，引得那位贵宾连声赞叹。当时那盒似乎还没有十二支那么多，就已经前后花去近6千元。现在这么一盒，是谁这么大手笔？

不过这种送花先博美人心的招数她已经熟烂于心，当下也没怎么多说，就让小赵拿了花瓶插起来，放在案头盈盈生动得仿佛让人置身于芳香四溢的玫瑰庄园一般。她想，这神秘的送花人必定会自己现身的，不急！

却不曾想，这一天过去竟还是没有人来认！下班的时候，周静薏俯身嗅了嗅花瓣间的幽香，粲然一笑，或许是人家送错了也不一定！于是心下轻盈如风般，一路坐电梯下去。

这天江景耀走得也很早，他从自己的专属电梯下来，司机已经泊好车在大厦门口等候多时。刚坐到车里，抬眼就看见蔡恒的车，白色的BMW760i停在那里，想不看见都难！

司机见过蔡少的车，知道两人些许有话要说，也不忙着发动车子。果然隔了几秒，江景耀的手机响起，他看了看，慢吞吞地接起来。

“你这个时候找我干吗？”他自是奇怪的，蔡恒搞什么呢？听说周静薏收了一盒空运来的玫瑰，肯定是蔡恒的杰作。不过这个时候他不是应该现身在周静薏面前么？

蔡恒像是在车里一个人轻笑：“找你自然是有事啊！”

“我没空。”他才懒得搭理呢。公司逐渐上了正轨，近来也没什么事情折腾周静薏。他难得清闲了下，这不得回大宅去报个到了么！

“你孤家寡人的，公事忙完了还能有什么忙的？”蔡恒依旧云淡风轻地。

江景耀觉得这架势实在太无聊，两辆车相隔才几米，互相都看得见彼此的身影，蔡恒还和自己在电话里唠嗑，两个大男人实在是闲得发慌了！

他微微蹙眉：“你说重点。”

蔡恒在电话那头朗朗地笑起：“我等你一起吃饭呢！”

江景耀有点头晕：“蔡恒，你该干吗干吗去！我先走，改天我请你吃饭。”他想这是什么事啊？不去围追堵截，偏偏找上自己来。

江景耀一挥手：“开车。”迈巴赫迅速启动，极快地从宝马旁边掠过，他从车窗内扫过蔡恒的脸，对方神色间似乎在琢磨什么。他不再理会，心想自己已经表明态度了，还要怎么样？

找江景耀吃饭是真的，来看周静薏下班也是真的。蔡恒这厮果然是追求女人的行家，他在车里看到周静薏淡笑着走出江氏集团的大楼，清丽脱俗的身影又一次深深地印在了心里。他知道这花送得恰到好处！

神秘的送花人一直没有现身，整个总裁办连带楼面的接待都帮着周静薏惦记着这个事儿，可是一直到第二天中午，还是没有动静。联想起之前的传闻，有人不由得嘀咕：“难道是大少爷？”

众人俱是赞同，这样的手笔也只有像大少爷江景晖这样的富豪名流才能有的，而且之前大少爷对周静萱就另眼相看得很。不过最近大少爷可一直在美国啊！不过订花这种事儿只要派个人几个电话就可以了，又不是要大少爷自己去花田里摘！

一时间，谁都觉得这事儿是板上钉钉得很了。

可是连着两天有恒隆名品店的店员上门送限量版SALVATORE FERRAGAMO包包，还有博盛的高级总裁助理TRCY亲自来送午餐，人心都沸腾了！

江氏内部的MSN和QQ上整天都在议论这个事情。

恒隆名品代理的都是国际一线品牌的服饰和鞋包，很多上流社会的名流和明星趋之若鹜。小赵去瞄过那个SALVATORE FERRAGAMO手挽包，烟粉色的色调配上蔷薇花的扣饰，非常有女人味。还有TRCY送来的午餐，外面是手绘图案的牛皮纸袋，上面是流畅的英文字母，小赵还闻到了佛跳墙的香味。赞，太赞了！

动用八卦的力量，很快答案就浮出水面。博盛的太子爷，副总裁蔡恒，那个风流不羁的美男子。当然要真的比起来，蔡恒不及江景耀俊朗，但他实在是讨女人欢喜，一双桃花眼风情无比，哪里像江景耀这般冷凛肃然。

周静萱自然也知道是蔡恒了。她坐在那里，手上把玩着恒隆的那张VIP卡，眼前闪现前一日恒隆店员微笑恭谨的模样："我们只是受人之命，周助理还请多体谅。不过蔡少的心思很是用心呢，这款SALVATORE FERRAGAMO是限量的，他特地关照了要我们去法国调过来的。说是极为衬周助理的气质。这张卡，周助理莅临本店的时候，可以用来签蔡少的账。"

她很少会去那里购物。一来嫌贵，同样的品牌在香港或是米兰巴黎要低上20%-30%，逢上打折季还有惊喜的大折扣，她的薪水没法像那些阔太太们一样，脑子发热随手一拨拉就是十几万，甚至几十万。二来她也不是觉得凡是名牌的东西就是好的，有时候一些平价的衣服也能搭配出上佳的效果来。

翻过那张卡片，背后一个极为潇洒的签名：蔡恒。

蔡恒，不就是江景耀那个朋友么？她不动声色地收起来。三天了，蔡恒又是鲜花，又是限量挽包，最后还温情脉脉地送来养生佛跳墙。这样的攻势绝对是很有杀伤力，一般人只怕是早已心神荡漾，盼着他真人现身了吧！谁能敌得过这样的用心，这样的虚荣？

她拧了眉，这样的风流人物怎么会盯上自己了呢？只是见过两次面而已。

蔡恒知道周静薏这样的女子最易被男人的真心打动，他当然有真心，而且很多！这些事情轻车熟路，做起来也是极用心的，他太明白这里面的差异，而他又是最享受那份缱绻到极致的感觉。

不在乎天长地久，只在乎曾经拥有！每一段情他必定是用了真心，享受了那如烟火般绚烂的极致，就会淡去直到索然无味，而他定会选好时机抽身而退。这一次也不会例外！

但似乎有些不对劲。蔡恒在办公室里踱了几个来回，不对啊！照理这个时候对方一定会主动给他打来电话致谢，而他装作轻描淡写，不留痕迹地邀约对方，一切都是水到渠成的事儿。可偏偏三天过去，周静薏既没有电话来，也没有上门来堵他。莫非还不到位？

蔡恒想了想，笑意又重现在脸上：自己果然没有走眼，这个女人果然非同一般。

第四天，蔡恒的车子又停在了江氏大厦的楼下。他瞥了一眼江景耀的迈巴赫，这会儿还开会，这斯真是拼命啊，都九点了，还不让人下班！他耐心地等着。

周静薏下来的时候，正对上蔡恒斜靠在白色的BMW边，黑衣黑裤，倒真是一副绝对赏心悦目的画面。

见她走出来，蔡恒越发笑得撩人：“我亲手煲的佛跳墙滋味如何？”

周静薏心里直叹气，这人真是一个妖孽啊！若不是自己心淡如水，再年轻几岁的话，能不能不心动倒还真是难说！

“蔡总有心了，汤真的很美味。”她很是客气。

蔡恒含笑：“这都第三次见面了，你还这么生分地叫蔡总，看来我真是失败！”

她知道现在蔡恒希望她接上去一句：“那我该叫你什么啊？”然后顺竿子往上爬就是吃饭邀约等，于是微微一笑，伸手从包里取出一张卡来。

看到周静薏上来就递给他一张银行卡，这回蔡恒愣住了，这是什么招数?

她倒只是温和有礼地笑着，语气中听不出一丝波澜：“这是付给蔡总送来鲜花、包包这些种种的费用。我大概估算了下，要是少了，蔡总也不要嫌弃。密码是您的手机末六位。”

蔡恒内伤了！在极度挫败中，后来周静薏是怎么笑着和他道别的，他都不记得了。从来不曾这样低落过的情绪让他一下子无所适从，等到清醒过来，就看见江景耀清俊修长的身影立在自己面前。

心里一阵委屈，他瞪一眼江景耀：“别再说你没空，走，陪我喝酒去！”

那晚，江景耀听得蔡恒这么一说，忍不住笑了。心想这个风流公子也有今朝啊。这一笑不打紧，蔡恒越发伤心了，两眼灼灼地盯着江景耀：“你得保证，这件事绝不外泄。太毁我一世英名了！”

杨沫最近犯桃花，而且还是烂桃花。晚上三个人齐聚在朱宜兰店里，杨沫先霸占了店堂里那把细藤美人椅，义愤填膺地向其他两人控诉自己这些日子的悲惨遭遇。原来某杂志社一年轻摄影师近来对她狂追烂打，搞得她不甚其烦。

“你就从了他呗！”朱宜兰从她那犹若当铺账台的实木柜台后探

出头来，没心没肺地吐了这么一句。

杨沫尖叫："杀了我好了！"周静薏原本正捧着笔记本忙着回一封工作邮件，听到如此骇人的声音，差点把笔记本掉在地上。她回过头，满带狐疑地问她："小男孩儿很次么？还是有什么问题？"

杨沫噌地从藤椅上跳起来，葱白的纤纤玉手指着两个好友："你们怎么能这样？"

周静薏轻蹙起眉，犹带不解："这不是问你吗？到底你觉得哪儿不好了？"朱宜兰起身一边拨拉一排衣架上的礼服，一边轻描淡写地道："别理她，她就是瞎折腾。不喜欢人家怎么一早不说清楚，现在搞得人家小男生神魂颠倒，四六不分的，她倒嫌人家烂桃花了！人家要相貌有相貌，要身高有身高，职业也是正当得紧，真不知道你嫌人家什么？"

"我接受不了姐弟恋。"杨沫一脸悻悻地，"那不是当初称姐论弟的，想着有个说说真话的伴儿么！谁知道他前阵子一脸神伤地跟我说，沫姐，我的生命里不能没有你！"

之后那个男孩子就夜夜跑到杨沫家楼下等杨沫，害得杨沫只好在外面磨蹭到半夜才回去。有几次都半夜12点了，还看见那小子守在楼下的花坛边，一根根地抽烟。杨沫只好哧溜回转身躲到小区绿化带里。日复一日地她越想越生气：怎么自己回个家就跟做贼一样？

一不做二不休，她约了小男生出来准备说清楚。谁知道自己还未开口，对方倒一通道理噼里啪啦地，听得她直发愣，什么年龄不是距离，爱情面前人人平等！好像还有那么点道理，可是那热乎劲儿一过去，她就清醒了。敢情这小子这些天已经琢磨好对策了，想给她洗脑呢！杨沫抬抬屁股就走人了。

可是这事情没解决总还是件心事，小男生总是一天十几个电话来嘘寒问暖，每天想着法儿来她电视台转悠。这还不算！昨天杨沫回家，看见楼底下没人还挺高兴的，结果一到家门口就听得身后有人半是哀怨半是欣喜地："沫姐，你可回来了啊！"杨沫全身鸡皮疙瘩都起来了，难道他跟踪自己？转脸一瞧，对门阿姨家大门敞开着，那小子斜倚在门口正定定地瞧着自己！

后来才晓得，对门阿姨是他一同学姑妈的同事，原来是找到根据地了，好在人家家里悠闲地喝茶看报等自己回家了！杨沫觉得自己悲催无比。人真的不能走错一步，一失足成千古恨呐！

那个失足的事件杨沫交代过。那是她一次单位应酬喝多，恰巧是小男生那次也在席上，就送她回家。结果杨沫吐了人一身，人家还不嫌脏不嫌累地照顾了她一晚，第二天杨沫一睁眼就看见小男生歪在床边睡着了。她正琢磨自己清白是否还在？那小子蓦然睁开眼跟她告白："沫姐，我好喜欢你！"

怎么能够？老娘再怎么也不能吃这么嫩的嫩草啊！事后杨沫一直和她们叨着这一句。一个29岁，一个才22岁，7岁，相差整整7岁！杨沫手里一比画，现在7岁的小孩都有这么高了，能上小学，还知道对象是什么意思了呢！

她怎么都不能接受这个事实，偏偏两个好姐妹从不放在心上。今天明明她已经到崩溃边缘了，朱宜兰还一副看好戏的模样，周静薏也是镇定自若，让她如何能抚慰自己那颗备受折磨的小心灵啊！杨沫一撅嘴窝进沙发里，背对着两人再不吭气了！

周静薏想到自己送出去的那张卡，一阵心疼，于是认真地对杨沫说："要不，你住我家去吧！反正还空着一间客房。"

其实杨沫心里的小九九早就有此打算。周静薏那房子地段、朝向、物业都不错，最要紧的是布置的风格尤称她心意，唯美婉约，又不失简洁。她喜滋滋地翻过来："有啥条件不？"

"有，当然有！"周静薏心想一下子花出去自己两个月的薪水，虽然有实物收着，但也是肉痛的。唉，这两个月就得省着点花了，让杨沫搬过来分摊下费用也好。

"什么条件？"杨沫心想我这是逃难，姐妹你不会还想趁火打劫吧？

“房租就不收你了，不过嘛这两个月的物业、水电、钟点工费用得由你来出了！”周静薏说得很是淡定，杨沫听完看了眼朱宜兰：“要不，我上你家住几天？”

朱宜兰轻哼两声：“没问题！不过别说我没事先知会你啊，老顾每礼拜会回来两三天，具体是哪几天么，他很少事先通知我！”

老顾是朱宜兰离婚后唯一正式介绍给姐妹的男朋友，大朱宜兰5岁，中等身材，人也笑眯眯地挺圆润，听说在做药材生意，家境殷实。两个人相处了有一年多，老顾前不久在朱宜兰生日时当着众人的面向她求婚，哪知朱宜兰登时脸色都变了！

“我连人老婆都做不好，哪还有本事做人后妈！”当时这句话一出，周静薏和杨沫都觉得有点过头。

这话多伤人啊，伤自己也伤老顾。人家分明是诚心诚意地要给你一个依靠、一个幸福的家、一个现成的儿子，你却一甩手老子不干！当着那么些人，多难堪啊！不过幸好老顾脾气极好，当下依旧是温温和和地笑着：“那你再想想。”

这之后老顾对朱宜兰越发地细心体贴，朱宜兰嘴巴上还是死犟，可是凡事已经老顾老顾地想着了！连老顾那5岁的儿子轩轩也会偶尔出现在她店里，在那些华衣美服里钻来钻去，一脸兴奋的样子，鼻尖上冒着细细密密的汗。朱宜兰也是一脸恬静地看着他，时不时地轻叱一声：“轩轩，不要乱跑当心摔跤。”

后妈，其实就是听听吓人！能一起过日子才是王道。

且说杨沫听了朱宜兰说老顾会搞突然袭击，心想自己可没厚脸皮在那里当活电灯泡呀！气得她在朱宜兰店中央直跳脚：“气死老娘啦！两个好姐妹，一个重色轻友，一个财迷心窍。天理何在？”

周静薏尴尬地咳了几下：“主要是今天开销了一大笔钱，手头紧了。不然也不会让你来分摊费用啊！”

“你个工作狂，不是连逛街的时间都没有吗？”杨沫和朱宜兰异口同声地发问，言毕觉得真是姐妹连心，连心里想的都一样。

周静萱合上笔记本电脑，轻叹了口气。对，她是没时间逛街，可这不是有人惦记给自己买了三天的好东西了么，总要还清楚的。蔡恒这样的花花公子她沾惹不起，而且还是老板的朋友，更是要小心地敬而远之。25000块，她大致查了下包包和鲜花的价钱，差不多。好在东西自己也喜欢，就当自己脑子发热奢侈了一把吧！

送她回去的时候，杨沫软磨硬缠地把事情问出了个大概。哎哟，我的妈啊！她伏在方向盘上半晌，然后一脸同情地看周静萱："小萱，你比我悲催。我想好了，明天就搬过来。往后两个月，我养你！"

周静萱促狭地笑："你要是觉得吃亏，那包包转让给你，八折？"

杨沫直摇头："君子不夺人所爱！不过那蔡少也算是极品，你就试试吧！说不定这个妖孽就被你收了，从此不食人间美色，独守你一人了呢！"

周静萱像是听到笑话般，哧哧笑起来。那种风流贵胄般的人物岂是自己招惹得起的，到时候怎么死都不知道！杨沫像是突然想到什么："你妈最近没折腾你的终身大事？"

"怎么会没有？前不久刚相过亲。"

"来来，快和我八一八，是什么样的人物？"杨沫登时来了兴致，把自己那烦心事忘在一边，一脸兴奋地像是见了糖果的小孩。周静萱苦笑了下："公务员，市委宣传部的。"

"人长得怎么样？几岁，叫什么名字？宣传部，会不会是我认识的啊？"

看到周静萱意兴阑珊的样子，杨沫眯起了眼眸："哎，没相中？"

路边闪烁的灯光映到车里，越发显得周静萱的眉眼动人。杨沫无端地叹了口气："你说我们这样的年纪，都被剩下了，还怎么能相信一见钟情？"

周静萱闻言也是黯然，一见钟情的确是年少懵懂时的浪漫记忆了，现实总叫人不断成长亦不断失去那些纯真。再爱一个人，再喜欢一个人都会考虑得更多一些。而她们这些有故事的女子揣着那颗曾经受过伤的心，更是小心翼翼。“我一生渴望被人收藏好，妥善安放，细心保存。免我惊，免我苦，免我四下流离，免我无枝可依。但那人，我知，我一直知，他永不会来！”

被周静萱婉拒后，蔡恒的一颗心失落彷徨得很。回去想了半晚，第二天就来找江景耀。他提了个条件，就是往后江氏和博盛的业务往来都得由周静萱来联络。

蔡恒想好了，既然私底下她婉拒了自己，那么公事上总没办法推辞吧？只要她肯来博盛和自己谈公事谈项目合作，自己有的是办法赢得她的芳心。

江景耀坐在大班椅里，修长的手指轻叩着深胡桃木书案，眼神温凉：“我说过，不能影响工作。”

蔡恒一双桃花眼无限委屈地看着他：“景耀，我们多少年的交情了？”

江景耀掰着指头算了算，二十二年！他从七岁外婆过世被江志国领回江家就和蔡恒做了邻居，从此一块儿上学，一起厮混。

“你也说咱哥们儿已经二十二年的交情了，这么点小事儿你就不肯帮我？”蔡恒半是讪笑，半是微恼的样子。

江景耀知道蔡恒甚少求人，尤其是在女人这种他本极为擅长的事情上。今天他这般和自己谈条件，还提及两人二十二年的交情，那真是他的无奈之举了！可是这种事，自己又偏偏不想掺和，不管因为什么。

“你是认真的？”

蔡恒笑得魅惑：“对人，对事，我都很认真。”说完，他又狐疑地盯着江景耀，“我怎么觉得你好像有点舍不得的意思，我又不是会吃了她，你怎么比她父母还紧张啊！”

这话说得江景耀心里一怔。是啊！周静萱又不是三岁小孩，自己只不过是举手之劳而已。他沉默半晌："好吧，不过我只给你一次机会。下周一和博盛谈项目合作事宜，我会派她过去。"

蔡恒俯身观赏着江景耀办公室里的一盆君子兰："你放心，我从不打没准备的仗。"他知道周静萱刚离婚，现在正被家里催着相亲，林林总总的他都看过下面人送来的资料了。又怎么样呢，他只是喜欢一个人而已。

博盛和江氏最近在K城有个联合开发五星级度假村的项目，很多前期的工作需要明确。蔡恒就是想借这个项目和周静萱多接触。本来以周静萱总裁助理的身份接洽这样的事务也无不妥，但是江景耀就是很难痛快地应承下来。一次机会，谁知道蔡恒能不能抓住呢？

人家周末逛街约会HAPPY，周静萱却一刻都不得闲。先是去公司整理了周一要去博盛商谈的资料，做完之后刚准备走，江景耀的电话就打过来。

"你到小赵那里取一下我和你的护照，今晚飞悉尼。"

她忍不住愕然，今晚？他临时起意也太那个了吧！幸好高层都做有几个常用国家的商务签，否则哪里来得及！

"江总，下次能早一天通知吗？"她都有些虚弱，得马上回去收拾行李，这个该死的江景耀！印象中澳大利亚之行不是年底才要去吗，怎么突然这么赶？

那边江景耀似乎心情很好地笑了起来："可以。你马上取护照，六点司机去你家接你。"周静萱还想问到底是去几天，江景耀已经挂断电话了。他就是这样惜字如金，仿佛只有他的言语和时间才是宝贵的，别人的都不是。

她急急地拿了护照赶回去，一进门顾不得杨沫惊讶的眼神，拖出常备的旅行箱，一件件地往里塞衣服，还有化妆品等。

杨沫嘴里叼着一片白吐司，靠过来好奇地翻看着两本暗红色的护照。“你们这是要去哪里啊？就你和你老板两人？”

周静薏头也不回地答：“嗯，去悉尼，他二十分钟前通知我的。”

杨沫嘴角浮起一丝深有意味的笑容：“其实你家老板也真是不错，英俊多金又有能力！”周静薏听罢直起腰，扬脸一笑：“是吗，那改天我给你创造下机会？”

杨沫忙跳开：“别好心没好报，我这是提醒你，身边有个钻石王老五！”

周静薏揉了揉太阳穴，钻石王老五是不错，可是江景耀太难相处了。她从未如是想过，太荒唐了！除非自己疯了，恋上老板，况且他还对自己那般地轻蔑！

晚上八点零五分航班，江景耀悠闲地坐在头等舱贵宾室里翻看着报纸，周静薏把玩着手上的登机牌。真是好待遇。这次能坐头等舱，十多个小时的长途飞行，可以睡个安稳觉了呢！

一转脸，正好对上江景耀那双清冷的眼眸，低沉的嗓音隔空飘过来：“临时订的票，没位子了所以升了你的舱。回程你还是经济舱。”周静薏点点头，这个规矩她懂。

登机的时候，江景耀手机响了，他看了看屏幕没有接起的意思。周静薏立在一边饶有兴味地看了看自家老板，是在躲谁的情债么？哎，杨沫才搬过来几天，自己居然也惹上了八卦的毛病！

想及此，她自己都红了脸颊。

江景耀眼角扫过她泛着红晕的脸，手里轻轻地按上关机键，啪地一声关掉了手机！

CHAPTER 03

你给的温暖却让我想逃

忘记过去最好的良药是时间，最见效的方式是迅速爱上另一人，
桃花朵朵开放在眼前，她却惶恐地只想逃开。

到了悉尼，公事进行得非常顺利。江景耀一直想要拿到的那项专利，对方给了很合理的价钱。三天后签订转让协议时，专利权拥有人布莱恩先生爽朗地笑着，用力拍了拍江景耀的肩："You are a very good young man, hope we can be friends！"

江景耀谦和地笑着上前和布莱恩拥抱，伟岸挺拔的他立在一众金发碧眼的老外里，更加显得俊逸潇洒。签约之后，布莱恩邀请他们留下来参加他女儿第二天的订婚仪式。老头显然是非常高兴，一直在那里满面笑容地和他们唠叨着自己美丽的女儿。江景耀听得认真，眼里俱是笑意，不经意地回头："那我们再留一天？"

周静萱一直跟随在他们身后。听到他这么一问，不由得表情一滞，随意地应了一声。忙碌了三天，她有些倦，只是还努力地强撑着笑颜。

用完晚餐回到酒店，两人一前一后地穿过大堂坐电梯。电梯到七楼的时候，周静萱先出去。她和他不在一个楼层，江景耀住的是总统套房，在酒店的最高楼层26层。电梯门合拢前的一秒，他忽然说了句："早点休息！"

周静萱站在那里看着电梯门迅速合上，然后数字飞快地变幻着，

最后停滞在26这个数字上。她偏头想了想，他说那话的时候似乎还笑了，平时抿紧的嘴角弯起一个好看的弧度。

果真是利欲熏心的商人，刚签好低价买入的合约就心情灿烂得忘记了惯常的冷漠。不过自己真是盼着这句话啊，但愿他能给她一个安静的夜晚！

那夜泡完澡，周静薏全身舒畅了许多。把自己裹进松软厚实的浴袍里，她一人倚在窗前。十月的悉尼因为处在南半球，所以还是乍暖还寒的春天。遥望着悉尼港迷人的夜景，周静薏有些怅然若失，所有阳光下的一切到了暗夜里都是这般的寂静，哪怕再绚烂动人，若没有人欣赏，那还是有些寂寥的。

回想往事，她的面色开始变得苍白。脑海里闪现出初恋的男友穆言和她分手时的样子，原本阳光帅气的他，一脸的深深挫败，黯然地对她说，静薏，我走不进你心里！

她当时只是愣住，只是讶然他怎么会看得那么清透？她分明是那么小心翼翼地包裹着自己容易受伤的心灵，用平静淡然的外表掩饰着内心的敏感和不安，可是他怎么就会知道了？她没有勇气问出来，低着头看着脚尖，心里明白，问了又如何？能告诉他，她对于人的恐惧和不信任来自哪里吗？他能陪着她走过打开心扉的漫漫长路吗？

穆言带着满心的伤感和落寞离开A市，原本他也就是为她来到这里，当一切画上句号时，他自然还是回到他该去的方向。那年以后，她和穆言之间失去了交集。两人都很有默契地回避着彼此，但是周静薏对他是有憾然的。

因为穆言说得对，正是因为自己的问题，无法确信人的感情，婚姻、爱情、亲情，所以才会抗拒着那些试图接近她心灵的情感。初恋的无疾而终也让她开始学着接受，学着相信，直到遇上傅博。他开始做得那么好，她终于小心翼翼地敞开了一切，一点点地消除恐惧，开始期盼两个人相濡以沫的幸福时，他最后还是放下了自己。

周静薏的眼神中流淌过几许黯然。

十六岁，那一年的记忆也许就这样陪伴自己一生了吧！父母都以为不再提及之后，彼此就会淡忘。可是她又如何能真正忘记呢？那种伤害即便只是身体上、言语上的苛责，也终究烙在了心底里，从此无望！

她是家中的独女，从小就是被父母宠溺在手心的九斤姑娘。也正是因为她晓得自己出生时有九斤之重，让母亲受了很多苦，所以也特别孝顺父母。儿时一家人其乐融融的画面至今想起，都会令她眼眸微潮，心头泛上淡淡的酸涩。

父亲是她的启蒙老师，在她有记忆开始就教她读书认字。从连环画到古籍，再到四大名著，都有父亲娓娓道来的身影。年少时，她最骄傲的就是有一双人人称羡的父母。他们虽然经济不宽裕，但在母亲的操持下，日子过得惬意和美。

找出当年的旧照片，清秀的母亲和俊朗的父亲在那个年代里可算是天造地设的一对佳偶。每逢母亲的小姐妹来家里玩，都会夸赞她家的整洁大方。看着厨房里忙碌的父亲，众人都会羡慕母亲嫁到了一个体贴英俊又多才多艺的丈夫，那时不仅母亲满脸笑容，连小小的静薏都会感到无比的骄傲。

长大了自己也要找个像爸爸一样睿智沉敛、体贴顾家的好男人，她曾是这么想的。因为父亲在自己心目中是那么的优秀和完美，而她幸运地成为他的女儿，受到他们的疼爱，这一切曾是如此的美好！直到所有的美好被猝不及防地击碎，徒留一地狼藉的时候，她还抱着一丝希望，这不是真的吧？这只是一个噩梦，不是真的！

可惜，那些记忆，那些亲眼目睹和承受的一切却是那么真实，毋庸置疑！

那个下午，她玩得满头大汗兴冲冲跑回家，拿着钥匙插进锁孔的时候，家里就突然变得死寂。推开大门的一刹那，她听到了父母房间的门咔嗒一声从里面锁上了！是什么事情会让爸爸妈妈大白天的关起房门？而且明知道是她回来！静薏蹲在房门前百思不得其解。她蹲在那儿向门缝里张望，却什么都看不到。晃悠悠地转身，玄关处一双红色的高跟鞋映入眼帘，她的脑子嗡的一声。

不是妈妈的鞋子！那么是谁？房间里的到底是谁？

她愤怒了，拼命地敲打房门，然而里面始终没有人回应，虽然她听到了沉重的呼吸声。那年她只有十六岁，虽然隐约猜到了什么，但还是不能置信。转身跑下楼，她趴在花坛的一角，死命地盯住自家的窗口。

十分钟，二十分钟，父亲的头探出来，向四周张望。他显然没有看到绿荫里的女儿，没一会儿就牵着一个三十岁左右的女子下楼。那双猩红的高跟鞋映入眼帘的时候，她无声地落下泪来。女子亲昵地贴住父亲的身体轻声说笑，父亲也是一脸甘之如饴的表情。看着他们的背影远去，她拼命地咬住嘴唇生怕自己发出声音，直到一丝丝腥甜渗入嘴里，愤怒、厌恶、屈辱齐齐涌上心头。

那晚，她磨蹭到很晚才回家，早过了晚饭的钟点。母亲有些生气，唠叨着她的不懂事，下午回家不记得把电饭煲插上就自己出去玩，还到这么晚才回来！她看着静坐在一边，装作什么事情都没发生埋头看报的父亲，恨声说出了下午的一幕。之后，她记得母亲极其复杂地看着父亲，父亲佯装平静地走到她面前，扬手给了她一个嘴巴：“小孩子怎么学会睁眼说瞎话了！”

这是父亲第一次打她，她甚至还能感觉到他的手有些颤抖。那一嘴巴其实并不是很疼，但是她心里却是很痛很痛的。眼睛里因为被冤枉而溢满不屑、愤怒，她红着眼睛瞪着父亲。那一刻父女之间似乎谁都不认识对方了！

母亲就是在这一刻冲上来揪住她的身体，拳头重重地落在她的肩上、背上、脸上，嘶声叱骂她。她从未想到会有这么一天，会被父母这样地狠揍一顿，言语的辩解根本是无用的，后来她没再说一个字！

之后她在床上不吃不喝躺了两天。再去上学，杨沫指着脸上的淤青问她，怎么了？她惨然笑着说，没事，摔了一跤。

整整两个月，她没和父母开过口。直到那个女人吵上门来，她才真正看清那个女人的模样，原来和聊斋中的妖精很相似！

父亲当时也是又羞又恼，关上门不让那女的进来，谁知那女子竟然一只脚伸在门槛内抵死不走。静薏立在客厅冷眼看着父亲和那女人相持的一幕。母亲早已失声痛哭，凄惶无助的哭声中，她转过去拉住母亲遥遥欲坠的身体，直到被母亲拥入怀中，她也没有流下一滴泪，只是心里早已清冷一片。

所谓才子佳人、天作之合的佳偶，所谓骨肉亲情，终究经不起狐媚女子的一丝诱惑，惨淡收场！

很多年后周静薏才恍悟，大抵上男人都不会因为小三而放弃家庭的。所以她的母亲能守卫住自己的婚姻，也并非偶然。

只是那一年以后，她变得很沉默，再也不是从前那个开朗活泼的自己了！偶尔做噩梦，还是会梦到那悲愤伤心的一幕，醒来之后默然无语，只是心底里愈发地清楚，从此之后，她要自己保护自己。

布莱恩女儿的订婚礼是在距悉尼一百多公里的威尔士庄园里举行，庄园是布莱恩家的祖业，环境优美的好地方。站在绿草如茵的草坪上，任阳光一路倾泻下来，凝望着远处摇曳生姿的玫瑰花田，微风中传来幽香，真的有点世外桃源的感觉。

江景耀看着一早上都没怎么说话的周静薏。她今天穿了件烟灰色的绸质礼服裙，款式很简单，只在领口打了褶裥，柔和优雅的色调和简单大气的裁剪越发衬得她气质脱俗。面上是得体的笑容，只是在无人经过时偶尔会眼神落寞。那是一种极淡极细微的忧伤，然而他感觉到了！这一刻他心里有些过意不去，答应布莱恩来参加订婚礼的时候，他真的没有想到她刚离婚不久这件事。

“你要是不习惯，再待一会儿我们就走吧！”他立在她身侧语气淡然，却又分明夹杂了关切。

周静萱抬头，有些诧异地望着他。江景耀的脸部线条不可思议地变得柔和，望着她的眼神深邃明亮。她感激地深吸一口气：“没关系，等到仪式结束再离开吧。我还想尝尝这里的葡萄酒，还有生蚝三文鱼。”

他闻言轻笑，两人比肩而立，那一刻少了平日里的疏离，更多的是一种淡淡的温馨，萦绕在两人之间。

不经意间，一个芭比娃娃般金发碧眼的小女孩儿颠颠地跑过来，牢牢地抱住江景耀的腿，嘴里伊呀伊呀地叫着。两人惊讶地回过头，见状都忍不住莞尔。

周静萱摊摊手：“看来江总你要被美女缠上身了！”

江景耀蹲下身子，轻嘲道：“对啊，还是个绝色的小美女呢！”他双手一伸，小女孩儿就扑到他怀里。看来美男果真是吃香，连那么小的孩子都分得清，一头投进大帅哥的怀抱，全然不顾这边周静萱也想伸手要抱她。

小女孩不知是哪位宾客带来的孩子，估计也就三岁左右的样子。江景耀试图和她说英语，可是小姑娘丝毫不理会，小手指着不远处的玫瑰比划着。见江景耀仍站着未动，一双清澈如水的大眼睛扑愣愣地眨着，粉红的小嘴嘟起来，可爱极了！他看着心里一动，转脸冲周静萱得意地笑：“她可比你小时候还要可爱啊！”

周静萱本来也是被小女孩漂亮的脸蛋儿吸引到，听得他如此一说，当下就有些怔忡：“你又没见过我小时候的样子！”

“哦，是啊，我只是打个比方而已！”江景耀自知失言，连忙扯开话题抱着小孩子去花丛中摘花。

花丛中的一大一小欢快地笑着，这样的场景在过去的岁月里真的是前所未见。哪一个才是真实的江景耀呢？周静萱想起第一次在机场相遇的那次，那时他也是这样畅怀的笑容，亲切自然，可是之后他就变得冷峻清绝，不苟言笑，难道这个高高在上、含着金钥匙出生的二少爷也有不为人知的过往吗？

订婚礼很是隆重，仪式过后布莱恩将江景耀介绍给他的很多商界朋友。江景耀用流利的英语寒暄着，时不时还回首和周静薏低声说上几句。她知道他这是让自己记下这些名流，日后拓展业务的时候大有裨益。

那天两人合作默契，布莱恩甚至开玩笑地说周静薏是他的女朋友，他竟也不否认，手持着酒杯和布莱恩一饮而尽。周静薏却是有些尴尬，辞别的时候更是刻意和他保持着距离，以免旁人再次误会。

离境时，周静薏猛然想起临来前杨沫要她买的护肤品还没有采购，她把江景耀的登机牌和护照往他手上一塞："江总你先去头等舱休息室，我要去买点东西。"没等他反应过来，她就转身去找JURLIQUE的柜台。

拿出杨沫开的那张清单，Sale都有点吃惊。林林总总的，竟有二十多样！这个杨沫，回去非得好好让她请吃一顿不可。她几乎是将柜台的存货买空了。一包包的装袋之后，她蹙起眉：刚才忘记找辆推车了！身后适时地响起一个磁性的嗓音："给我吧！"

未及她回眸去看，江景耀已掠过她，手里接过那四五个大袋子，沉甸甸地拎在手中。"走吧！"他清浅地冲她笑，下巴微微一扬。她简直是受宠若惊，试图去接那些个拎袋："江总，这个不好意思，还是我自己来拿吧！"

他理都不理她，径直往头等舱休息室走去，把她一个人扔在后面。周静薏现在的表情就一个字："囧"！

似乎是感知到身后的人没有立刻跟过来，他居然停下了。周静薏定了定心神，连忙跟过去："江总。"

江景耀的眼眸灼灼地看着她，直看得她面上火烧火燎的。男上司女下属，本来就够惹人遐想了，他突然变得这么殷勤令她很惶恐，忽然周静薏很怀念以前他冰冷凛冽的样子。

“除了工作上，在公司之外，我们能不能做做朋友？”他不急不缓地，一副坦然自若的样子。

见她的眼里闪过意外、无措、惊讶，甚至还有一丝愤然，他知道自己说得有些不是时候。可是昨天在庄园里的时候，当他看到她在夕阳里含笑伫立的样子，心里就有个声音在回响，告诉她！

周静薏刚想开口，他已经笑着止住她：“不要急着回答我，反正飞机上有时间。噢，这几包一会儿就放在我那边吧，你的经济舱里可能还塞不了这么大体积呢！”

疯了，他是不是疯了？突然说这么莫名其妙的话，做这么莫名其妙的事。周静薏一跺脚坐到登机口那边，独自生起闷气来。连杨沫发短信来关心她的宝贝有没有采购完毕她都不想回，急得杨沫只好拨了电话过来。

“怎么了，东西买到了没？”

“买是买到了！”她拖长个调子，半是无奈的样子。

“买到了怎么不回个短信给我呀，害我担心了半天，还以为你忙公事来不及去采购呢！”

“买到了，但是被人打劫了！”她没有兴致和杨沫说江景耀在澳大利亚的奇怪举动。来之前杨沫还在建议她考虑江景耀这个钻石王老五，要是被她知道了江景耀刚才讲的话，非得聒噪自己半天！还是图个耳根清净吧！

“打劫？怎么会打劫？悉尼不是治安很好的吗？”

杨沫还在电话那头嚷嚷着，周静薏说了句“回来再说”就挂上了。

飞机上的十多个小时的确难熬，她怎么靠都不舒服。人呐，只要享受过好的东西再去吃苦就会觉得特别难受。她觉得自己也有点儿，来的时候，头等舱里那个躺得舒坦，一觉睡醒就到了。现在好了，浑身酸痛，她只好强迫自己数羊，在心里默念：一只羊，两只羊，三只羊。念着念着，人也就昏昏沉沉地睡去。

等到她觉得耳边有些痒兮兮地慢慢清醒过来，猛地睁开眼，不由得吓了一跳，两眼正好对上江景耀那双如墨般深邃的眸子，两个人的距离贴得很近。“你，你干吗？”她觉得自己没有尖叫出声真是好自制力，他要搞什么啊！机舱里黑黑的，不在舒舒服服的头等舱，跑到后舱来做什么？还盯着自己看，面不改色心不跳的！江家的男人真是，都是色心包天！她心里愤愤地念着。

江景耀淡定地替她拢了拢身上的毯子：“正好上洗手间，过来看看你！”

她防备地看着他，一脸的不信任。他嘴角抿了抿，面无表情地往前走了。等他走远，周静薏才长出一口气。隔壁的旅客是个五十多岁的大妈，此刻正朝着她笑：“你男朋友对你很细心啊！”

她本想马上摇头否认，可是转念一想，说不是男朋友，是老板，人家还不得拿有色眼镜看自己啊！索性装睡不理会。

这一路让她心里憋气的啊，根本没睡好。下了飞机，不用照镜子她也知道自己一定是两个硕大的黑眼圈。两人一前一后地往外走，谁也没说话。

快到出口处，司机已经候在那里，旁边还立着一个悠闲的身影，居然是蔡恒。周静薏去看江景耀，心想：不会是那天见面会临时撤销的事惹到蔡恒，才赶着来机场兴师问罪吧？

江景耀倒没什么表情，过去将行李和一大堆袋子交给司机：“放到车上。”

周静薏看看两个男人的表情，不大对，忙低着头跟上司机往外走。看着她走远，蔡恒瞟了眼江景耀：“怎么，私奔去了？电话都掐了！”

江景耀轻笑：“你说呢？”

蔡恒脸色变了变："你们两个去悉尼果真不是公干？"

"嗯，是蜜月！"

蔡恒一愣，那双桃花眼一挑："不可能吧？"

江景耀瞪他一眼："知道不可能，你还问？"

蔡恒这才把心放进肚子里，神采飞扬地笑着和江景耀两人一起走出机场。

江景耀没问蔡恒为何来机场，蔡恒也没说。两人出了机场，彼此心照不宣地看了对方一眼，江景耀没什么表情地朝自己的车走去。蔡恒倒仍是面带微笑，过来挡在周静薏面前。

"周小姐，看来你得帮我个忙。"

江景耀闻声眉梢动了动，立在车边并不出声。周静薏带着几分疑惑看蔡恒："蔡总真是会开玩笑，我能帮到你什么忙？"她想不动声色地把皮球踢还给蔡恒，这种花花公子最擅长的就是搭讪。

蔡恒闲闲地笑，转脸却是对着江景耀道："前几天，周小姐赠我一张银行卡，我心里真是欢喜之至，只是到银行一刷。"他截住半句话，一双桃花眼眸瞥了眼周静薏，"密码不对，空欢喜！"

听他一说江景耀的嘴角忍不住抽了一下，蔡恒这时无暇顾及江景耀的表情，只是定定地看着周静薏，听她的下文。周静薏倒是不慌不忙："那蔡总的意思是……"

"我等了你好几天了，今天就是请你陪我去银行把这事儿办妥的！"蔡恒煞有介事地说。其实傻子都明白，至于么？能是多少钱的事，要这么记挂？

蔡恒早就想好，要是周静薏这次拒绝，那么她欠他的这个人情就算是成立了！他蔡少送出去的礼物，居然被女人悉数奉上人民币还回来，这种事不要说传出去，就是搁在心里他也受不了！

可她稍一思忖，当下颔首："好，我陪你去银行取钱。"

两个男人都有些惊讶，但是谁都没有过多地表现出来。蔡恒笑嘻嘻地拍拍江景耀的肩：“我送周小姐去银行，先走一步了！”

周静萱刚想关照司机把自己的行李卸下来，江景耀已经坐上车，闷声道：“等会儿会送去你家。”她看了看他，但显然江景耀并不想和她目光交汇，往后一靠双目微阖，自顾自闭目养神起来。她讨了无趣，只得站到一边看迈巴赫缓缓离去。

江景耀和周静萱突然飞澳大利亚公干，蔡恒是在他们去机场之后才接到TRCY的汇报，说是江氏把第二天的见面会延后了。

平时蔡恒不是很计较这种临时改动约定的行为，但是放在江景耀身上，还涉及到周静萱，他就不能不往心里去了。那天他给江景耀打了两个电话，这小子居然不接，最后还关机！蔡恒只是前后想了想，就猜到了原因。

上得车来，她有些疲倦的脸上到仍是淡定的神情。蔡恒是自己开车，他娴熟地把着方向盘，一边用眼睛瞟着周静萱，一边有一搭没一搭地和她聊着澳大利亚的风土人情。末了，他忽然来了一句：“那小子好像喜欢你！”

周静萱吃惊地看向他。那小子？说的是谁？难道他看出什么来了？自己也才是十几个小时之前知道，还没确定那是不是冷面上司的一时神经短路，怎么这厢蔡恒就看得这么明白了？

其实，她真是不了解蔡恒。纵横情场多年，蔡恒焉能参不透这情愫萌动的征兆？更何况江景耀是他二十多年的发小，眼神、举动里的蛛丝马迹老早就说明问题了！亏得他大度，不计较江景耀的这种心口不一。蔡恒轻拍方向盘，很是为自己得意。

“你很意外？”他有些惊讶，莫非江景耀闷骚到这般地步？

周静萱有些赧然，但还是委婉地提醒蔡恒：“蔡总，这毕竟是我的私事。”

“哈哈，当然是你的私事。可是，如果这个私事里也有我的部分，就变成我们三个人的私事了！”蔡恒朗声笑起，眼神中透着几许的魅惑，却又是极清透的光泽。有些轻佻的言语从他口中说出来，竟是分外的认真。

周静薏不自觉地咬了咬下唇，心里叹了口气，妖孽啊！

蔡恒彼时已经将宝马缓缓靠在路边，满脸认真地看着她：“如果你的上司，也就是我的好朋友江景耀追求你，我不介意你利用我来让他死心！”

她几乎失语，良久才出声：“蔡总，您真是语出惊人！”

见蔡恒只是看着她不语，她仍接下去：“江总是否对我有好感是一回事，我有没有必要利用别人来拒绝他是一回事，需不需要蔡总帮忙更是另外一回事！蔡总你把三件事放在一起说，是不是太复杂了？”

“好，既然你这么想。那我就来和你说说理由。”蔡恒真是好兴致，坐在车里气定神闲地娓娓道来。

首先，江景耀无疑是动了心，自己对他有二十二年的了解，绝对不会看错。

其次，如果连江景耀这样的冷酷上司都不至于被拒绝，那么他蔡恒岂不更加是不容错过的交往对象？

最后，也是最重要的：要是和他假扮情侣，江景耀必定知难而退。之前是他蔡恒没有赢得佳人芳心，让那小子有机可乘也没什么。但是一旦和自己兄弟板上钉钉了，江景耀的脾气是绝对不会再有任何想法的，反之蔡恒自己也是如此，兄弟情谊总归胜过女人！

蔡恒觉得自己这三条理由充分得无与伦比，他的情商已经升华到前无古人后无来者的境界了！

周静薏只得敷衍他：“让我考虑下。银行还去不去，蔡总？”

“当然，不去了！”还去银行做什么，蔡恒轻抿嘴唇，“以后不要用这种办法拒绝我，我已经免疫了！”

周静薏觉得从澳大利亚开始到现在，自己都是不停地被这些一惊一乍的事情干扰着。难道自己离婚后撞上了桃花运？只是这桃花能不能来一个正常一点合适一点的呢！江景耀也罢，蔡恒也罢，甚至那个郭秉新也罢，都不是可以正儿八经交往的人！尤其是眼前这个蔡恒，他只是新鲜图着好玩，她又怎么能明知前面是泥沼而踏进去呢？

周静薏觉得得回去好好琢磨，于是借口飞回来有些累，请他直接送自己回去。关于利不利用的事情，她自会考虑后给他回音。蔡恒自然点头说好。

回到家，还没找出钥匙，杨沫就开门出来迎接："小薏，你们老板真是英俊得可以啊，而且，我跟你说啊，他的风度好得没话说。"

"你什么时候见过他？"因为最近奇怪的事情比较多，她已经有几分定力，当下只是自顾自换鞋进门，只待杨沫将前后经过一一说来。

客厅里赫然放着自己的行李还有几大袋的化妆品："这个是……"她指着东西问杨沫。

"你家老板送上来的，当然东西是司机拿的。"

晕死，他怎么知道自己家在几楼哪一间？还知道杨沫在家？江景耀，你到底想干吗？周静薏觉得自己头好晕，一屁股倒在沙发上，冲杨沫一扬下巴："好好说给我听听，累死我了！"

"没什么好说的啊，你家老板就说你一下飞机就忙公事去了，他就让人把行李送上来了啊！"杨沫的注意力没在江景耀来过这件事上，她兴奋地清点着自己的那些瓶瓶罐罐，气得周静薏伸脚去拨了拨那堆东西。

"你别踩我的化妆品啊！"杨沫这才反应过来。

"我也挺奇怪的，他怎么会上来？可能是之前我在阳台一直翘首企盼地等你回来，然后那迈巴赫就开进来了。城中听说这种迈巴赫屈指可数，我当时就在猜想会不会是你老板送你回来了，没想到叫门的居然是他。"

“你说他以前对你都是很苛刻的，可我今天觉得他很温文尔雅，说话很有亲和力呢！还是说，你们两个经过澳大利亚之行，关系非同一般？”杨沫一脸的恍然大悟，“嘿嘿，老实交代，同岁同岁，有没有在悉尼同睡过啊？”

“去你的，你才和你的小摄影师同睡过呢！”

“我们那个怎么能算是同睡呢？我在床上，他在床下的，一夜之后还是关系照旧。可你们澳大利亚去过之后，明显不同！哇哈哈，我晓得了，你是心虚！同睡就同睡了嘛，不就是419么！”

杨沫还在胡扯，周静薏已经转身进自己房间，临关上门前，她似笑非笑：“For one night这种事情你不觉得太短暂了么？怎么样都得要一段长久关系吧！”

“你最近运气好得没话说，蔡恒、江景耀都是英俊多金的年轻总裁，这可是稍纵即逝的稀有资源啊！你得好好把握啊，趁现在对方兴趣正浓，抓一个钻石王老五在手，那姐妹我以后就靠着你吃香的喝辣的啦！”

“你发什么疯？没听过有个作家说，平白无故就想嫁给亿万富翁，后果就跟抢劫银行一样严重！”

“没听过，哪个作家说的？”

“知识贫瘠，去百度一下，或者上晋江原创搜搜！”

杨沫一愣神，她已经关上门了。剩下杨沫一个人在客厅嘻嘻地傻笑：咦，这个女人也知道419，还有时间看原创小说了啊！有进步啊！

夜深人静的时候，周静薏的思绪会特别清晰，会想起很多的人和事，然后一个人独自沉默，沉浸在记忆的伤感之中。可是这些日子她分明是在慢慢解脱出来，那种被抛弃的感觉渐渐淡下去。

活着就是美好的，很多时候那一个人的离开，只是为了给更合适的人以机会。她相信这一点，所以依然期待生命里会有一个疼惜自己，与她相濡以沫的男子，虽然有些渺茫，有些遥远。

和傅博办理完手续之后，她就没再见过他。没有了感情的维系，连再相见都变得困难。缘分这种东西其实就是个借口，有心的时候会穿过大半个城市来找你，无心的时候即便是擦肩而过都不会去注意对方。

杨沫曾不无愤怒地劝她，找个样样都胜过傅博那个负心汉的，然后带到他面前，气死他！当时，她就觉得好笑。毫无意义的事情，她不会去做。傅博是不是负心汉，她没有考证过，但是时间会说明一切。而她也不见得非要立马找个男人，才显得自己不是没男人要！只要自己安安好好，充满生气地生活和工作，就已经战胜了过去。

女人的幸福不是完全建立在男人给的那一切之上，很多内心的欢喜和满足是自己才可以给予的。想到这里，她淡淡地笑，寂静黑夜里孤单却不寂寞。

第二天去上班，她也是平静淡然的，见了江景耀依旧不卑不亢地微笑，将每天的行程和例行的公事一一报备给他，然后用笔记下他的每一个指示，一如平常的熟稔。反倒是江景耀看着她，思绪有几分的游离。

“博盛那边有没有再约时间？”

“TRCY和我联络过，希望在今天可以商谈一下。我同意了。”

江景耀看了看自己的行程：“把我的时间空出来，我和你一起去。”

因为只是谈前期项目的准备，所以之前定下来只是周静薏负责出面，刘总那边和博盛操作对接，现在江景耀突然说也要去，她愣了一下，不过马上点头：“好的。是下午两点，这样就把杂志约见采访的时间提前到中午，您看可以吗？”

“你安排吧，我没意见。采访稿你再把一下关！”

“好，没问题。”她收起文件夹，准备起身离开，却被他伸手按住。

他的掌心很温暖，覆在她有些微凉的手指上。她想不动声色地抽回自己的手，却被他牢牢捏住，逼得她正色道：“江总，这是工作时间，你这样很不妥！”

江景耀神情自若地绕过大半个桌子，立在她面前，两个人之间的距离近得都可以听得到彼此的呼吸声。

“谈谈你考虑得如何？”他的语气很温和，但在周静薏听来里面意味复杂。

“我的想法对结果有影响吗？”她有些生气。平日里他再怎么冷嘲热讽，再如何苛刻，因为牵涉公事，所以她都忍了下来。现在这样孤男寡女，他还紧握着自己的手，她又羞又恼，脸上愈发地潮红起来。

“我很认真的。在悉尼我说的是做朋友，可能意思不是很明确，现在我认真告诉你，是做男女朋友！”

她急转身欲走，却被他挡住，四目对视，他墨玉般的眼眸明亮又深邃。江景耀无疑是俊美的，如果只是初次相见，她或许真的会被他吸引，沉溺在他此刻的漫漫柔情之中。然而现在，她只是想逃离。

有时候，逃是一种躲避，也可以是一种还击。

“公司的规章里不允许有办公室恋情，那么江总您是要我离职？然后呢，您包养我？给我买一套房子，供一辆车，召之即来，挥之则去，一年半载的，就一拍两散！是要这样吗？你们这些有钱人就是这样玩弄女人吗！”她的语速极快，完全不是平时的温婉平缓，想来是极为愤怒。江景耀显然是没有料到她会如此激动，就这样看着她说着，最后眼眶里溢出晶莹的泪。

他怔住了，心一下子被揪紧，想伸手去拭她眼角的泪，却被她挣开。办公室里变得寂然，江景耀嘴角掠过一抹苦涩的笑：“我不是你所想的。”

她却不想再继续这个话题，飞快地收起桌上的文件和资料，离开的时候，她还是回头朝他轻声地说了几句，语调轻柔，却很坚决。

“江总，以前我们共事相处虽然很累很辛苦，但让人很安心。如果能回得去，我会很感激你！”

就这样，她从他的视线里离开，以一种决绝的姿态。

门被合上的那刻，江景耀的心似乎漏掉了一拍。伸手轻抚她刚坐过的地方，满心惆怅却又夹杂着一丝欣然。她不是那样的女子，终究是自己错怪她了！可是，现在却伤到她了！看到她眼里有泪满溢的那刻，他几乎是要窒息了！仿佛心被什么钝器击中，生生地疼痛起来。

下午去博盛，周静薏似有似无地回避着他。连出电梯时，都不是往常让江景耀走在前面，反倒是她第一个逃也似地跨出去。江景耀依旧是面色清冷的样子，只是他的眼神会偶尔落在她身上，就再难收回去。

会议很正式，蔡恒也有些例外地参加了这一次商谈。两家公司都有总裁坐镇，搞得下面汇报的主管老总都有些惴惴的，一时间气氛有些沉闷。外界都传说蔡恒是个风流浪子，其实在公司里他还是很有威信的，外面玩归玩，却从来不曾荒废过正经事。而且他要是认真起来，也是条理清晰、言之凿凿。所以会议一直进行了一下午，双方初步明确了各自的分工和权益，相关的条款和协议由各自的律师行审核，一旦签署就进入实质性操作阶段。

蔡恒显然对会议的效率很满意，满面春风地邀大家去新开张的馨园吃海鲜。博盛的人都习惯了他的作派，得了号令就各自过去。周静薏拧了拧眉，她不想去。尤其是夹在这两个男人中间，一个是昨天和她说利用他来拒绝江景耀的蔡恒，一个是今天突然告白被她言辞犀利顶回去的顶头上司。这顿饭如何能吃得下去?

然而这样的场合下，毕竟还得维护江氏的面子。所以她还是一直忍到馨园门口，等江景耀预备下车的时候，她在副驾驶上委婉地称自己人不舒服，想提早回去。

江景耀稍稍顿了一下：“好，你就别上去了。让司机先送你回家休息吧！”

隔着车窗看着江景耀颀长的身影远去，她想起上午的一幕。自己怒气冲冲地说完之后，他却声音喑哑地苦笑：“我不是你所想的。”可自己当时是太生气了，所以没有给他辩驳的机会。江景耀一向是犀利冷酷的，以后他会怎样对待自己？如果只是穿小鞋，她是无所谓的。如果是别的，也只好兵来将挡，水来土掩了！

豪包外蔡恒一直在打电话，眼角瞥见江景耀过来，旋即挂断笑脸迎上来："今天好好喝两杯吧！"

江景耀心不在焉地应着，进到包厢一看，蔡恒果然是有心，两边的下属都放在隔壁，这间只摆了四人位。TRCY已经起身为江景耀斟好茶，蔡恒往外张望了下，不免有些疑惑："静薏呢？"

他真是自说自话，早熟稔得直呼她的名字为"静薏"了。江景耀轻抿了两口茶，斜睨着蔡恒："她是主客，我反而是陪客不成？"

"哪里的话？我只是问问而已嘛，你搞得那么酸做什么？喂，你是吃味我呢，还是吃味她啊？"蔡恒丝毫不避及TRCY在场，露出私下里一贯的嬉皮笑脸和他打趣着。

"不是说喝酒么？你准备了什么好酒？"江景耀不露痕迹地避开话题，蔡恒也不深究，两人言谈甚欢，也不拘于TRCY在，一顿饭吃下来也是愉快。席末，TRCY借口送几位老总回去先走一步，留下两人在包厢内，蔡恒这次问出憋了他一下午的疑问。

"你和静薏两个，今天很不对劲啊？"

"她只是身体不舒服先回去了，哪里不对劲了？"

"不是这个，今天开会的时候，很不对劲。你是不是又给她加压工作？她一直躲着你的眼神呢！"

江景耀面上一僵，他一直以为两人都做得云淡风轻，虽然心里隐隐作痛，但是不足为外人所道。不过蔡恒说得不错，周静薏的确是回避着自己，而他一时间竟也不知道怎么去解释。为何他分明是想呵护着她，最后却反而会刺伤到她。她那时的泪，想来是极为伤心愤怒才会落下的吧！

"蔡恒，我记得我答应过你的，但是今天，现在就我们两个人，我想你答应我一件事。算是我们兄弟一场，我求你的！”

他说得有点艰涩，毕竟生平没有求过人，说到那个求字，他的目光直视着蔡恒，眼神里有难以压抑的痛楚。蔡恒有些尴尬地笑：“好端端地，你求我什么啊！”

“她不是那种女孩子，不是用来玩的。”

蔡恒点头，这个他知道。

“就到此为止，好吧？这是我求你的。你可以提别的要求，只要不涉及她，我都会答应！”江景耀语气幽凉，面上神情一分分地冷下去，却越发坚毅起来。

“然后呢？你别说是你要捷足先登，我忍你很久了，你这算是什么？”

蔡恒唰地站起来，脸上有微微的怒意，但又极力克制着。他又不是傻子，早就看出江景耀也是有意于周静薏，自己就是顾及了兄弟情谊才先问过他。而后周静薏婉拒了自己，他江景耀也答应再给自己创造机会，可结果呢，还是先一步和静薏去了澳大利亚。去就去了吧，蔡恒心里也清楚不会发生什么，可是今天这两个人明明是不对劲得很，还装作若无其事，江景耀现在还来劝自己放手，凭什么啊！

两个人都没再出声，包厢里的气氛很压抑。良久良久，江景耀才低低地道：“对不起，我是对她有好感，所以我才要保护她不受任何伤害，除非哪一天那个人是可以给她完完整整的感情和婚姻，我才会放弃！”

蔡恒一下子噎住，婚姻？他没想过，哪怕是真的喜欢。但是江景耀的话，让他很奇怪：“你说的那个人不是指你自己？”

那天之后，仿佛一切都未曾发生过，周静薏的生活又恢复了平静。蔡恒似乎销声匿迹了，再去博盛那边也未再遇见。江景耀依然是往日里那副清冷绝然的样子，指令她办事时还是冷静自持的语气，不容辩驳。

不过她却是欢愉的，默契地忘记之前他曾有过的表白，对她而言如同卸下了一个沉重的包袱。她要的，和他们能给的，是那么的不同。因为他们和自己从来就不是一个世界的人。

例会之后江景耀交代她几件事，她一一应承下来。起身离开时，她只顾着手上的文件，头微微低着，露出白皙光润的脖颈，迎着阳光泛起皎洁的光泽。江景耀依旧在会议室里坐着，眼神跟随着她的身影远去。此刻她若回眸，定会看到他眼神里有一抹缥缈的落寞，殷殷地将他的整个人笼上一层阴郁。

那天在馨园，蔡恒满面犹疑地问他“那个人不是指你自己？”而他却一直没有回答，绷紧的唇线锋锐如一把利刃，生生地剐在心上。一时间蔡恒也是默然，望着他眼里的痛楚有些颓然地坐下。

“怎么我们两个会喜欢上同一个人？”蔡恒轻叹一口气，“和一个女人一生一世我倒是从未想过，也许你是对的。如果再往前一步，将来你我是否还能做兄弟恐怕都是未知！”

“可我也是动了真心，你就这样叫我放弃？”他犹有不甘，冠玉般的脸庞上眉心紧蹙。

江景耀微微苦笑起来。很多事情不是真心就可以的，从真心喜欢，到蓦然相爱，再到相濡以沫的婚姻，连自己都不能毫无顾虑、没有一丝牵绊地前行，更何况是蔡恒！

那天两人最后分开的时候，蔡恒坐进自己车里，任车前两束幽冷的光直直地照进浓黑的夜色里，一直没有动。江景耀将车驶近他，缓缓落下车窗。两人隔着一段距离却把彼此的表情看得真切。

“或许过段时间，你就会忘记了也不一定。”江景耀淡淡的。

蔡恒微哼一声：“她若选择了你，我必定死心。不然来日方长的，对于那些得不到的，我向来是惦记得很！”

江景耀听了不置可否地笑，末了只留下一句：“想好要什么及早通知我，最近会比较忙，不一定在国内。”

江景耀知道蔡恒的脾气，他们两人之间既然已经挑明了，那么很多话就不难说出口了。蔡恒暂时不会去接近周静萱，这是他能肯定的。耳畔回响着周静萱的那一句："江总，以前我们共事相处虽然很累很辛苦，但让人很安心。如果能回得去，我会很感激你！"

她宁愿对着一个冷酷苛刻的上司，都不愿接受他的好感，这算是他的一种失败吧！

他果真是忙碌起来，原先分管国际事务的李禄被他调回来，成了他的私人助理，跟在身边。应酬、出差、宴席等等外部的场合，周静萱都不需要再随同他出席，她的工作范围终于回转到本职工作上了。手头上除了和博盛的项目，质量认证的审核也已经接近尾声，集团内部管理的那些繁杂事务倒也难不倒她。加班反倒成了稀罕的事情，她的失眠症也似乎慢慢痊愈。

公司里也鲜少见到江景耀的身影，很多时候都是李禄把江景耀的指令转达给她，他自己就再也没有给过她电话。一切都是她期望的状态，可是偶尔一个人寂静下来，她会发呆，心里总觉得有些怅然。

他终究是自己的上司，那天自己的言行是不是过激了一些？江景耀就这样淡出她的视线，应着她的要求，甚至比她要求的更甚。她很想解释，但是又觉得无从开口。

游嘉乐喜得千金，乐得像朵花儿一样。电话打给周静萱的时候，口气好比掘到了一个金矿："我当爹了，以后可以朝南坐，享受老丈人的待遇啦！"连QQ签名都换成了"江东小乔既已得，何时周瑜来求亲！"

她忍不住嘴角上扬，这就是寻常人家的幸福。去医院探望时，看到那个刚出生的小宝宝，粉嫩嫩圆嘟嘟的，偶尔还会发出咿呀的叫声，像只小绵羊一样可爱极了！眼睛懒懒地闭着，偶尔睁呀睁呀瞄人一眼，一脸的调皮样。那样的一个小生命，安安静静地躺着，勾起人心底里深切的母性。

看到她贪婪的目光一动不动地盯视着自家的小宝宝，游嘉乐故意和她打趣："这么喜欢小孩子，快点找个如意郎君，自己生一个！省得眼馋咱家的啊！"

游嘉乐老婆陶子在床上瞪他一眼："静萱还怕找不到好男人啊！她那么好，肯定会有一个人来疼惜她的。"游嘉乐听了，只是在一旁盯着自己的千金傻呵呵地笑。

其实周静萱明白，陶子她们是安慰她，怕触及她心上那些伤口。她想要拥有的温暖恬淡，竟是那样的奢侈，而她只能静静地等待。

江景耀要去几个省市视察，临走前高层会议上，他抑扬顿挫地讲话，下边的人大气都不敢喘一口。谁都知道近来总裁奔波劳碌，脾气不是太好，不要说总裁办的秘书被训斥过好几回，连几位位高权重的高管都被他批驳过。周静萱偶尔把目光投向他，清冷贵气的外表下是掩不住的疲惫，想起会前杨涛和自己的玩笑，最近总裁似乎甚少为难她，好像特别厚待。

是的，对照过去的苛刻和轻蔑，江景耀现在真的待她很客气。但他又是疏离的，甚至是她要给他当面汇报的材料，他都让李禄来转达。集团也有传言，说她这个总裁助理已经失宠，被打入冷宫，现在连总裁办公室都没有机会去。她听了只觉得好笑，偏偏杨涛还会觉得江景耀是厚待她？杨涛说的时候，她偏过头眼神清亮地望着窗外："怎么可能？"

江景耀搭乘的航班是晚上七点飞广州的，李禄从机场打来电话说有份重要的文件需要即刻送至机场的时候，她难得还没离开公司。按照李禄说的位置，她用备用的钥匙开了江景耀办公室的抽屉。

"是在哪一格？"她的手无意识地一一抽开，然而到最后一格的时候，她微微愣住。

李禄的声音从手机那头传来："是倒数第三格，那份和TYH公司的合约，封皮是蓝色的。看到了吗？"

"看到了。"她有些怔忡地从最下面那一格抽屉里取出那个年代有些久远的档案袋，上面赫然是她的名字：周静薏。她的档案不在人事那边，反而会在这里？还放得这么隐秘！

一时间她有些茫然，李禄却在催促：“你能不能让司机马上送来？我们还有半小时起飞。”

“我马上过来！”她知道这份合约的重要性，还是自己赶过去比较好一些。假手于人万一有个差池，她恐怕连职位都保不住！

匆匆赶去机场的路上，她一直很困惑档案的事情。江景耀是一个心思深沉的人，可没想到他对自己的兴趣还真是浓厚，那么久远的一段人生轨迹他都要细细盘查？周静薏心里有些透不过气来。

她到的时候，李禄不在闸口处，只有江景耀一人有些焦灼地踱着步子。“江总。”她走过去，轻唤他一声。

他有些猝不及防地回头，看到她时眼睛里闪了一下，又瞬时沉寂下去。

她定了定心神，递过合约书。江景耀伸过手来，因为一直看着她，手上的动作有些迟缓。两人的手指交会过，他有些灼热的体温令她一惊，刚想问一声他是否病了，他却轻咳一声，低声说了句：“对不起！”然后拿过合约，眼神专注地翻看了下，“是这份，很好。辛苦你跑一趟！”

他说这些的时候，丝毫未曾看她一眼。李禄从远处疾步过来，见到两人忙立定看表，提醒江景耀：“江总，我们该进去了！”

他就那样转身，风衣掠起一阵微微的风，抚过她的面。她清水般的眼眸里忽然泛起一丝悸动，刚刚那轻轻地一触，那样的灼人，他的体温恐怕是在39度之高了吧！想到这，她立马给李禄打手机，听到接通的那刻心里有略略地欣然，还好，飞机还没有起飞，手机还没有关机。

“什么事？”李禄想是很讶异她的来电。

她在这边有些微赧，但语气却是急促的：“江总好像是在发高烧，你留意下，最好下飞机就先送他去医院。”她在他身边进进出出那么久，老早就知道他的体质。别看他平时跟拼命三郎一样地玩儿命，一旦发烧就必定得去医院安安心心地挂上三天点滴把高烧强压下去，要不然一个月都不会好起来。

李禄“嗯”了一声，表示知道了。她还有些不放心，刚想再继续关照几句，忽然手机里传来了江景耀低哑的声音：“我会去医院的。你回去小心！”

眼前仿佛闪过他英俊清冷的脸，她一时间找不出话接上。那边轻声道了句：“挂了！”等到嘟嘟嘟的忙音响起，她才回过神来。机场上空一架架的飞机起飞，仰望着天空，夜色里灯火闪烁，而她却有些看不清。

那夜回去，杨沫就觉得周静薏有些异样。一个人呆坐在客厅里，也不开电视，连灯都没开，坐在那里声音也没有，害得她开门进来时，看见沙发上的人影吓得心都跳到嗓子眼了！

“你干吗？一个人坐在这里想什么呢？”

“没什么，就是想静一静。”

杨沫吐了吐舌头，真是被名字拖累的，静薏静薏，人也是喜欢安安静静。真是的，这样坐在家里安静，哪会有男人上门哦！

“喔，你最近很少加班，你们老板对你不错啊！咦，近来也没听你说起蔡少了啊！他就这么容易吃瘪打道回府了啊？”杨沫的八卦精神一上来，就是无休止的问题。

周静薏翻看着手机，上面只有时间在闪烁，没有电话进来。她已经习惯了杨沫在耳边聒噪，最好的办法就是装作没听见。杨沫说了半天也不见她回应，自觉无趣，于是灰溜溜回房准备卸妆洗澡。唉，人在屋檐下，不得不低头啊！

手机响起的那刻，周静薏下意识地按下接听键。“喂，是周静薏小姐吗？”一个陌生的男声，有些生硬的国语，像是有点年纪了。

“哦，我是。请问您是哪位？”她记忆中似乎没有这个号码，也没有这个声音，会是谁？

“我是樱之花料理店的，傅博先生您认识对吗？”

樱之花，是傅博最爱去的日本料理店，每次去总会点那种清酒无限饮的套餐，然后那个温文尔雅的日本老板还会过来陪他小酌几盅。她也去过几次，不过这么晚了，怎么会给自己打电话呢？

“他怎么了？”周静薏没有说傅博是自己什么人，也没顺着问话说认不认识。

等到对方把情况一说，她才知道，傅博醉了，在樱之花。因为叫着她的名字，老板才会从他手机里调出她的号码打过来。周静薏看看时间，现在快十点了，樱之花估计要打烊了！

“好吧，请等我一下，我马上赶过来。”她放下电话，去拿外套，却被杨沫堵在房门口。

“去见那个负心汉？你是不是疯了？”杨沫满脸的不可置信，语气极为气恼。

她伸手去揉杨沫气鼓鼓的脸颊：“我就是去一下，马上就回来。”

杨沫顿足：“你要是心软再回头和他在一起，你这辈子就完了！这个男人根本不懂得什么是责任！”

周静薏很平静地立在门口：“杨沫，我是和他离婚了！但是他毕竟是我认识的人，哪怕已经不再是朋友！”

哪怕自己从来没有真正爱过他，哪怕他那么深那么深地伤过她的心，但他始终是她生命中的一段记忆。她只求问心无愧，如此而已！

看着她的身影消失在楼道里，杨沫默默地叹气，神情悲悯：静薏，你是个傻瓜！

傅博果真是醉倒在那里。樱之花古朴雅致的店堂一侧，他斜倚在吧台边，神情颓然。周静薏立在店堂中央，四周静谧，暖暖的光晕透过纸糊的灯笼映在她的脸上，有一种凄迷暗淡悄无声息地蔓延开来。

他只离自己几步之遥，却因着那一天彼此的转身，变得遥远而陌生。那些欲离未离的日子里，她有几次路过这里，远远地看见他的车停在樱之花的门口。很深的夜里，他还在这里借着甘醇的清酒买醉，让她的心陷入无边的酸涩。原来和自己在一起，竟会让他这样的无奈和痛苦?

傅博微微偏过头来，手掌用力地撑住台面，身体有些失去平衡。她终是不忍心，上前扶住他的肩。傅博浑身 颤，不可置信地转过脸来看她，嘴里嗫嚅着：“静薏，是你？”

她轻轻点头，双手自然地扶住傅博的胳膊：“回去吧，这里要打烊了！”语气中的平静令她自己都惊诧，曾几何时，自己已经变得这般的心如止水？曾经牵过手的爱人，现如今已不再有任何关联，这样的相见早已泛不起心海里的一丝涟漪。

时间果然是最好的疗伤良药!

老板客气地送他们出来，周静薏在他的帮助下，终于将傅博有些笨拙的身体扶进副驾驶的位置。她去发动他的车子，许久没有开车，尤其还是傅博的车，她有些生疏。

夜色寂静，一路上两人都未曾言语，傅博把头抵在车窗的一侧，身上淡淡的酒气飘散着，那是周静薏很熟悉的味道，说不上喜欢或是讨厌。他就是这样，心里烦躁不快的时候总会借酒浇愁。两个人相处的后半段日子里，他也是这样一个人闷闷地在这里喝酒，而不愿对她倾诉。

车子开到傅博父母家的楼下，两人静默着。她下车去开他那边的车门：“能自己走吗？”她淡然出声，微微倾着身子望着他。

傅博定定地看着她的脸，不自觉地伸手抚来，她往后退一步，哑着声音提醒他：“很晚了！快上去，我也要回去了。”

“我们怎么会走到了这一步？”他颓然地放下手掌，言语无比憾然，带着微醺后的恍惚。

“你知道吗？”他低低地，细细碎碎地说着，“我只有在喝了酒以后才敢想念你。因为清醒的时候，每每想到和你有关的事情，心里就开始止不住的痛！”

被抛弃自己的前夫挂念着，依然在他心头辗转，在她看来，竟是这样的可悲又可笑！很想质问他一句：那你当初为什么要放弃？但是转念一想，她又忍住了。他不过是醉了！虽然说酒后吐真言，可是现在她还有记在心上的必要吗？不过是左耳听进，右耳飘出而已！

“静薏，不管你相不相信，我都是真的喜欢过你！”

这个，她倒是真的相信的。如果不是喜欢，他又怎么会许她一生？只可惜那只是喜欢而已，不是刻骨铭心的爱，所以不需要担负责任和承诺。轻易地放弃，轻易地离开，现在他还来这样说，除了让彼此心有憾然之外，还能有什么积极的意义呢？

路灯把两个人的身影拉得好长，周静薏看了看三楼傅博父母家的窗口，那里还亮着灯，掏出手机，打给他母亲。

“阿姨，是我。傅博喝醉了，我送他到楼下了，能不能让叔叔下来扶他上去？”她一直没怪过他父母，言语上还是很有礼貌的，虽然对于傅博当初的轻率，他们没有一人站出来阻止。也许，这就是他和她如浮云般飘散的缘分，怨不得旁人！

傅母显然很讶异她会打来电话，来不及和她说什么就捂上话筒。可她还是清晰地听到那边傅母小声和丈夫在讲：“是小周，在楼下。不知道怎么回事，儿子喝醉了。你下去看看，很晚了，千万不要让她在楼下闹什么啊！被邻居们听见了那就太丢人了！”

她静静地听着，嘴角勾起一抹冷笑：原来在你们眼里我是个不甘心被抛弃的怨妇？

曾经那些冠冕堂皇的话语，看来也只是做做表面样子罢了！傅博终究是他们家的独子，无论做什么离谱的事情，做父母的在心里也是向着自己儿子的。只是他们也真的太看轻自己了！从前都不曾和他们家人闹过，现在更是没有那个必要了。

合上手机，她转脸看向傅博：“你爸爸这就下来，我先走了！”

傅博挣扎着从车上下来："我自己会走。"他摇摇摆摆地，笨拙地走了几步。想来是真的喝多了，步履不稳，眼见着就要一个趔趄，她犹自立在那里不动，眼角扫到傅父臃肿的身影已经从楼道那边慢慢下来，于是往后退几步："走了！"

傅父已经到儿子身边，伸手搀过傅博的肩，面有疑惑地看着周静薏："你们怎么在一起？"

周静薏心里暗自好笑，要不是樱之花的老板拨电话给自己，她又怎么会深夜在此呢？她很是淡然地笑笑，递过车钥匙给傅父，也不多说什么，转身就打算离开。

冷不防傅父却在身后开口道："小周，你们的事我们做父母的到现在也弄不明白。反正现在也这样了，好聚好散。你回去也劝劝你妈妈，总这么说傅博悔婚，给他的压力太大了！大家都要重新开始生活的呐！"

傅父的声音不大，却着实令她愕然。她冷冷地注视着傅父："重新生活那是当然的。被悔婚的我都这么过来了，他又能怕什么呢？"

像是被冷风呛了，傅博推开自己父亲伏在车头那里，用力地呕吐着。傅父没想到周静薏平时柔柔弱弱的，这会儿会这么反驳，一时间也不知道说什么好，怔怔地看着儿子。傅博将浊物吐了个干净，抬起脸来自己用手费力地擦了擦嘴角。

"爸爸，你先上去。"

"你都吐成这个样子了，还站在风口做什么！"傅父有些火大。

"我说了不要你们管我的事！"傅博瞪大眼睛冲父亲嚷嚷，这声音在深夜里显得有些突兀。傅父显然是顾及到面子，一跺脚，上楼去了。

吐过之后的傅博显然清醒很多，动作也敏捷了点，他拽着车钥匙说："我送你回去。"

周静薏拧了拧好看的眉毛，语气冰冷："不用了！"

"我把你送到就走，行吧？"傅博有些虚弱，不过言语间还是有点执拗。

“这样送来送去有什么必要呢？曾经我以为你我可以好聚好散，现在看来已经完全没有这个可能了！”她很从容地说着这些话，没有哽咽，没有难过，只是清冷的语调，在寒夜里愈发地让人心生寒意。

傅博语塞，眼神呆滞地望着她。周静薏不再言语，默默地转身走远，清丽绝然的背影渐渐消失在巷口。

回去的时候，杨沫还在等她，见她面色有些难看，忙不迭地问着：“那个负心汉搞什么名堂？”

她摇头：“没什么。”耳边却回响起傅博父母的那些话语，十足地叫人心寒。

杨沫看着她有些黯然的脸色，也不忍心再多说，拍拍她的脸颊：“好了，早点去睡。”

她感激地冲杨沫一笑，幸好有杨沫这段日子一直陪在自己身边，她们从同窗到好姐妹，已经一起走过近二十年的时间，姐妹淘的感情已经坚不可摧。傅博这个事上，杨沫当时就不赞成她再给傅博机会，早离早了！杨沫一直是这样劝自己的。

可是她最后还是给了他和她一年的时间，那一年的折磨和酸楚，也只有身边这几个最好的朋友可以明了。自己能一步步走出那种怨懑哀伤，欣然接受这样的事实，这是多么痛苦的历程啊！可他们现在竟然受不了母亲的一句悔婚？多么可笑的事啊！

她一直觉得和傅博之间已经画上了句号，再没有相见的必要。分道扬镳之后再见亦是朋友，这种故事只能是在小说里。现实里总是因着这样那样的嫌隙和恩怨，而只能是形同陌路。所以在她心底里，她和傅博应该是从那夜之后，就不会再有任何交集！

可是世事却偏不如人愿。

这天她被母亲堵住追问和郭秉新的交往状况，最近她一直以工作忙碌婉拒着郭秉新的邀约，想来对方也是有所感觉，这不就通过李阿姨来问周母的意思。周母心中颇有怨气，言语上就有些过激。

“你这孩子到底是怎么回事，对方明明这么好条件的人，你怎么就不理人家呢？难道你心里还惦记着那个臭小子？”

“妈，我最近真的是比较忙。”

“忙得没有时间见面，也可以打电话，网上联系的啊！哪有你这样子的？”周母越说越激动。

周静薏装作很温顺地接受，嘴里“嗯嗯”的答应着，心里却犯起了难。其实和郭秉新见面并不是一件很轻松自如的事。他让她觉得自己好像是一件商品，被人从头到脚、里里外外地审视着，让人很不舒服。她都有些不耐，郭秉新自己却是极坦然地：“我与之前的妻子就是婚前了解得不透彻，使得后来生活矛盾吵架很多，所以这一次我要很慎重很慎重，希望你不要介意！”

不介意？如何能不介意！他就像面试官一样坐在自己对面，摆出一个个问题来听她的回答，然后点评：这个你和我前妻不同，她怎么怎么的，你怎么怎么的。时而满意地笑，时而微蹙眉头，咦，你怎么能这样想呢？一次两次下来，周静薏觉得自己快要晕了！尤其是听他评价自己的前妻如何偏执如何有惰性不操持家务，然后一脸期待地看她：“周小姐应该不会如此吧？”

她终于明白为何他的婚姻会失败，这分明是精神暴力啊！她不知道现在离婚了傅博会怎样在人前叙述自己，但她想至少不会像郭秉新这样。

人和人最没得比较，茫茫人海中，没有早一步，没有晚一步，你遇见她已是一种缘分。说起自己的前任，一脸的痛恨和厌恶，其实这又是何必，那毕竟是你爱过疼惜过的人，如果她真的那么不好，你又怎么会和她在一起过？

对于男人而言，最要紧的莫过于豁达；对于女人而言，最重要的就是宽容。但是这些话一时之间她还没办法和母亲交底，因为只见过二三次面而已，就这样回绝对方，母亲一定又觉得是她自己的挑剔，所以只好忍耐。偏偏傅博的电话赶巧在这个时候打进来，屏幕上跳出傅博那串熟悉的号码时，她愣了一愣，他还来找自己做什么？

手机一直在响，她不得不去接。当着母亲的面，还得装作是和客户的语气，客气而有礼。傅博显然没有料到她会是这样的语气，原以为她必定是冷淡的，此刻听来他竟有些激动："静薏，你什么时候有时间？我想见你一面。"

她心里一沉，他想做什么？面上依旧温和地问："有什么事吗？"

傅博顿了顿，有些不好意思："那天打扰你，不好意思。"

"没关系，不用客气。"

"不不，静薏，你听我说。我想见你一面，我知道那天我爸爸说的话可能让你很不舒服！"

"我正好在忙，一会儿回给你好么？"她怕在母亲面前再把电话听下去，母亲会发现对方是傅博，再折腾出什么事来！所以她想快点结束电话。

傅博终于觉察出了她温和客气的语气是因为把他当客户对待着，他深吸一口气："你出来见一面吧，我答应以后如果你不愿意的话，再不会找你！你以前不是一直想知道分手的原因吗？"

那个让他执意要离开她的原因，曾经让她费尽心思地想知道。可是那时他偏偏咬紧牙关只字未提，现在倒好，拿来作为邀她见面的由头。周静薏不由得心生酸涩，可是自己现在已经不是很想知道了！原因已经不重要了，重要的是，你已经决定并且真的已经放弃了我！

她斟酌着，想有什么理由可以回绝。眼角的余光扫过母亲的眼神，看来今天母亲并未打算放弃帮郭秉新游说的心思，她深深地叹了口气。

"好吧，你说在哪里？我这就过去！"

傅博马上报了个地址，一家名叫"悦"的私房菜馆。周静薏挂掉电话，起身去拿外套，"妈，有客户找我。我们空了再说，行不？"

周母不满地小声抱怨着："这份工作这么忙，你怎么有时间好好谈恋爱啊！”

恋爱，本是件美好而浪漫的事情，可是曾几何时，却让她心生怯意，唯恐避之不及了呢！

“悦”是一家掩映在竹林里的小四合院，保留了原有的古朴，布置得十分雅致。院落四周精巧地设计出潺潺的流水和幽深的花径，有些世外桃源的样子。傅博在隔间里等她来，细密的竹帘撩开，她从容地走进去，坐定在他面前。

傅博直愣愣地看着周静萱的脸，好几个月未见的清瘦的脸上表情沉静，不怒不喜，于他而言有些陌生，也有些心酸。

“喝点什么？”他小心翼翼地询问着她的意见，像极了当初追求她时的语气，只可惜两人之间早已物是人非。

“那点一壶铁观音好吗？”

“可以。”她简短地回答。

精致的茶点小食被一一端上来，看来店主人是很有品味的人，从器皿到食物，无一不是赏心悦目的。铁观音亦是极为正宗，茶香四溢，给人以甘醇之感，入口之后齿颊留香。本来是极令人愉悦的地方和环境，偏偏是要对着傅博，还要勾起那段令人痛苦的记忆，所以周静萱并没有什么笑容，神色间的淡漠一览无遗。

傅博也不是看不懂她的表情，当下就叹了一口气：“你记得吗，当时我提出要分开的时候，是说希望彼此还能做朋友的。可是没想到现在会是这样！”

“你心里肯定是怨我的，我不是不知道。可是我只能这么做，静萱，离婚这件事上面，受伤的真不是你一个人！”他艰涩地说着，听得周静萱一阵蹙眉。

傅博别过脸去：“当初我也以为我们能好好走下去的，可能是我太想做得让你满意了，很多事情都违背了我自己的心性，到最后我强装得很累。而且这种累，根本没有办法和你说，如果说了，我怕你会对我失望！”

“可是，那时你还执意不肯去进行心理辅导，哪怕是陪我去你都不愿意！”

“那是当然的，哪个男人会承认自己有心理问题的呢？何况那时我自己都还没意识到这些，你说我有婚前恐惧的时候，我只觉得你是嘲讽，并不觉得自己真的就是！”

“然后，好多次夜里你都默默地流泪，我都是知道的。那时我真的犹豫了，不知道该怎么办！”

周静薏面色变得刷白，那些暗夜里备受冷落后的哀伤他竟然是知道的。他和她就这样默默地越走越远，并没有因为彼此的惶恐和黯然而去努力解开隔阂，当爱情蒙上阴影，就只是对彼此无尽的折磨。

“然后我就想逃，我怕看见你的眼神，怕你问我在想什么。后来你怀疑我，我想这就算了吧！现在仔细想来，那时我真是慌了阵脚，只想从你身边逃走，一个人躲起来什么都不想，什么都不用做，越快了结越好。”傅博越说声音越低，最后已然愧疚得低下头去。

一旁静静听着的周静薏恻然落泪。当那些不堪回首的往事，那些令人心碎的纠葛，以这样的一个事实坦诚在自己面前时，她终于没有办法再怨懑谁！

原本他们不会走到今天这样的决然，可是他处理问题的方式终于一步步把她逼到恨的边缘。

当她为他的行为一点点寻找合理解释的时候，他可有真的体会过那是怎样的一种悲怆！他真的不是一个成熟睿智有担当的男人，但今日他能如是地说来，也算得是一个圆满的句号！

她的泪晶莹透彻，一滴滴地落在茶碗里。傅博束手无措，面上尽是喟然。她终于坐不下去，语含哽咽地起身：“好了，谢谢你告诉我这些。我会慢慢放下过去的一切！你也是！”

“不，静萱，不是这样，你听我说，今天我要说这些，其实是希望你能明白我对你是有感情的，这几个月我并没有好过多少！虽然去办手续前我一直以为办掉之后就不会再有瓜葛，心里就会放下了，可是你知道吗，我反而更加牵挂，一日日地反思，才知道自己有多么愚蠢！”傅博急忙挡在她面前，语气急促，眼神里有难掩的伤痛。

回不去了，如何还能回得去？她无力地摇头，一点点地扳开傅博握住自己的手：“我们之间不可能的了！所谓覆水难收，你明白吗？”

傅博似被雷击到一样，呆怔在那里，良久才微微出声：“我给你看样东西！”

周静萱已经走到竹帘边，准备掀开的时候，听到他的话，静默了好一会儿才回头。傅博捧着两本红色的本本，那是一片片拼凑起来的，是她在七夕离婚当日撕碎的结婚证。她无声地哭了！傅博上前想拥住她，却被她用力挣开：“我们回不去的，你不要再做这样的傻事！”

她呛然地跑出去，用手紧紧地捂住自己的嘴，生怕自己克制不住哭出声来。傅博追了几步，又颓然地站住，手里紧握着那两本薄薄的旧证，一脸的呆滞。

周静萱一路小跑，至院门口的时候与推门而入的一人迎面撞上，她凄然欲泣的神情令来人一惊：“你怎么了？”

她定住心神，定睛看去，蔡恒正双手插袋，俊美的脸上挂着微笑，嘴角微微一弯，语气闲适地说：“好久不见！”

CHAPTER 04

蓦然相知，寂静欢喜

你眉眸间的淡淡欢喜，是我心底永恒的美好，
只愿守着这样静谧时光，心似莲花，悄然绽放。

他立在那里云淡风轻地朝周静薏笑，一句“好久未见”猛然让她想起了自己的失态。周静薏收住自己的脚步，硬生生地将眼泪逼回去，装作不经意地遇见，嘴里淡淡地应着，脸上却还残留着刚才有些惨淡的黯然。

蔡恒眼尖，早已看出她的失魂落魄。朝她身后望去，一个年轻男子也正失神般地怔立在院落中央，心下不由得明白了几分，一边随着周静薏往外走，一边低声笑谑：“这回不是相亲？”

虽是戏谑的语气，却不轻浮。周静薏轻轻瞪了他一眼，蔡恒也不恼，仍含笑看着她：“想去哪里，我送你！”

周静薏惯例地摇头，老早就不再打算招惹他们这种世家公子，今天这样的心情之下，她更是懒得应付。像是有预料她会拒绝一般，他下巴微微一扬，意有所指：“莫非，你是要等那个人追上来？这里不好打车，快点！”

她不用回头都能感知到傅博遥遥的目光。不必再回头了，过去的满目疮痍已经让两个人都筋疲力尽，惟有更好地生活才能对得起曾经经受过的伤害，她默默地在心里告诉自己，听着蔡恒的话语也是没有再反对。

蔡恒颇有风度地为她打开车门，丝毫没有一点总裁的架子。也罢，毕竟蔡恒也是江氏的合作商，只是搭一回顺风车而已。于是她客气地笑笑，揽着裙裾坐进他的车里。蔡恒的眼眸里俱是笑意，临了他自己上车前，还不忘远远地冲傅博一笑，意味深长！

蔡恒有段日子不在A市了。借着公司的由头，他在北京待了两个多月。这一待却生生地出了大问题！他，竟然对那些莺莺燕燕免疫了！饶是再怎么新鲜刺激也激不起心头的一丝浪花。这个事实让他很是郁闷。他一直知道自己不是个很长情的人，不求天长地久，只求曾经拥有而已！可是现在他连一时拥有的想法都没有，苦恼之至的蔡恒甚至去见了资深的心理医生。

一席长谈，果然令他茅塞顿开！原来问题还是出在周静薏身上，作为第一个婉拒他的女人，她显然要为他的情感封闭深深地负上责任！这不，他立马搭飞机赶回来了。也真是有缘，程渝文约了他来这里谈事情，偏巧就遇上了她。这就好比瞌睡时有人正好递上枕头一般，时机火候掌握得刚刚好。

所以当程渝文打来电话一顿牢骚发作，他依然心情颇好。不管怎么说，这小子今天还算做了件有意义的事！

“我都喝了大半天的茶，你到底还来不来？”程渝文是个急性子，等人这种事他最干不来，嗓门还来得大，听上去有些气急败坏。

“你另外找个人陪吧，我这里有事。”

“是你说都不带女人的，这会儿你又放我鸽子！奶奶的，你们一个个都这样。”程渝文显然想起一帮发小之中最近的几起重色轻友的事情。也该着他生气，这不他刚落单，他们就拿这种损招欺负他！

蔡恒不以为忤，仍是笑呵呵地：“改天我做东。”挂上电话，他转脸看一边沉默的周静薏：“我们找个地方吃饭吧？”

“你不是有事？”她脱口而出。话语一出自己也觉失言，这话说得好像她本就期待和他一起吃饭似的。

蔡恒倒不觉察，反而很是认真地点头："对啊，我说有事就是和你一起吃饭啊！"末了他又加一句，"我可是从机场刚过来，饥肠辘辘的，你就勉为其难陪我去吃点，顺便也好聊聊项目的事！"

看他神色间的郑重其事，再拒绝就显得自己小家子气了，不就是吃饭么？他还能把自己给吃了啊！周静薏主意打定，侧过脸来朝他点头，眼神清澈坦然。

原以为他会带她去那些富丽堂皇的地方，却不想竟是一处小巷人家。斑驳的灰墙上挂着大大的一个粥字，鲜艳的朱漆印在古旧的墙上，有着视觉上的小小冲击。

她猜着这家应该颇有些不凡的，果然进得里面真是人声鼎沸，济济一堂的，立在墙外居然一点都未听闻。里面的气氛让原本有些黯然的心情悄然散去，周静薏觉得自己挺喜欢这个地方的，下次和杨沫朱宜兰她们过来小聚一番也不错！于是乎，她心情颇好地和服务生询问着这边的特色，听到这边有正宗的港式叉烧，不由得一脸兴奋。

蔡恒坐在一边轻抿着茶，看着她语笑嫣然的样子，明眸皓齿，一脸灵动，哪是那些俗脂艳粉能比拟的！难怪自己会一见钟情，二见倾心！

浓香四溢的海鲜粥端上来的时候，蔡恒先盛了一碗给她，然后像是忽然记起一般："听说人情绪低落的时候吃吃美味的东西会有助于心情平复。"

他线条俊美的脸上一双桃花般的眸子顾盼生姿，却偏偏说得煞有介事，引得她微微一笑："要是一锅粥喝下去还是低落呢？"

"那再换一锅！"蔡恒想都不想，随口就来。

她倒是忍不住地笑了，这人真是会逗女人开心呢！不过自己的心情已然好了很多。蔡恒谈了项目上的几个事情，周静薏也放下心里的戒备，两人这顿饭倒也吃得愉快。蔡恒这次给她的感觉与以往有些不同，似乎少了点玩世不恭的味道，多了一点什么她也说不上来。

蔡恒终于把话题绕到傅博身上："你前夫？"

周静薏有些意外地看他，蔡恒的眼神在她脸上辗转，声音却是不经意地："看样子放不下的不止是他，你自己也没有放过自己！"

"那是我的事。"她低呼一声，有些微恼的样子。

"你又要防备我了？放心，今天这事我会守口如瓶。"他故意对天举手指。

回去的路上，周静薏微微侧过脸来，似有似无地轻叹："其实……"她顿了一下，选择着合适的词语，"其实我对人没太多的信任感！"终于努力说出这一句，仿佛是积压在心头的一件难以启齿的事。那是她心底里最深的隐秘，却在刚才被他清晰窥见，是自己不会掩饰，还是对方太能懂得女人？

蔡恒点头，也就是了！难怪她会一直抗拒着别人的追求，不止是他，连那个不甚好女色的江景耀也被她拒之门外了！他的表情有些凝重起来，忽然想起很多，尤其是心理医生和他聊起过的那些心理学理论。眼前的这个女子一定受过太多的伤害，以至于她把自己的内心层层包裹起来，不许人靠近，也不让人抚慰，就这样一个人冷暖自知着，品尝着一个人的孤单和凄楚。刚才撞见的泪痕犹在、神色凄婉的模样，才是真实的她吧！

这些他居然能够懂得，不知道为什么他就觉得自己能懂得，也正因为如此，他更想带给她一点欢乐。

"也许你需要一个轻松愉快的环境，多一些普通朋友接触。过去带给你的阴影太多了，你需要一点点地放下！"蔡恒难得正经地沉吟着，"我可以是这样的朋友！"

周静薏微微诧异地望着他，这些话语显然不是他蔡恒的风格。然而他缓缓地将车停靠在一边，偏过头来目光如炬，一脸认真，害得她太阳穴突突地跳出来，心扑扑地。她真是不习惯这样被人看透，似乎再也无所遁形了！

蔡恒手指轻扣着方向盘，晶亮的眼眸轻轻掠过她光洁的额头，羽翼般的眼睫毛忽闪忽闪地，勾起他心底无尽的怜惜。

“只是普通朋友，我想看到你畅怀而笑的样子，而不是现在伤感冷淡的你。”蔡恒轻笑起来，笑容里有一抹妥帖和安心。

周静萱有些感动，一时无语。

“何况我现在和你同病相怜呢！你得对我负责，不然我的后半生幸福就被你给毁了！”

“你什么状况？”周静萱有些好奇地问。

蔡恒憋了很久，终于闷闷地吐了一句：“我对异性免疫了！”

噗嗤一声，周静萱忙捂上嘴，不过笑意还是从清亮如水的眼眸里流露出来。他只得哀哀地叹息：“你是第一个拒绝我的人，要不是你，我蔡恒何至于这般田地啊！”

他一路长吁短叹地惆怅着，直到周静萱忍俊不禁地从他车上跳下来，才弯起好看的眉毛冲她正色道：“我可记着你是答应了！还有，这个也是秘密啊！”

她闻言回眸，强忍住笑意：“好，秘密！”

看着白色的宝马扬长而去，周静萱立在自家小区楼下，神经骤然松懈下来。一天就这样过去了，一直在心里耿耿于怀的过去应该会因着傅博坦承原因而放下了！这些年来，她真的被自己的心境折磨着，想爱又怕伤害，真的也怨不得旁人！

蔡恒，真是个有意思的人！交换了彼此的秘密，心里竟然不再视他如洪水猛兽，或许他原本就不是吧！

江景耀悄无声息地回来了，一回来就进了医院。高烧后引起肺炎，需要入院治疗一段时间。周静萱得到这个消息已经是他入院之后的第三天，还是因为江景晖突然出现在董事会的临时会议上她才知道，当时心里就有些异样。她是他的助理，却什么都不知道，想必他是真的把自己排斥在外了！

江景晖突然回来在董事会上指手画脚有什么用意，那些资深的董事其实都心知肚明。江家的两个儿子在江老爷子心目中孰轻孰重，早在一年前将江景晖调至海外，让江景耀掌权江氏就已经昭然若揭了。未来的江氏接班人不疑有他！必是江景耀莫属！

江景耀一住院，江景晖就飞回来，这实在令人寻味。会议散去，周静薏收起手上的文件，刚想离开，却被江景晖叫住。

“听说你离婚了？”江景晖似笑非笑着。

周静薏从容淡定地回答：“不错！”这已经不再是什么讳莫如深的秘密，她答得很是坦然。

江景晖眼里闪过一丝精光，面上照样神情笃定：“那考虑下我一年前的提议，它依旧有效！”

她闻言莞尔：“江董，其实我的答案一直没有变过！”言毕她就转身往外走，身后清晰地传来江景晖深沉的嗓音：“你不要以为在二弟手下做事，我就没有办法动你！”

这样直白的威胁，他居然就在这里亲口说出来。周静薏不禁轻蔑地笑起来，她倒不是因着江景耀的庇护而有恃无恐。事实上江景耀也不见得会怎么样维护自己，她只觉得江景晖太过张狂，风流韵事累及声名的事还少吗？也正是这样的行事作风才会被老爷子贬去美国，明为开拓市场，其实就是将江氏这块祖业整个交给江景耀而已！

江景晖和江景耀相比，兄弟之间真是相差甚远，哥哥沉稳果断却风流不羁，弟弟冷峻自律谋略过人。尤其是江景晖被老爷子贬去海外之后，行事上越发剑走偏锋，原本和睦融洽的兄弟关系近段时间常常因为资金调配的原因有些剑拔弩张。

“他的一切我总有一天会全部拿回来！包括你！”江景晖站起身，伟岸挺拔的身躯挡在她面前，居高临下地逼视着她，眉眼间全是阴戾乖张之气。

饶是她见惯了生意场上的勾心斗角也不免此时有些心惊胆战。江景晖这般地怨恨江景耀夺走原本属于他的一切，恐怕一场兄弟大战在所难免！而且她实在想不明白，已经过去一年之久，江景晖怎么还记着自己？这真是让人头痛的事情。

她和江景晖早先只是因为江氏的出国考察而碰的面，当时的江景晖温文尔雅，很有绅士风度。他亲自过问了那次欧洲之行的线路安排和考察细节，给她留下彬彬有礼、亲切温和的印象。因此之后江氏提出希望她亲自带队，她也没有太多顾虑就欣然答应了。

半个月的欧洲之行一切都很顺利，江景晖也很是体恤她。谈及远大即将被收购，他委婉地表达了想把她日后调至江氏总部来的意思。当时她也未曾在意，只当他是随口说说，毕竟当时江氏对远大的收购尚在初步意向阶段，一切都未成定数。等到收购结束，一纸调令下来，她才有些觉察这里面的意味深长。

周静萱知道自己还算是相貌不俗，但是和那些光彩照人的名媛佳丽比起来，始终是相差了好几个段次。江景晖在外的风流情史数不胜数，她自己正纠葛在和傅博的婚姻之中，更是不敢趟江景晖的这一池浑水。

没等她当面拒绝，江景晖就直接向她表明了要包养她的意思。白天是他的贴身助理，晚上是他的情人，他倒是把算盘打得圆满，丝毫不避及自己的已婚身份。周静萱严词拒绝，夺门而去，此后就未曾和他再有过交集。那件事没过多久，江景耀就全盘接手了江氏的大权，而她还是被安排到了江氏总部，成为副总杨涛的助理。其实只要不是江景晖，即便是平调不升迁，她也是欣然的。

一年过去，她以为风流如江景晖一定会忘记自己的存在，哪曾想男人都是对得不到的人和事尤为在意！一旦得到，也就弃之如敝屣了。这是朱宜兰经常挂在嘴上的一句名言，所以她才迟迟不肯对老顾松口，也难得老顾一如既往地关怀备至。

周静薏强压下心里的烦闷，正想给李禄去电话，手机上赫然跳出“江景耀”三个字。那一瞬间，她有些安心，他还能打电话那就说明情况还不是很糟。

“你马上到医院来，李禄会在大门口等你。记得拿最新的财务报告来！”江景耀的声音一如既往地清冷，似乎没有温度。不过听上去他精神应该不错，周静薏声音轻快地答应着。

那边他却有些疑惑：“你心情不错？”

她恍然发现自己的声音泄露了很多不该有的情愫，也立马矢口否认。两人在电话里各自沉默了几秒，最后要挂断的时候，江景耀淡淡地说：“手上的工作安排下，这些天你就到医院来帮我处理一些事情，其他的可以交代李禄。”

她有些不解，但对方已经挂断电话。

去了医院的VIP病房，第一眼就看到江景耀一脸安静地在阳台上晒太阳。阳光洒落在他肩头，映照得他的侧脸如雕刻般俊美。他微阖着双眼，很是享受的表情，平静又怡然的样子。

她轻步朝他走过去，倚在房门处看他。他这个样子真是好看，没有冷漠没有刻薄，清俊贵气又温和自然，不去做偶像明星真是可惜！像是感知到她的气息一般，江景耀微微动了动身体，蓦然睁开眼眸，眼里带着一抹清浅的笑意。

“看够了没有？怎么，发现我病好得很快？”

她轻轻颔首，的确，他哪里有一丝生病的样子？分明是健康惬意的轻松状态，往日里眉宇间的疲惫一扫而光，气色竟是极好。

江景耀身子往前一倾，指了指对面的椅子：“坐下来。”

“我大哥今天来过公司了？”

“是的。他有出席董事会。”她知道他这么问，应该是已经清楚了江景晖在会上的表现了。

“哦。”他若有所思地应了一声。

周静萱想起上午在会议室江景晖的那些话，不禁背脊发凉，江景晖要拿回属于他江家大少的那一份，他会怎么做？

瓷器轻触茶几，发出悦耳的响声，江景耀斜靠在椅背上，低哑的嗓音清晰地传来：“他找过你了？这段时间你就到医院来办公，尽量少和他碰面。”

她一下子涨红了脸，意欲分辨，却被他止住。

“我都知道了！”江景耀俯过身来，眸光一片清明，“我相信你，却不能相信他！”

脑海里有一些场景电光火石般地闪现，丽晶、总统套房、那个客厅里清瘦颀长的身影，她有些不可置信，又带几分赧然：“那一次，在丽晶，是你在外面？”

他浅浅含笑着站起来，眉宇间没有了往日的冷冽，轻轻按了下她柔弱的肩头：“是我。”像是怕她再继续尴尬下去，他又正色道，“我大哥这次回来自然有他的想法，之前他的资金链就出了问题。这次趁我住院的机会，一定会找从前的老臣子帮他做事。我很想看看他能够做多少事？所以你就不要参与了，那边有李禄在，他之前跟过我大哥，做起事情来更方便一些！”

他的这次入院竟是个局。

商场果真不亚于战场，每一步都如同殊死搏斗，很多时候不是谨小慎微就可以的。精密的布局，引君入瓮，借力打力，才是睿智之人的所为！周静萱不由得心下佩服，如果说前一秒她还在担心他们兄弟同室操戈，江景晖会乘人之危，那现在她一点都不担心，江景耀心思缜密，早就部署好了，这一仗必然是胜券在握，只待时机而已！

果然，此后的一个月里，江景晖俨然是代总裁，发号施令。看着李禄发过来的各项数据，周静薏从几笔数目较大的划款上已经看出了蹊跷。她唤江景耀来看，屏幕上一行行地跳跃着一笔笔的进出记录，周静薏指着其中的两笔："这个60万美金汇入的日本公司，之前根本不在江氏的集团合作名录中，而且从签约到划款，只用了短短三天的时间。还有这个，也是这样的情况。"

她的神情很专注，细白润洁的手指在他眼前晃动，像是春风吹皱了一池乍暖还寒的湖水，江景耀有些失神。

见他半响没作声，她还以为自己说得不够详细，正想再做一遍解释，他已经背过身去，压抑住心头的情愫，嗓音低哑地吩咐她："让瞿律师去跟进查一下这两家公司的背景，银行那边也关照一下。"

她欣然答应，忙碌地联络起来。听着她在那里有条不紊地打着电话，声线动听、言语干练，他知道有她在身边，总会让自己的心跳漏上几拍，令人窒息却也甜蜜如斯！

其实自从两人挑明了在丽晶的那次遇见之后，有一些误会和偏见就开始冰释，当然这主要是周静薏那里。她本来就是个极聪明的女子，自然不难想象在那夜如此暧昧的情况下奔出总统套房会让人有何遐想，被人看轻也是自然的事。路遥知马力，日久见人心！在回过头去看从前江景耀的那些冷漠苛刻，其实说到底也把她的潜能逼了出来。

偶尔两人开玩笑的时候，她会笑称遇上一个冷血上司，让下属忙得呕心沥血自己还甘之如饴。江景耀也不生气，敛目淡笑，眼神里有一种纵容。

两人谁都没有再提及在悉尼他曾说过的话，不是没有想到，有时候只是刻意去忽略。仿佛是往前迈过一大步，就会惊扰了现时里和煦自然的相处。日子就这样一天天地过去，直到蔡恒满世界地找她，她才发现与江景耀每日里这样地和平相处竟已有半个月之久了！

"你很久都不去上班？"蔡恒满是诧异。

“啊，哦，是啊！”她含糊其辞。否则怎么说呢？

“来来，我们这里有好吃好玩的，正好想起你来，快点！”

她瞥一眼正在沙发上看报的江景耀，江景耀头也不抬：“你要是有事就先回去吧，我这里今天没别的事了！”

他的嗓音不高，但是蔡恒在那头还是听到了。“你和景耀在一起啊？”蔡恒还是有点微微冒酸，语气幽怨。

周静薏抿唇暗笑，这人就这么装吧！

“你那边是什么活动啊？”她想要是什么豪门盛宴就免了吧，自己可没那份心劲去敷衍那些名流。

“我去接你，我们在程渝文家的别墅烧烤，请的大厨手艺很棒，不错不错！”蔡恒那语气渲染得，好像那是了不起的顶级美食一般。也是，他们这样的豪门贵胄什么山珍海味没见过，倒偶尔见了这鸡翅膀羊肉串反而觉出稀奇来了！

她没让蔡恒直接到医院来接，而是报了附近的一个路口：“我在那里等你吧！”

“好，最多一刻钟。”蔡恒那边兴冲冲地挂断。

她拿起外套和皮包，过去和江景耀打招呼：“那我先走了！”他放下手上的一叠英文报纸，语气一滞：“是谁？蔡恒？”

言罢，自己倒轻笑起来，周静薏立在那里走也不是，不走也不是，墨玉般的眸子里有些哭笑不得。江景耀立起身：“去吧，明天让瞿律师来见我。记得走职工通道。”

“好的。”她想他和她两人还是说起公事的时候，气氛会比较自然。其他的话题在这样温馨、静谧的环境里，都让人有些心慌意乱的。

“快走吧！”他唇角的笑意渐浓，竟伸手轻轻地推她出门。

程渝文的别墅很大，装修自然是豪华不说，主要是花园够大。绿草如茵的，四周繁花似锦，微风抚过，好不自在。

老远就闻得到食物的香味，一众人在那里大快朵颐，埋头苦干，丝毫未注意蔡恒携了一个女子过来。等到走近了，郑辛正好去抽面巾纸，这才咋咋呼呼地嚷起来："蔡少，你又换女人了？"

蔡恒面上一黑，也不搭腔。找了位子让周静薏坐下，细心给她端了饮料和茶点。"我去给你拿点现烤的东西来！"然后目光扫过众人，"我朋友周小姐，你们几个帮我好好照应下！"

程渝文不当心咬了自己的舌头，咝咝地吸着凉气。郑辛看看蔡恒，又看看周静薏，微微一笑，算是打了招呼。"好像有点眼熟，不知道在哪里见过？"他若有所思地自言自语。

程渝文口齿不清地取笑他："蔡少的朋友，你也敢这么搭讪？"

郑辛忙分辨："真是哪里见过呢！"

周静薏看着他们相互打趣着，也觉得很放松。其实这几个人，她都听过名字，知道是和江景耀一起长大的发小，都是家世不错的公子哥儿。郑辛说见过自己，那是可能的。以前常随江景耀参加一些会议和宴会，多少和他们那个圈子接触过，不过是相互印象不深罢了！

"我想起来了！"郑辛一脸兴奋的样子，"你是二少的助理！"

他们喜欢叫江景耀"二少"，偏偏那个人最是不爱听。她似乎都能想得到他要是听见郑辛在这边这么叫他，一定会微微蹙起眉，嘴角露出一抹淡淡的不悦。

她轻巧地笑着点头称是，程渝文张大了嘴巴，复又回转头去看远处的蔡恒。

"二少最近在忙什么？好久没看到他人影了，真是的，那么玩命赚钱做什么！"郑辛没有在意程渝文眼神里的异样，这边兴致盎然地和周静薏闲聊着。

两个衣着入时的女孩子从别墅那边过来，其中一个女孩子年纪还颇小，一张苹果般红润光洁的脸蛋儿，着实讨人喜欢。两个女孩儿都穿了新一季的DIOR印花连身裙，裙子很漂亮，只是穿在这么青春靓丽的小女孩身上就显得有些郑重其事了。

苹果脸女孩儿一直好奇地盯着周静薏，她的眼神很干净，有一抹纯真无邪。“你是哪个哥哥带来的姐姐啊？”趁着其他人去拿食物的时候，她凑过来小声地问周静薏，声音很甜美，带了点孩子气的好奇。周静薏忍不住喜欢上她，真是个可爱的小女生。

看她只是淡笑不语，小女孩有些着急：“我叫莫心妍，是渝文哥哥的表妹。你呢，你是谁啊？”

“莫心妍！”蔡恒疾步过来，轻轻呵斥她：“怎么见人就问你是谁啊！真是没心眼儿。”

莫心妍，没心眼儿？周静薏反复读着这两个名字，狠狠瞪了蔡恒一眼，心想：给这么可爱的小姑娘起这么个不雅的绰号，真是亏得他们这帮公子哥儿想得出来！

蔡恒嘻嘻地笑着：“心妍，这是周姐姐。你好好吃东西，不要老缠着人家问东问西！”

莫心妍乖巧地点点头，眼神一直在蔡恒身上滴溜溜地转着。她攀上蔡恒的胳膊，低声问他：“她是你的女朋友么？”

蔡恒不着痕迹地挪开她的手，目光柔和：“现在不是。”

莫心妍欢喜了几秒，旋即脸色又黯淡下来，现在不是，那么以后还有可能是啊！周静薏看着她，心里老早明了。

等女孩儿走开，这边微笑着和蔡恒打趣：“她看来还不到二十岁，你的影响力真是无边啊！”

蔡恒闻言只是苦笑：“太小了，感觉像犯罪，还是算了！”

蔡恒他们那帮发小虽说都是身家丰厚的纨绔子弟，倒也都是有些教养，没有什么恃强凌弱的恶习。除了都有些自命风流外，性情都很率真。

蔡恒笑言：物以类聚，人以群分。他们这帮朋友都是好多年的了，自小一起长大，知根知底地，而且都特别仗义。

以前江景耀在国内的时候，也是他们一个圈子的。除了说到泡妞的话题，二少惯例玩深沉不说话不参与之外，别的方面倒没什么分别。后来二少去了美国留学，一去就是六年多，难得兄弟几个会飞过去敲他一顿，毕竟他是他们几个人中最求上进，也最能接好上一代的班！

程渝文煞有介事地说着冷笑话逗得大家忍俊不禁地哈哈大笑，周静萱也难得地开怀地笑了几回。心妍一直坐在周静萱身边，时常将目光在蔡恒和周静萱两个人之间梭巡。

晚餐结束后，郑辛提议打一会桥牌，这是他们惯例的余兴节目。轮到蔡恒上桌，他偏推搡着周静萱上场。

“桥牌我不会。真的不会啊！”周静萱极力推辞。

“我们不来钱的，就是赌一顿宵夜，有我在后面指导，你怕什么啊！”蔡恒振振有词。

不来钱？程渝文看了看郑辛，郑辛和苏昱互相对了对眼神，然后有默契地闭上嘴。三个人都用能杀死人的眼光冷扫蔡恒，好吧，等过了今晚再和你蔡少一并结账！

心妍和郑辛女友葛菲去厨房捧了两大盘水果来，心妍举着一片西瓜拿到蔡恒面前，粉嫩的脸蛋上满是期待。程渝文瞄了眼心妍，恨恨地和苏昱嘀咕：“真是女生外向，胳膊肘往外拐，情哥哥比亲哥哥重要一百倍！”

苏昱挑了挑眉，轻笑：“你当心点，不要乱说话！”

郑辛也是点头，明眼人一看就明白：蔡恒心里可是把这周小姐当成正主一般，估计是人家还有些犹豫或是两人未曾点明关系，所以还隔着一层普通朋友的借口。你程渝文当着人面开心妍和蔡恒的玩笑，只怕蔡恒心里要恼！

这边蔡恒很自然地笑纳了莫心妍递过来的西瓜，然后扫一眼大家：“心妍，你得把你表哥照顾好，省得他一心二用，打牌要输！”

程渝文讪笑道：“一心二用的本事我哪里比得了某人啊！”

心妍听他们哈哈大笑着，不知道意有所指着谁，她闷闷地坐到一边，时不时地撩起窗帘看外面的夜景。那晚纯粹娱乐，所以大家都打得很放松。郑辛输得厉害，周静薏虽是新手，但在蔡恒的指导下，却也没怎么输。大家正说笑着是要上哪儿宵夜，还是让程家的厨子做一点的时候，心妍趴在窗台上惊呼起来："景耀哥哥来了！"

果然一阵大灯的亮光照射进客厅的落地长窗内，月色下迈巴赫正大大方方地堵在程家别墅的大门口。等江景耀推门进来，众人都调侃他："买单的来了！"

"怎么样，一起去宵夜？"程渝文许久未见江景耀，有些兴奋地捉住他的肩。

江景耀和他们几个打了个招呼，然后转脸看向周静薏："我给杨沫打电话，她说你还没回去，所以过来接你，走吧，没别的事了吧！"

他很是坦然自若地说着，仿佛此刻过来接她是理所当然的事情。蔡恒无奈地摸了摸鼻子，心妍乖巧地过来拽他的胳膊，然后仰起一张纯真的脸微笑着。

清俊绝然的江景耀立在淡雅温婉的周静薏面前，似笑非笑的。

苏昱最是会看眼色，拿起车钥匙冲郑辛和程渝文摆手："我先走一步，你们慢慢再坐会儿！"

周静薏心里本来还在奇怪他怎么会跑出医院来？若是被江景晖知道岂不是前功尽弃？但是江景耀那清明的目光，坚定、不容拒绝的神色，让她没法拒绝。她转头看蔡恒："今天谢谢你，我搭江总车先回去了！"

蔡恒双手插袋，丝毫未注意身边的人，只是很随意地和江景耀打趣着："老找不到你，找你喝酒都难！"

"找一天我给大家安排吧，都好久没聚了！今天不好意思，我们先走了！"他伸过手很自然地揽过周静薏的肩，"走吧！"

看着一对璧人般的身影消失在夜色里，迈巴赫静而无声地远去，程渝文往蔡恒胸前用力捶了一拳："你们两个疯了？迷上同一个女人？"

蔡恒接下那一拳，面色如常地嬉笑：“要是我和景耀哪天真的决斗了，你站在哪一边？”

程渝文黯然摇头：“你们呐……”

郑辛也是皱眉：“蔡少，没意思的，一个女人而已！”

蔡恒这下有些恼了，转身就走。莫心妍见状一路追出去，等她跑到蔡恒车前，他已经准备驱车离去，灯光打在莫心妍娇小的身上，有种凄迷的暗光。

“回去！”他说完薄唇紧抿，眼里是深深的怒气。不为别的，只为郑辛的一句“女人而已！”他郑辛懂个屁，女人多得是，可是能让自己专心动情的偏偏是这么一个！

他和江景耀之间已经有君子约定了，哥儿几个却还来指手画脚，说到底当初其实是江景耀横插了一杠子。蔡恒觉得自己好委屈，一委屈就想一个人待待，谁也不想见！

“不走！”莫心妍有些倔强地拦着他的车。蔡恒抚额叹了口气，然后迅速地往后一倒，方向盘一打，从另一个方向往外驶去，只留莫心妍一个人立在原地冷得直跺脚。

江景耀一路无语，将车停至周静薏家楼下，然后温和地冲她笑笑：“快上去吧，很晚了！”

周静薏刚才在车上一直在想，他为何要亲自找来接她？想问，却有不敢问。听他这么一说，微微定了定心神，轻启樱唇：“谢谢！”

他眼眸有些深邃：“蔡恒，你不要给他希望。他看上去风流多情，其实不然！”这个她当然知道，所以只是和蔡恒做做寻常朋友。他用力扳过她的肩：“我一直在等你放下心里的戒备，如果你愿意，我会陪你走一条很远很长的路！”

她闻言浑身一颤，他紧握住她纤细的手指，感受着她的战栗，眼神温柔，左手轻轻抚过她的长发：“你要相信有个人一直在等你！那个人，就是我。”

她也许永远不会知道，他从六岁开始就在等，到现在已经二十三年了，漫漫时光里的思念已经化作了刻骨的相思铭记在了心中。

难以置信地抬头望着他，英俊的五官在夜色下显得更加的柔和，平日里的冷漠早已消失殆尽，只余留满满的暖煦在心头缠绕。

她怎么能轻易相信？怎么能？可为什么心底深处有个声音一直在回荡：再信一次，也许这一次会不一样！她不知所措地，整个人显得无比地迷茫。

江景耀注视着她，将她的迷乱悉数收进眼底，低头蓦然而笑：“好吧，顺其自然，你早些回去休息！”

她低低地，几不可闻的声音：“为什么是我？”

江景耀深吸一口气，手指缠绕住她的卷发，声音里有难以抑制的情愫：“因为你就是！”

“可我……”她想说自己是离过婚的，不是那些单纯无邪的小女生，她的内心期望着幸福，却又一直惴惴不安，只想找一个阅尽千帆，只求一叶轻舟的人，给她依靠，给她温暖，陪她走出往事的阴霾，那个人会是眼前这个清俊的男人吗？

“不，你已经足够的好了！”他很快地堵上她的话，不准她把话再延续下去。离婚而已，他真的没有介意。如果和她能走得更远，他也有信心为她扫清某些障碍，当然前提得是她能接受他的诚意。

江景耀温柔地拍着她的肩：“早些回去休息，很多事情我们有足够的时间慢慢谈。只要你看得到我的诚意。”他的眸光闪亮清澈，令她的心境慢慢安稳下来。

“你也快些回医院，肺炎病人照例是不能乱跑的呢！”她嘴角带上一抹轻快的笑意，跳下车，站在一边和他挥手告别。

回到家中，杨沫还在看美剧，听到她开门的声音忙回过头来：

"你老板晚上找你！"

"唔，知道！"

"咦？"杨沫仔细地看着她的脸，"气色真不错哇！怎么，他后来找到你啦？"

"哦，他刚送我回来的！"周静薏用极力平静的口吻说。

杨沫睁大了眼睛："他是来真的了啊！"想起那次亲自上楼送行李，还有今天语气紧张地询问周静薏是否回到家，现在又亲自送她回来，这些都是强有力的证据啊！

杨沫激动了！她一个鱼跃，伸手抓起电话就拨给朱宜兰，也不管周静薏在旁边拉着她："那么晚了，万一老顾在，岂不是坏了人家好事？"

电话一接通，果然是朱宜兰有些慵懒的声音。

"这么晚了，你们还聒噪什么呀！"

杨沫坏笑连连："和老顾在缠绵呢？"

"你就羡慕吧！"朱宜兰以牙还牙。

"我才不羡慕你呢！这会儿有个人可让我羡慕得死去活来的呢！"杨沫故意卖着关子。

周静薏羞红了脸，使劲搔着她的胳肢窝，杨沫笑得花枝乱颤，几乎要蹲到地板上去了！

"是静薏是吧？"朱宜兰马上来了兴致，"快快，把电话拿给她，我来审审！"

"江景耀？"当朱宜兰听了个大概之后，有些迟疑地反问了一句。

"他大哥还曾对你有非分之想？这以后恐怕是有得折腾啊！"她果然是一语中的。

谁不想有个温暖的家，有个坚实可靠的怀抱？可是寻寻觅觅，一次次错过之后，究竟还有多少勇气？比如朱宜兰，比如周静薏自己，每个有故事的女人心底都是如此的忐忑。因为我们早已错过了可以任性、可以肆意挥霍青春的年华，再接受或是再付出，都得是斟酌、再斟酌，有多少无奈，也只有自己可以读懂！

那个夜里，杨沫和周静萱同挤在一张床上，两人都失眠了。当天蒙蒙亮起，杨沫似睡非睡前，隐隐约约地听得周静萱在说：我想挑战下自己！杨沫下意识地回了一句什么连她自己都忘记了。等到上午去上班，杨沫看到黑色的迈巴赫安静地停在楼下，车牌号码清一色的6，听说就是江景耀的座驾，恍然想起凌晨周静萱的那句话，忙不迭地拨手机给她。

“喂，你完了！迈巴赫来了，在楼下！”杨沫有些语无伦次。

周静萱正在浴室里和大大的黑眼圈做着斗争，听得杨沫一阵大呼小叫，手里一抖把遮瑕膏都掉到水池里去了。罢了罢了，就这么素颜吧！要是这副国宝模样能吓跑江景耀，她也不用这么忐忑不安了！

司机是训练有素的，从不好奇打听什么，也不会多过问老板的事情，所以周静萱还是很坦然地坐上车，顺便把杨沫先送去了电视台。临下车的时候，杨沫依依不舍地蹭了蹭后座的沙发：“总算圆满了啊！”

周静萱微皱眉头：“什么圆满？”

“你不知道啊？我的人生终极目标之一就是坐一坐迈巴赫绕A市一周。”杨沫做两眼星星状。周静萱轻啐她一口：“你有点出息好吧！”

杨沫呵呵一笑：“说正经的，我觉得他不错！可惜他看不上我。”

周静萱当然知道江景耀在世人眼里是如何稀罕。正是如此，她才惶恐。一切来得太快太真实，反而让人不敢接受了！

可细心如她，却丝毫没听出杨沫话语中那隐隐的惆怅。

通过仔细的盘查，终于发现了江景晖利用国外公司套取江氏巨额资金的证据。当所有的证据都呈到江景耀面前时，连他都不由得动容。

最近的几笔因为已有防范，所以对方实际均未到账，银行方面一直借口系统原因所以延迟入账，最终没有引起江景晖的怀疑。然而追溯到几年前，他利用类似的手段先后划走公司近1000万的资金。那时他还是江氏的执行总裁，为什么他会这样监守自盗？这么拙劣的手段只要稍事留心便可察觉，江景耀一时默然。

这件事放到老爷子那里，大哥无疑将失去父亲的信任。要不要这么做？他想了很久，甚至没有察觉周静薏立在自己身边已经许久。

直到她端来的咖啡彻底凉掉，他端起来时才发现，不由得有些歉然。

“你打算怎么做？”周静薏已经从李禄那里闻知，江景晖正在加紧联络各个董事，力求将江景耀从集团总裁的位置上拉下来。

江景耀沉吟了半晌，直接打给蔡恒，约他来医院见面。蔡恒匆匆赶来，在病房外的休息室和周静薏打了个招呼就径直到病房里，江景耀和他谈了一下午。周静薏去送几份紧急电传的时候，无意中听得蔡恒在问：“那他是最近几年才找到自己的生母？”

“应该就是这个原因了吧？”江景耀有些无奈的声音。

“好吧，这些东西我安排人通过我父亲的渠道交到你家老爷子手里。不过你们江家的事情真是复杂，老爷子的情债到现如今都还不清啊！还好老爷子对你母亲还念旧，不然这些年你怕是不好过！”蔡恒长叹一声。

周静薏听得满心迷惑，她一直觉得江景耀是江家最为宠爱的小儿子，老爷子几乎是把所有好的东西都要留给他。现在听起来，不仅江景耀的身世成谜，而且连江景晖都有可能不是江夫人所生！

果然没几天，老爷子那边就雷霆震怒，连对外宣称养病的江景耀都被召回江家大院开家庭会议。第二天就有媒体称：江景晖名下的江氏股权悉数被老爷子收回。报纸上连篇累牍地挖掘着这起豪门风波背后的真相，甚至含沙射影地指出：江家两个少爷都不是江夫人亲生，全是外面女人生养后带回江家抚养。由于江景晖近年与生母相认，惹恼了老爷子和江夫人，江氏大权逐渐旁落。

周静薏翻看着几份A市的报纸，几乎无一例外地刊出了这些报道。江景耀走过来，收起报纸，淡淡地看了眼：“这些记者就是唯恐天下不乱！”

“报上说的是真的吗？”她不知怎的就很好奇与他有关的事。

他嘴角一勾，颇有些心情愉快的意味，手指摩挲过她的发梢，两个人的气息都有些紊乱起来。“你开始关心我了？这是个良好的开端！”他朗笑着放开，踱步在室内，望着她的眼眸，语气平静：“我和大哥都是外面女人生的。是私生子！”

“不要说了！”她有些难过，江景耀一直是清冷贵气的一个人，就这样在她面前一脸平静地说出“私生子”三个字，竟然让她心中有抽搐的感觉。

江景耀转头看着窗外，外面夕阳如泣血，映照得天际的浮云都染上了深深浅浅的暗红。

人世间有多少事是不可以由自己选择的？出生之后他就失去了母亲，由外婆独自将他抚养长大。到七岁那年外婆去世，葬礼上他才第一次见到自己的父亲。没有愿不愿意，他只能回到那个陌生的大宅里。虽然父亲对自己很好，但是他很清楚那是一份愧疚，对他仙逝的生母。而名义上的母亲更多的是因为利益，膝下无子的她必然要抓一个儿子在手里。

所以他在内心里也是一个孤独寂寞的人。想有一个温暖的家的念头是如此纯粹和热切，才会在遇到黎惠六年之后萌生了结婚的念头，哪怕她只是像他记忆中的某个人，哪怕她有那么多的缺点，他都可以容忍。他只想静静地停泊下来，感受家的温暖，哪曾想还是被黎惠耍弄了！

而眼前的周静萱，天知道他认出她的那刻有多少欢喜！冥冥之中真是有定数，辗转流离之后，他和她各自失去自己的牵绊相遇在这一刻，如果这一次他放手让她擦肩而过，这一生他都不会原谅自己！

周静萱以前一直觉得自己年少时经历的创伤是疼痛的，那伴随她半生的记忆令她失去了很多机会，与幸福交身而过。此刻和他并肩遥望夕阳落下，竟能感知彼此的思绪，一点点飘散，又一点点凝结。她低下头默默地轻笑起来：“我们从朋友做起吧？”

江景耀惊喜地回眸，强抑制住心头的激荡：“你说什么？”

“我说，我们要不要做朋友？”她终究还是会羞涩，脸颊上飞起两片红霞。

江景耀温煦地笑着，凝视着她的娇羞，又略有不满地反问：“只是朋友？”

她一抿嘴：“当然，普通朋友！”

他微微颔首：“我会等你！”

一个人心情的好坏，其实可以从眼神里透析出来，尤其是周静萱这般城府并不很深的女子。自从有人暖暖地对她说“我会等你”，她心里的某些地方就开始柔软起来，不再是以往的冰冷防备，有的只是淡淡的欢喜。

眼中流光溢彩般的光辉衬得她的脸益发地生动明媚起来。杨沫一早看出来，却有些不解：“江景耀那么好，你怎么不一口应允下来？就不怕日久生变，被人觊觎了去？”

“好像我实在很难一下子接受一个人，还是顺其自然比较好。”她若有所思，“再说了，经不起时间的东西都不值得太多感情的付出。换句话说，就是能被抢走的生来就不是属于自己的！”

她不知道这样的话说者无意，听者却是有心。一句话投在微波起伏的心海里会掀起怎样的惊涛巨浪？这些她周静萱是不会想到的。

而且就她目前而言，也的确是很难一下子对江景耀说出“我们交往吧！”

这种话，从穆言到傅博，她都是小心翼翼地，生怕走快了一步就会粉身碎骨万劫不复！世事难料，过去的岁月里即便她再如何的小心，还是逃脱不了心灵的枷锁，过去的那些阴霾会不会真有散去的一天？

他说等她放下防备，等她准备好接受，这些令她很安然。天知道，她的心曾经怎样支离破碎！幸好他能看到这些，真的有些不同呢！她暗自想。

朱宜兰店里到了新货，忙着出样定价，店里人手不够，一个人忙得焦头烂额的。偏偏遇上老顾儿子轩轩的生日，两个人居然都没有时间陪孩子去游乐园，所以周静萱一到店里，刚进门就被轩轩憋着小脸的样子给惊到了！

“轩轩，怎么啦？什么不高兴啊，怎么躲在花台下面呢？”

顾嘉轩生得很是清秀可爱，不似老顾那般憨憨的，估计是像母亲多一些。平日里常见他活蹦乱跳嘻嘻哈哈地那个开心劲儿，这会儿却像是受尽了委屈一般，把小脸儿给憋得都快发紫了！被周静萱这么一问，轩轩泪水在眼眶里打转，但就是很倔强地不落下来！

周静萱有些嗔怪地看了眼一直在店内忙碌的朱宜兰，伸手揽过轩轩。小孩子紧紧拿脸贴住她的胳膊，不发一语。揉了揉他挺得发直的后背，周静萱有感觉出今天这孩子分明是有些不对劲了！她轻声问他：“轩轩想去玩什么啊，阿姨陪你好不好？”

轩轩和她并不陌生，常常会闪着一双黑溜溜的大眼睛，唤她作“漂亮姐姐”，惹得杨沫老是吃味：“为什么不也叫我漂亮姐姐？”

轩轩不以为然地说：“你太粗鲁了！”然后拿眼睛上上下下地瞥了时下正从沙发上蹦下来的杨沫，意思是：你看你看，现在！最有趣的是，做这些表情的时候，他还镇定自若，一脸的煞有介事。

杨沫哪曾被人这么直白地说过啊，当下就一愣一愣的，等回过神来要寻他过来打屁屁时，轩轩老早爬上帐台，在那里一本正经地看着朱宜兰买给他看的《米老鼠和唐老鸭》。见杨沫不甘心地凑过来，就不悦地把小脸别过去：“男人做事，女人请走开！”

在场的人无一不是捧腹大笑。杨沫只好自找台阶般自嘲：“看来姐姐我是活该当剩女！连这么小的男生都不待见我！”

趁众人笑声未落，轩轩从账台后面伸出半个脑袋，乌黑闪亮的眼睛看着杨沫，一板一眼地说：“每个女人都会有一个男人喜欢的，沫沫阿姨你一定会嫁出去的！”

老顾有点挂不住，过来抱起他，拿眼睛瞪着喝止他再说下去。朱宜兰亲了亲他粉嫩的脸颊：“轩轩乖，以后不好这么欺负沫沫阿姨哦！”

轩轩只是似听非听地转了转眼珠子，冲着杨沫吐吐舌头扮了个鬼脸。弄得杨沫又好气又好笑，回过头就掐朱宜兰：“什么好教不教的，教孩子埋汰我！”

朱宜兰上气不接下气地娇笑：“真不是我教的，老顾也是实在人，不会说这些话。你跟个孩子计较什么啊，真是的！”

“呸，你这个后妈现在活像个亲妈，这么帮衬着这孩子！”

朱宜兰只是笑，不语。

这会儿周静薏把轩轩搂在怀里，他一点都不别扭，反而是很依恋地回抱着周静薏的胳膊。感受着六岁孩子的依赖，她有点心疼。

朱宜兰头也不抬，口中念念有词地：“静薏，你来得正好。帮我带轩轩去游乐园去玩个半天好伐？”

“怎么今天老顾又出差了？”

“就是啊，他最近忙得很，轩轩都是我接送的，今天周末没人带他只好带他到店里来了！”朱宜兰手脚麻利地给一堆衣服打完标签，仰起脸看了看她和她怀抱着的轩轩，有些歉疚，示意周静薏放下轩轩，然后把她拉到一边小声道：

“今天是轩轩生日，他妈妈一个电话都没有！小家伙估计心里挺不开心的呢！我这里又走不开，你空不空？帮我个忙，带他去玩个半天？”

朱宜兰甚少求人什么事情，她那个倔强脾气是出了名的。难得见她为了轩轩肯低声下气，周静薏想了想：“好吧，我把其他事情往后挪一挪，下午我带他好了！”

这下朱宜兰心里踏实了，去牵轩轩的小手：“来，轩轩，下午让静薏阿姨带你去游乐园玩好不好？阿姨把店里的事情忙好了就去找你们，好不好？”

轩轩睁着大大的眼睛看了看周静薏，小声地纠正着："是静薏姐姐，不是阿姨。"

朱宜兰和周静薏都一愣，随后都笑了。朱宜兰轻轻往他屁股上一拍："好吧，跟你静薏姐姐去吧！"

到底是孩子心性，出得店门看到外面阳光晴好，街上川流不息的人群，轩轩的小脸儿就像朵小花一样绽放了。一大一小正在路边等车，周静薏听得自己的手机在响，忙从包里拿出来一看，原来是蔡恒。

"你这是要去哪儿啊？"他在电话那头问。

她往四周看了看，听这意思蔡恒应该就在附近。

"下午帮朋友带小孩儿，你在什么地方？"

蔡恒哧哧地笑着，将车缓缓驶近，车窗徐徐落下，露出他那张笑意盎然的脸："我的运气向来要比某些人好上很多啊！"

她知道他这是在拿谁调侃，也不争辩，立在那里微笑。那种笑容在这样的阳光里更显得干净、恬美，蔡恒掩饰住心里的悸动，轻咳了一声："去哪里？我送你们。"

轩轩眼睛一眨不眨地看着蔡恒，直到蔡恒冲他笑，小家伙才有些赧然地低下头去。周静薏下意识地往他车后座张望了一下，嘴里犹自问着："方不方便？"

"自然是方便的。这小家伙很帅啊！"他下车给他们开车门，又仔细地打量了一下她手里紧牵着的轩轩。

"轩轩，我们要谢谢叔叔喔！"听得周静薏这么说，轩轩转过脸来灿烂一笑，声音很甜地说了句："谢谢叔叔！"

蔡恒坐在前头听了一乐，"小嘴很甜嘛，挺像我的！"

因为他们要去游乐园，蔡恒自告奋勇当陪同。周静薏有些不好意思，嘴上一个劲儿地说让他送他们过去就行了。蔡恒却有些不高兴了，后视镜里可以看到他面部线条有些紧绷。轩轩很乖巧地圆场："静薏姐姐，我们和叔叔一块儿去吧？”

“可是叔叔很忙的哦，要管一家很大很大的公司，没有时间陪我们去玩呢！”她也觉得蔡恒有时真是很闲。虽说是周末，可是自家上司还是忙得跟什么似的，自己也是忙里偷闲借着收集几个分公司的最新销售数据，才偷得这浮生半日闲。蔡恒可就不同，每次见他总是那副悠闲自在，有钱有闲的难怪会传出那些风流韵事呢！

蔡恒从后视镜里若无其事地瞟了她一眼，声音慵懒地传来：“我怎么不觉得自己忙？博盛是职业经理人的管理模式，我这个副总裁只需要认可结果就好，哪里需要事事亲自过问？不过，正因为这样，你才觉得我整日无所事事游手好闲，是吧？”

他轻轻地笑起，笑声里有撩人的魅惑，反倒让周静薏有些尴尬。其实真是被他说中了，她就是这么看他的呢。不过现在被他自己这样坦然地说出来，反倒觉得自己是小人了！

轩轩并不能听明白两人对话背后的深意，车子驶过浮力森林的时候他趴在车窗边有些欢喜地叫了一声。周静薏急忙让蔡恒停车，轩轩下车后就一路小跑到店堂里，小脸紧贴着冷柜的玻璃一个个地看着里面琳琅满目的蛋糕。

蔡恒随后进来，有点疑惑地问她：“这孩子很喜欢吃蛋糕？”

她偏过头压低了声音：“今天是轩轩生日。”

蔡恒点头：“那就买一个带上吧！”他抱起轩轩让他挑自己喜欢的款式，可是小家伙一个个看过来，却摇了摇头，一脸的失落。

“怎么回事？”蔡恒对小孩子，尤其是小男孩还真没那么多经验，于是只好悄声问她。周静薏见状，也是不解。

两人又指了几个看上去不错的慕斯蛋糕，还有维尼小熊在上面的，轩轩也是摇头。许久，他嘴一扁，声音有些哽咽地说：“妈妈真的忘记今天是我的生日了！”然后晶莹的泪珠就扑簌扑簌地滚落下来，一时间惊得周静薏和蔡恒都慌了手脚，一个紧搂着他轻拍他的后背，一个急忙去翻面巾纸帮他擦眼泪。

等轩轩平静下来，两人这才明白：原来小家伙这一天都盼着妈妈来接自己。往年生日的时候，他妈妈都会在游乐园边上的浮力森林订好他最爱吃的巧克力蛋糕，然后接了他过来取蛋糕，再去游乐园玩。可是今天他等了大半天，妈妈一点消息都没有，这里也没有往年妈妈订好的那种蛋糕款式。想来妈妈今天是不会出现了，所以小家伙失望得流了眼泪！

“那叔叔马上让人给轩轩订做好不好？但是你不准再哭了，男孩子不能随便流眼泪的！”

轩轩用圆嘟嘟的小手抹了抹眼睛，怔神想了想：“妈妈给我买的蛋糕上还写了我的名字呢！”

“我们这个蛋糕上也写轩轩的名字，乖，不能再哭了！今天轩轩生日，多高兴的事啊！你看还有叔叔阿姨陪你一起过呢！”周静薏用软软的声音哄着他。

蔡恒的眼神不露痕迹地飘过来，那意思就是：现在知道多个人陪的好处了吧？

她视若无睹，过去和店员付款说明蛋糕的样式，一边蔡恒依旧抱着轩轩跟着她。付钱的时候，他甩过一张金卡给店员。

“不用你来付的！”她急忙阻拦，那边店员面带微笑地看着这两大一小，满是艳羡地对她说道：“和老公儿子出来嘛，当然老公买单喽！”言罢就收起蔡恒那张金卡去POS机上操作起来。

周静薏听得“老公、儿子”，头嗡地一声大了，这种误会真是作孽啊！蔡恒却越发笑得灿烂，临了取回金卡的时候，还夸赞了下对方：“你们的服务真是不错！”

他们一直在店堂里说笑，却不曾往外看，外边蔡恒的银色宝马后面停了一辆黑色的奥迪。车窗内一双明亮的眸子盯紧了店门玻璃里的俊男靓女，青春灵动的脸蛋上渐渐笼上一抹神伤。见她一直不语，前面的司机却开了口："二小姐，现在是要去哪里？这里不能长时间停车。"

莫心妍收回目光，今天她从寄宿学校回来，路过这边看见蔡恒的车，结果就看到这么一幕。她虽然年纪小了一点，但是却不傻。蔡恒和这个周姐姐感情很好呢！那么景耀哥哥又算是什么？她忽然就生起气来，于是就吩咐司机："去江氏总部大厦。"

一路上她在心里给自己打气：自己是为景耀哥哥打抱不平，他的女朋友和蔡恒哥哥走得太近了！她不是为自己，绝对不是！

莫心妍坐在沙发上，有点拘谨。她这是第一次来江景耀这里，办公室的整个风格是沉稳的暗色调，搭配上米白的沙发和浅灰的羊毛地毯，看上去很有品位，比她两个表哥要好很多，但是她坐在那里却非常不安。刚才自己的那番话，不知道江景耀有没有听进去。好半天了，他都阖着双目，双手环抱在胸前，俊美的脸上看不出喜怒。

不过任她再单纯也是懂的，谁听了这些都不会很开心！哪怕是她自己，都有些莫名地泛酸。蔡恒就像天际的浮云，离自己好远好远。可他却会对着别人这样舒心地笑，哪怕那个女人还有那么大的孩子，他也是那么的欢喜。莫心妍的心不由自主地往下沉，面上的脸色也捎带着不自然起来。

江景耀低下头轻咳了一下："心妍，这个以后就不要再提了！"

莫心妍淡粉的脸色微微有些发白："景耀哥哥，我不该来告诉你对吗？"她真是小孩心性，脸上一下子就写满了失望和沮丧。江景耀站起身，套上外套，藏青色的上好羊绒衬得人越发地清俊。他笑容和煦："没什么该不该的。走吧，我送你下去！"

莫心妍从十岁起就粘着程渝文，像个小拖油瓶似的跟在他们一帮大男生后面。他们都把她当作自己的妹妹一般，宠溺着她这个小公主。

她一双忽闪忽闪的大眼睛里藏着怎样的心思，又怎能瞒得过他们中的任何一个？谁都知道心妍一直喜欢着蔡恒，那种喜欢不是哥哥妹妹般的简单，蔡恒自己也是清楚得很，却从来不以为意。

也许是应了那句俗话“兔子不吃窝边草”，更何况又是哥们好兄弟的亲表妹，若是终了还是伤了小女孩儿的心，只怕程渝文会和蔡恒拼命。江景耀想到这，嘴角微微一勾，看了看莫心妍，不经意地语气说道：“喜欢一个人，其实不一定要在一起！”

“所以你宁可让周姐姐和蔡恒哥哥在一起也不计较？”心妍还是憋不住反诘。

他摇头：“我对她，不止是喜欢！”

莫心妍立在大厦前的广场上，风拂乱了她如墨的长发，一双茫然的眸子瞅着他，怔怔地问：“那是什么？”

江景耀俯下身关照了自己司机几句，司机很快下车离开。他一只手搭在车门上，瞄了瞄前面莫家的奥迪车：“是坐你家车回去，还是我送你回去？”

莫心妍偏头想了想，小跑过去扬手让自家的车先走，然后一溜烟钻进迈巴赫里，表情闲适：“景耀哥哥，现在只能你送我回去了！”

江景耀神色淡淡地点头，车缓缓驶出江氏，一路上莫心妍一直堂而皇之地打量着他，终于他微微皱眉：“你这么看人，要是遇上蔡恒，他也会误会的。”

话音未落，莫心妍的脸颊已经绯红如蒸熟的大虾，但也只是几分钟的羞涩，随即就变得黯然：“他不会。”

蔡恒，他何尝会用对待女人的态度来待自己啊，一向就是哥哥般的纵容和揶揄。她一直盼望着自己快点长大，也一直期待着他不要遇上心爱的女子，可以一直在那里等候着自己，哪怕他心里并不知道这等待只为了她的长大。可是现在呢？

“景耀哥哥，你对周姐姐是认真的吗？”

江景耀正好在等一个红灯，听着就神色柔和起来，伸手揉了揉她的头发："没有人比我更爱她！"谁说不是呢！有谁能这样把一个人装在心底里那么多年？情感里的浮浮沉沉也只是为了追寻和她相似的韵味，那些心灵深处的眷恋和疼惜经历过漫漫的时光，已经再难磨灭。这样的感情，任是谁能同样地给予？何况他不止在原地这样等！

这一刻，莫心妍眼里看到的是一个男人坚定无比的表情，她笑了，很欢喜雀跃地。"我喜欢周姐姐，要是她做了我的江嫂嫂，那可就太好了！"

江嫂嫂？江景耀在心里把这三个字默默读了几遍，面上若无其事地，可心里还是溢出了甜蜜。婚姻？如果她能一直在自己身边相依相伴，那该是一件多么温暖隽永的事！

那边蔡恒和轩轩在游乐园玩得兴起，一大一小玩儿遍了里面所有的设施，轩轩兴奋地涨红了脸，小手紧拽着蔡恒的手指，仿佛早已熟稔如铁哥们儿一般。

两人坐完最后一个项目海盗船下来，蔡恒随口问了句："你爸爸陪你坐过这个吗？"

轩轩小脑袋耷拉下来，嘴里低低地嘟囔着："他比我还害怕，什么都不敢坐！"

"哦？"蔡恒有点激动，这个隐晦的高度评价他很是享受。周静萱慢条斯理地踱步过来，站到他身后幽幽地吐了一句话，让他一下子体表指数下降两个百分点："轩轩他爸爸有三高，当然不能坐这些机动游戏。"

他心有不甘地说："你就不能让我得意个几分钟哇！马上打击我，真是狠心！"

"呵呵，别羡慕人家儿子啦！搞不好你自己流落在外的孩子也不少呢！"周静萱故意在边上逗他。

蔡恒马上捂上轩轩的耳朵，转脸佯装微恼的样子："我很正经的好吧！”

她抿嘴偷笑，蔡少的风流美名早已是老少皆知，他这辈子想翻身都难，偏偏他还说自己正经，言词灼灼地，仿佛真是被她冤枉了一般！

从游乐园出来，轩轩已经和蔡恒拉钩，约好下次两人再过来玩！蔡恒还和他客气：“叔叔从来没玩过这么好玩的！”

轩轩不疑有他，毋庸置疑地点头：“那当然，这是我的地盘，当然我玩得比你多！下次再带你来！”

周静薏从副驾驶上侧过来瞥蔡恒一眼，看他目光含笑，神采斐然地，心想他还真是好脾气呢！

老顾在电话里约周静薏在避风塘餐厅交接轩轩，晚上他和朱宜兰一起给轩轩过生日。赶过去的时候，餐厅里已经人声鼎沸。

蔡恒很少来这样熙攘的地方，周静薏原以为他会皱眉，却看他还是神色如常地抱着轩轩一路从大堂穿过去。周静薏拿着轩轩的外套在后面跟着，那架势像极了一家三口刚刚在外面玩儿累了，现在过来找位子吃饭的。

她没留意有道目光一直扫过来。左边靠窗的位置赫然坐着傅博和他的客户，看到她和蔡恒带着个孩子进来，傅博几乎是愣住了。好半天他才回过神来，和客户假称上洗手间，就往朱宜兰她们订好的餐台走过来。越走近就越看得清楚，那个抱着孩子的男人就是那天在“悦”把周静薏带走的那个男子。没想到看上去风度翩翩的，竟然已经是一个孩子的父亲了！傅博觉得胸中有股无名之火，小火苗一蹿一蹿地烧得心里一紧一紧的。

朱宜兰非要周静薏和蔡恒两人也坐下来一起吃饭，周静薏觉得有些不妥，没想到蔡恒倒是极领情，满口答应。她只好坐下来，上菜前去上洗手间，才刚走过屏风就被人一把拽住，她差点惊叫出声，直到看到面前的这张脸才镇定下来，冷冷地问：“你想干什么？”

傅博满脸的懊丧："你就是跟这个男的在一起？"

她本来想矢口否认，但转念一想，何必呢！就这样应下来，也死了他那条心，于是从容地点头："是啊，我们已经在一起了！"

傅博的眼神里有些许的伤痛，声音暗哑着，像是积压了许久的情绪突然爆发了一样："才分开多久？你就和别人在一起，你这个女人到底有没有心？"

她听了觉得好笑又好气，眨着眼睛看他，缓缓道："傅博你也知道我们已经分了，分了之后不管我和谁在一起都是我自己的事儿了！"她顿了顿，又接着说，"你就这么见不得我找到自己的幸福？好歹夫妻过一场，就不能祝我幸福？"

傅博脸上红一阵白一阵地，良久才恨声道："幸福？他还有孩子，你以后怎么会有幸福？"

她愣了数秒，然后马上反应过来："那不是很好，买一送一！"

傅博哑口无言，只能眼睁睁地看着她扬长而去。他已经没有一丝一毫的能力再挽留住她的人和心。一放手就是一辈子，这句话他今天终于明白其中的深意了！

后来朱宜兰背地里问她是不是遇上了什么人，她照实说了，朱宜兰听了不禁抚掌大笑，连连夸赞她进步很多，终于懂得反击了。那种负心汉就该痛扁，拿话损损这还是客气的！若换作是她朱宜兰，才不会这样轻易放过傅博。他真是恶劣啊，婚礼前夕没有充分理由就变卦，简直是令人崩溃！幸好周静薏挺过来了，不然真是没天理！

周静薏倒是记着孩子后妈的事情，小声探究朱宜兰为何迟迟不愿意答应老顾的求婚："老顾若是没孩子，你会一早应允求婚么？"

朱宜兰点头："那是当然。"

"轩轩不是挺可爱的吗？你怎么会嫌弃老顾带着孩子呢？"她趁两个男人各自去开车的时候颇为不解地问。

"哎哟，你不懂。两个再婚的人在一起，本来就会考虑很多因素，我们现在这个年纪不是靠单纯的感情就能过下去的。现实有时是很残酷的，不到内心完全接受的那刻就意味着还需要磨合！”

“你以为当后妈是那么容易的啊！只要对孩子好就行了吗，不是那么回事儿哦！”说起这些，她显然很烦，边说边皱起眉头。周静薏只好闭上嘴，家家有本难念的经，各人有各人的打算，不能把自己的观点强加于别人呢！

蔡恒倒是没问，他中途接了个电话，好像是公司有事，周静薏就没让他送自己到楼下，在前面还有两个路口的时候她就下车，然后一个人慢慢散步回去。快要到春天了，风不再吹上来像刀割一样，杨柳和迎春已经冒出了碧绿碧绿的嫩芽，一个个蕴含着生命气息的绿芽再过不了几天就会舒展开来，长成一片片碧绿的叶。过去终究是过去，也总要过去的，过不去就永远囚禁了自己，陷在阿鼻地狱中，永世不会得到温暖的流年。

“咦，怎么在这儿？” 周静薏错愕地看着黑色的迈巴赫，路灯下看不到车窗内的景象，她靠近了去看车后座，没想到江景耀从驾驶座上按下车窗，线条俊美的脸上一脸清浅的笑。

“上车，陪我转一圈。”他命令的口气中多了几分温柔，她如同被施了魔法一样，乖乖地上车。

毕竟这一天是真的累了，刚开出去一段周静薏就有些犯困，靠背很厚实柔软，她靠过去很快就沉沉睡去。

朦胧中像是有什么东西轻拂过脸颊，痒痒地，她抖了抖睫毛，不期然地睁开眼睛，刚好对上江景耀深邃明亮的眼眸，他的手正撩开她垂落在脸颊的发丝。两人都屏息凝视着对方，车内清晰可闻两人轻微的呼吸声。

她的脸一下子发烫起来，低低地呼出一口气，然后伸出双手捂住脸颊，那样子就像是个局促不安的小女孩。江景耀不禁莞尔，心底里有难以抑制的欢喜不停地涌上来。

“对不起，我最近太忙了！”他突然地这么一句，让她不知道怎么接下去，只是怔怔地看着他。

江景耀嘴角含笑：“看来我得让你更忙一些，李禄还是让他去基层吧，他的工作你兼起来就好。”

她倒吸几口冷气：“那样我还是辞职吧！”

他神色温和淡然地看了她一眼：“看来你已经做好当全职太太的准备了，不错，比我预想的快了些，不过也是不错！”

CHAPTER 05

是不是应该走近你

青青子衿，悠悠我心，但为君故，沉吟至今。

周静萱下车的时候有些狼狈，手忙脚乱的，左小腿还被迈巴赫的车槛绊了一下。她忍着痛强装笑脸，隔着车窗和江景耀挥手告别。江景耀看着她略显仓皇地匆匆下车，禁不住扬起嘴角，眼里蕴含着极其柔和的笑意："回去擦点药膏，晚安！"

"呃……"她猝不及防地听他放下车窗说了这一句，小腿轻轻抖了几下，应该有淤青了吧？刚才心慌意乱的，撞得有点钝钝的疼。显然迈巴赫也在欺负她，让她出糗，而且还是在他面前！

"好，拜拜！"掩饰着心里的懊恼，她低着头和他道别。浓浓的夜色里，周静萱注视着江景耀驾车离去，小区路灯下，她周身被淡黄的光晕包裹着，思绪有片刻的失神。走近一个人需要多少勇气？或许她是特别的，但他也是特别的，不是吗？那些身份、物质、权势的藩篱是不是真的可以逾越，真的能忽略不计？她现在需要一双温暖的手，一颗坚定的心，这些他是不是真的可以给？

上得楼去，杨沫在厨房煮咖啡，周静萱有些奇怪："这么晚喝咖啡，你不怕晚上失眠？"

杨沫浅浅地笑着，精致姣好的妆容还未卸去，整个人散发着鲜有的安静典雅。

“遇上江景耀没？我回来的时候，他就在楼下了！”杨沫将煮好的咖啡倒了两杯，将其中的一杯拿给周静萱。

“我不喝，这东西你也少喝点，对皮肤不好！”周静萱点了点头，意思是遇上了。她心里一直想着江景耀方才的言行举止，丝毫没有听出来杨沫语气中的异样，她也不会想到这一夜竟然有人会失眠枯坐到天明。

和周静萱一样，杨沫也是个感情多舛的女子。初恋男友当年留学英国，临行前信誓旦旦地说三年后回国娶她，少不更事的她更是奉上自己的初夜来验证自己的矢志不渝，可哪曾想，男友一去半年就在电邮里告知她：山高水远，感情易变，不如早点分手，也算是对她负责！

她那时还以为是男友对自己的考验，越发坚定地发誓等他回来，连和一般男性朋友的正常交往都减少到最低，只怕远在海外的男友不安心。自古有云：痴情女子负心汉！果不其然，两个月后男友来电话挑明了一切：他已经在英国有了同居的女友，不需要她再为他等候了！如果她执意要等，那已经和他无关了，反正他已经表达了自己的意愿。

那之后的日子，杨沫不知道自己是怎么熬过来的，像是有人把自己的心掏空了，还狠狠地踩上了几脚！她想飞去英国当面质问他的无情和无耻，可是朱宜兰的一番话彻底让她打消了念头。

“醒醒吧，还浪费那个机票钱做什么？他这样做明摆着是要断了你的念想，你又何苦还放不下？这样的男人，你还看不透他其实根本是不爱你的么？根本就是自私到极点！”

杨沫未必不知道男友的自私，然而陷入爱情里的女子大多是智商全无的。付出了那么多却被一封电邮告知爱人早已变心，打过去的电话永远是无人接听，她就像被潮水遗弃在沙滩上的鱼，渐渐干涸了心灵。

后来，表面上她似乎坚强起来，从容地应对工作，嬉笑着生活。这些年的缘起缘灭早让她修炼得炉火纯青，游戏在不同类型的男人之间，却不肯交付自己的真心。然而夜深人静一个人独处的时候，她也觉得孤寂。原以为不会再为一个人动心，却在见了那人之后心潮起伏，可是那样一个清俊绝然的男子的心早已被人占据了位置。

这种情愫的萌动她明知道是无望的，但又难以遏制。每一次听到关于那人的讯息，就会心弦颤动，每一次遇见则更是心潮澎湃。就像今晚她在楼下看到他静静地倚靠在车前，身形颀长挺拔，见到她也只是一脸清浅的笑，却足以让她心里开出漫天的繁花。期期艾艾地邀他上楼去等周静薏，却被他客气有礼地拒绝。

杨沫知道自己在做一件有违道德的事情，哪怕只在心里这样念想着，其实也很罪恶。房间里没有一丝灯光，她转头朝周静薏房间的方向瞥了一眼，怅然地长叹一口气。始终她是不及静薏的婉约雅致、清丽动人，可是是不是就意味着她就不能亲近自己心仪的男人呢？

双手颤抖着从包里掏出一包烟来，杨沫并没有烟瘾，偶尔点上一支也只是为了驱散心头的忧伤，在袅袅的迷雾里有片刻的沉醉。细长的MILD SEVEN夹在手上却没有吸一口，任烟头忽明忽暗地闪着，弹落烟灰的时候，她想：难道每一次自己都注定了要心思缟素？即便是飞蛾扑火也有刹那的绚烂，自己能不能任性地活一次？

春暖花开的时节，摆脱了一整个冬日的桎梏，大街上也开始姹紫嫣红起来。周静薏惊奇地发现刚刚调任电视台某财经栏目主持兼策划的杨沫，最近一改中性帅气的装扮，开始穿得有女人味儿起来了！浅蓝色的真丝褶皱连身裙，外搭丝绒质感的宝蓝色西服外套，斜挽在一侧的发髻，再配上精致的妆容，简直可以谋杀无数胶片！

周静薏没有心机地眨了眨眼睛：“惊艳得可以啊！今天有重要采访还是？”

杨沫正在穿鞋，脸上闪过一丝慌张，幸好是低着头。她刻意轻松地说：“中午你请我吃午餐吧！今天我去你们江氏做一期节目。”

“什么节目？”周静萱很好奇，如果是涉及公司整体形象或是高层的，她应该能提前获知的。

“哦，是关于目前房价的走势，采访你们刘总的。哎呀，我来不及了，不聊了，中午见！”杨沫抬起手腕看了看时间，马上抓起拎包急急地和周静萱打了招呼就转身出门了。

其实杨沫这么打扮还挺好看的，周静萱吃完最后一片吐司，脑海里闪过刚才杨沫的那一身装扮。不错！看来当主播了就改头换面了，真希望她能在事业大展拳脚之际也能收获一份甜蜜的爱情。她们三个好友都是在感情里受过伤，都需要有个人来让她们真的相信：其实爱情并不那么伤！

江景耀在公司里依旧是那副清冷严峻的模样，只有在和周静萱单独相处的时候，他才会很放松地露出和煦的微笑。那种笑容很迷人，不得不承认，看多了绝对会让人忍不住沉溺下去。

上一次江景晖划款事件之后，财务上的几个涉及人员，包括财务总监都被严重警告，特别是几个江景晖的心腹更是惶恐不可终日，每天胆战心惊地，生怕一个调令过来就被贬到集团的哪一个永无出头之日的角落里去。偏偏一个月了，江景耀都没有再进一步的处理，这不周静萱正拿着人事上的报告征询着他的意见。

“按照规章是怎么处理？”江景耀略一思忖，抬眼看了看周静萱。

“按规章的话，降职一级，情节严重的将被辞退并追究法律责任。”她回答得很是小心，其实谁都清楚，这些人不过是替罪羔羊而已，真正的那个罪魁祸首江景晖江大少爷只是被江老爷子暂时罢了权，收了股份而已，保不准日后还是会重新上位。即便这几年都翻不了身，等老爷子归西，分遗产的时候也少不了大少爷的一杯羹，毕竟是亲生骨肉，血浓于水。

“你和杨涛联系下，看看他那边需不需要人手，把几个经手的人员调过去。暂时就先这么处理吧！于维的资金审批权就由财务部的副职顶上，放他三个月假期。”

于维是财务总监，这件事上他也是受了江景晖的要挟无奈所为，事后在周静萱搜集证据的阶段，也出了不少力。现在江景耀这样处理，也算对公司和对那些人有了交代，看似降职调任，免了实权，其实也只是敲山震虎而已！

这一招和江老爷子的手段如出一辙，父子俩到底是相像的。周静萱欣然点头：“好，我去办！”

正事谈完，他不期然地问她：“最近还在相亲？”

她窘迫地摇头，那个郭秉新不知有多久未曾联系了。前面还有电话来邀她出去见面，后来她一直借口工作忙，慢慢地也就断了联系。最近回去得少，母亲也没追问她关于和郭秉新的事，所以再安排相亲的事也没提上日程，可他怎么就连这个都知道了啊？

“多见见人也好，有比较才知道谁最合适！只是……”江景耀慢条斯理地说着，望着周静萱有些赧然的面色，英俊的脸上露出含义莫名的笑，“只是得让我一起去！”

晕！周静萱觉得有些瞠目结舌，他要是跟着一起去，那算是什么呢？不用说，肯定黄！

朝他似笑非笑的眼睛看去，那眼神中分明写着的也就那个意思。她长出了一口气，低低地道：“父母之命难违！”

“哦？这样？”他没有继续说下去。

两人一起出去准备下楼的时候，正好在电梯口遇上带着摄像来做节目的杨沫。杨沫朝江景耀笑着寒暄：“江总，出去啊？”

“是。”江景耀颇有些惜字如金，立在那里纹丝不动。周静萱笑着和杨沫打了招呼：“中午不能陪你吃饭了，现在我们要出去办点事。”

“好的，你们忙！”杨沫眉眼间流光溢彩，笑得很是妩媚，“江总，改天可能要和您约个访谈的时间，不知道您什么时候有时间？”

“这个你和静薏联系吧，她安排。”江景耀很是平静。

杨沫笑着点头：“好，改天我和静薏约。江总，再见！”说罢伸手替他按下电梯。

江景耀看了看身边的周静薏，她很惬意地朝杨沫笑着，偏偏杨沫却是装作没看到，一双晶莹的眼眸径直看向自己。他饶有意味地淡笑：“谢谢，我们走那边的电梯。”

他伸过手轻揽过周静薏的腰，极其自然地将她带到专属电梯前，伸手按下按钮，举手投足间，从容淡定。

杨沫直直地看着璧人般的两人步入专属电梯，脸上的表情即刻就像是被冰冻了，冷得骇人。一旁摄像小声地提醒：“沫姐，和刘总约好的时间快到了！”

她这才晃过神来，强笑着：“好，我们过去！”心里却像是打翻了五味瓶，什么滋味都有！

江景耀一向是A城炙手可热的精英人物，出身名门，才干过人，但是行事低调，不喜张扬，甚少接受外界的采访。本地电视台的访谈，总裁办都知道不必请示就可以直接推掉的。他没那个时间娱乐大众，只不过这一次是卖了周静薏一个人情，晓得杨沫是她的好姐妹，所以一早首肯了。

杨沫刚到新的岗位，自然想做一番成绩给上司和同事瞧瞧，能够和江氏集团的总裁约到这个访谈本身已经让她在台里瞩目了不少。周一台里开会的时候，台长特别赞许了她的干劲，回到办公室，其他人也都是一脸艳羡地凑过来。

“杨沫，你可真厉害啊！一来就接上了江景耀的访谈，听说这可是A城最出色的富二代啊！鼎鼎有名的大帅哥！”

杨沫咧嘴一笑，那是当然，江景耀的才干和外表任谁都是比不了的！

“不过听说性子冷得很，采访起来有点难度的。早先有报道说他是私生子，不知道是真是假！”节目组的一个编导在身后嘀咕着。

杨沫马上变了脸色：“我们做媒体的，这些没根据的言论是说不得的。如果人家告我们诽谤，到时候可是吃不了兜着走！”

她声色俱厉，一旁的人都有点被唬住，那个编导讨了个没趣，讪讪地自找台阶下：“这不是就在办公室闲聊呗！”

“我得准备采访稿了！”杨沫不理会众人，摊开采访计划准备做事，众人见说不下去，也只好散去，心里都有些看不惯杨沫的拿腔拿调，不就是拿了个大人物的访谈么？这么神气，至于吗！

别看杨沫平时大大咧咧的，其实心思还是挺细腻的，知道不服气自己的人多着呢，所以准备好自己的采访稿，回了家就和周静薏磨叽。

“帮我和江景耀多约点时间，我怕到时候采访时间不够完不成任务。”

这下周静薏有点犯难。本来就是开先例接受地方的节目采访，还要多给时间，这个她真做不了主，得请示江景耀。

杨沫多鬼灵精啊，见她有点犹疑的样子，就故意苦着脸：“你就忍心我一到新的部门就被同事看扁？姐姐啊，好姐姐，举手之劳你都不肯帮我下？”

周静薏心软，磨不过她的碎碎念，就答应第二天去问江景耀。杨沫这才放下一颗心，拿起茶几上刚洗好的草莓，正准备大快朵颐，就听周静薏问她：“你那个小摄影师最近如何了？好久没听你提起了。”

杨沫眼珠子滴溜溜转了转，讪笑着：“这么快就想赶我走了呀？”

周静薏根本没往那方面想，被杨沫这么一说，她忍不住自己也笑了：“对啊，人家小伙子要是心挺诚的，你就认真考虑下吧！如果人品不错，对你也是认真，责任感强，那年龄这种问题就不要太在意了！”她是发自肺腑说这些话，从心底里也是希望杨沫有人疼，有人呵护，女人再强硬、再风光也还是需要感情滋润的。

杨沫却不想继续这个话题，心里挺不是滋味的，心想，你自己有了那么两个条件出众的钻石王老五在追求，倒劝起我甘于平凡就好，不带这样的吧！杨沫心里不快，脸上倒还挂着笑。毕竟这种话没法当面说，自己还求着她办事呢！

打着哈哈应着周静薏的话，杨沫装作随意的样子："江景耀都有些什么喜好？"

"咦，怎么又扯到他了？"

"这不是想事先有个准备嘛！"

"噢，我想你今天怎么说来说去都是关于他，怎么，这个采访真的很重要？"周静薏刚才心里分明掠过一丝诧异，听杨沫说因为工作倒也释然了！杨沫对待工作的认真也是和她有得一比的。

她敛神想了想："他很守时，你最好提前十分钟到。"

"嗯，这个是自然的。还有呢？"

"一般他接受采访都喜欢比较放松的环境，气氛融洽一些比较好沟通。"周静薏蓦然笑了，偏过头去，"你也知道，他这个人比较冷，一开始可能不太好说话。"她自己都没觉得说起江景耀的时候，脸上一直是笑着的，很柔和，如同一粒石子投入湖水，漾起丝丝的涟漪，一层层的晕开去，直至笑靥如花。

"那你帮我想想，约在哪里最合适？"杨沫两眼发亮，这个很关键。

周静薏认真想了想，客厅电视里，《中国新闻》正好闪过几个高尔夫球场的画面，她想到了："就约在他打球之前的时间吧，这个周六或是下周一，具体我再和你确认下！"

"太好了！"杨沫往周静薏嘴里塞进一颗草莓，一脸的灿烂。

"不过还得他同意，我只是定时间和地点而已。"说起那个他，周静薏脸上不自觉地微笑。

杨沫看得清楚，很久没有看到静薏这样说起一个人会如此甜美地笑，她当然知道这意味着什么！可有些机会她不得不去把握，在他和她还未真正开始之前！

这晚的最后一封工作邮件发出，周静薏揉了揉脖颈，现在加班已经很少，偶尔带回家处理的也只是一些审核上的邮件。刚刚将一封邮件转给江景耀，就收到对方已打开的提示，她心里一动，他也在电脑前？

那一刻的感觉很奇妙，没有任何言语没有任何影像，只是一个简单的提示，知道对方此刻也在和自己做同样的事情，心里就很安然。手机屏幕唰地亮起，“江景耀来电”五个字赫然映入眼帘。

仿佛是被人解读了心事，她正在想着这个人，偏偏他就打来电话，那一瞬间她脸都红了！

“事情都做完了吗？”他的声音很清透。

“刚刚忙完。”

“那早点去睡！”他语速很缓，带着显而易见的体贴。再愚笨的人都听得出来，此刻他分明不是用上司的身份，而是以一个朋友的语气，并且是很亲密的那一种！

她柔柔地笑着答应，想起杨沫的事情就问他，在哪里比较有心情做杨沫她们那个节目。江景耀在那头呵呵地笑：“有你在的地方！”

周静薏呛到：“你……”

“那我约在你周六打球之前，你看如何？”

江景耀那边微微挑了挑剑眉：“你安排吧。”

“杨沫和你多少年的朋友？”他稍稍转了语气问她。

“嗯，我们从小学开始就是好朋友了！她挺在乎这次的采访，做了很多准备工作，你可不可以多给她一些采访时间？”她有些不好意思，毕竟这个有些逾距了！

“半小时吧。还有，你到时候也过来！”说这些话的时候，他又是公司里那个决断有力的江景耀。周静薏还在想，平时他不是都是让李禄陪着的吗？江景耀已经准备挂上电话了，临了又关照她：“快去睡吧，很晚了！”

的确很晚了，已是午夜时分。听着周静薏轻应着挂掉电话，手机里传来“嘟嘟嘟”的忙音，江景耀轻靠在沙发上，眉间微微蹙起。

她怎么就没有一丝防备？多年的好友在做什么，她这么蕙质兰心的人是真的看不到还是依旧对自己没有太多的信心？

他沉默着，内心无比懊悔，为何在过去的那些年里没能早一步寻到她？如果早十年，哪怕仅是早个三年也好，那他是绝不会让她还留在那个充满阴霾的世界里的。当然现在也不算太晚，只是想到她曾受过的伤，他心中的某一处就不可抑制地疼痛起来。

隔天下班去朱宜兰店里，周静薏顺便带了于维从比利时带回来的巧克力曲奇，想来轩轩是应该喜欢的。朱宜兰接过来一看：“这牌子不便宜哟！”

“同事放假回来带给我的。”周静薏笑笑，晓得于维多少是感激自己在江景耀面前说了公道话，其实大可不必，她本来就是就事论事的人。

朝店内扫了一圈，没看见轩轩活蹦乱跳的身影，她不由得有些奇怪：“轩轩呢，这个时间应该从幼儿园接回来了啊？”

朱宜兰上身前倾着靠在账台上，有些无力。

“怎么了？和老顾闹别扭了？”周静薏有些着急，朱宜兰向来强势的一个人，何时见她这么惆怅过？难得遇见老顾这么好脾气的男人，虽然带个孩子在身边，但总算还是各方面都蛮不错的好男人。

“嗯，吵架了！”朱宜兰点了点头，“不过不是我们俩吵，是我们和他前妻。”

原来，轩轩的妈妈前段时间去深圳结识了一个有点年纪的餐饮老板，听说快结婚了，不过男方膝下无子，知道她有个儿子就让她把孩子的抚养权要过来，说是日后随那男人的姓，继承他的产业。轩轩妈妈乐不可支，前几天回来就找老顾谈这事，一下子就把老顾激怒了，当下就拍了桌子走人。

谁知那女人并不死心，去轩轩念的那家幼儿园门口堵住去接孩子的朱宜兰，循循善诱地要朱宜兰做老顾工作放弃轩轩的抚养权。朱宜兰知道轩轩是老顾的命根子，何况即便她这个后妈和孩子以后相处有这样那样的摩擦，那也只是家庭内部矛盾而已！当时那女人可是自己不要轩轩的，每年也只是孩子生日的时候回来看一下，现在却想着要回儿子给人家传宗接代，哪来那么便宜的事？

朱宜兰当下三言两语就让那女人眼泪汪汪地走了！

“那后来呢？”

“后来？”朱宜兰显然是很无奈，到底是血浓于水，小孩子哪里知道那么多，见了自己妈妈比买新玩具给他还开心，第二天轩轩就被早一步去幼儿园的亲生母亲给接走了！这几天老顾又气又急，已经找了那个女人好几次，都没什么结果，急得跟个什么似的，朱宜兰也跟着着急上火得不得了！

“怎么能想到她会自己接走孩子呢？现在只好和她打官司了，毕竟抚养权是在老顾这边。”朱宜兰已经三天没有见到轩轩了，说起昨天给那个女人打电话，听得轩轩在电话那头哭叫着要阿姨、爸爸，她眼圈都红了。

“别难过，这件事总会有办法的。我帮你联系律师，我们公司的几个常年法律顾问都是经验丰富的资深律师。”周静薏见朱宜兰不反对，于是马上联系瞿律师。

她把朱宜兰这事的来龙去脉这么一说，瞿少青就笑了：“放心吧，这不是很棘手的事情。我等会儿就让助理陪你的朋友去一趟！”

周静薏停顿了一下：“瞿律师，你看你自己有时间吗？如果你能出面，我就安心了！”她担心只是派个律师助理过去，如果一次解决不了恐怕更是麻烦，瞿少青是为江氏打点疑难案例的老牌律师了，年纪不大却办事老到，是江景耀最为信任的法律顾问，要是他出面协调，对方肯定没有招架之力。

瞿少青显然没有料到她会这么说，毕竟他的资历摆在那里，平时江氏高层的私事他都不搭手的。“这个？”他沉吟了几秒。

周静萱不知道瞿少青会不会答应，耳边却听得江景耀的声音陡然响起：“谁的孩子出了事？”

“我朋友的孩子，这事儿三言两语一下子说不清。你和瞿律师在一起？”她只知道他说晚上有事，却不想到是和瞿少青在一起。

江景耀“哦”了一声：“你在哪里？我们现在就过来！”

我们？他也要过来？周静萱来不及细想，马上把这里的地址报给江景耀。他说了句“知道了！”就挂断了电话。

朱宜兰这边也联系老顾：“马上过来！静萱联系她们集团的资深律师，这会儿就过来店里了！”

周静萱看她通知完老顾，问她：“老顾不介意我找律师来吧？”

“怎么会介意呢？感谢都还来不及呢！我们上午还在说要找一个能力强一点的律师，你这忙帮得太及时了！”

周静萱盈盈一笑：“等真的解决了你再谢我好了！”

在店里等候的时间里，两人随便扯起了杨沫。朱宜兰这几天忙得四脚朝天的，已经有好几天没有看到杨沫了！

“她这几天都在忙些什么？好几天没和我联系了！”

周静萱笑了笑：“她呀，刚到新部门干劲十足的，这不正在准备一个很重要的采访呢！”

“重要采访？”朱宜兰有些兴趣。

“嗯，给我上司做一期访谈节目。”她说得很是淡然。

朱宜兰挑眉：“怪不得，这小妮子上个星期在我这里拿了好几套衣服，都是欧洲原单的小礼服裙。心痛得我啊，本来都是镇店之宝！”

“镇店之宝？”周静萱笑，“你只挂不卖的话，那还真不如给她去物尽其用了！”

“话说，杨沫最近风格大变啊，拿走的都是蛮有女人味的款式，有几件我本来是想留给你看看的呢！她最近有啥新动向？”朱宜兰听得说有律师来心里已经安定了许多，于是扯起八卦来也是兴致盎然。

“我也觉得她最近女人了不少，新动向嘛好像没怎么说起。前天问她那个摄影弟弟如何了，她也没搭腔。”

朱宜兰扁扁嘴：“那个小弟弟她是看不上的，她呀，其实心气很高的。”

说杨沫心气高，周静薏并不怎么认同，但也不反驳，只是淡定地笑着听朱宜兰继续说。

“你啊，也别怪我多事！自己早点定下来选一个，别磨磨叽叽的，到时候一个都没剩下！”

这话明显地意有所指，江景耀和蔡恒，两个选一个？天，这又不是做选择题！周静薏忍不住白了一眼朱宜兰，却见她反而笑得更欢。往她身后一看，江景耀已经从瞿少青的车上下来，浅蓝色的细纹衬衣，外搭黑色的风衣，一脸的清俊。看到周静薏，他嘴角漾起一抹温柔：“等很久了吧？”

江景耀径直走到店里，目不斜视地朝周静薏走来，一旁的朱宜兰再笨都不会把他认作是来帮忙的律师。这么俊朗高贵的气质和风度想必就是声名远扬的顶级钻石王老五江景耀了！看上去还挺谦谦君子的，怎么过去会把周静薏折磨得差点呕心沥血鞠躬尽瘁了呢？

等老顾赶到，瞿少青把整个情况梳理了一遍，不由得神情笃定地笑了：“顾先生，你现在联系一下对方，看看现在方不方便谈一次？”

“要是对方不想和我们谈呢？”老顾有些忧心忡忡。

“你只需要说，早晚也要见律师的，现在了解一些法律常识也没什么坏处！另外告诉她，这样未经监护人同意将孩子带走的行为是触犯法律的。”瞿少青很干脆。

老顾连连点头，电话里和前妻一说，对方也不再坚持，答应让他们过去再谈。临走的时候，朱宜兰又返回去拿上了轩轩最喜欢的小熊公仔："这个他平时最喜欢了！"

老顾的眼角有些潮湿，揽过朱宜兰的肩："走吧，上车！"

一路上，瞿少青的奥迪一直紧跟着老顾的沃尔沃，两辆车一前一后往城西而去。江景耀和周静萱坐在奥迪车的后座上，当着瞿少青的面一时也没什么话说。快到的时候，瞿少青从后视镜里瞄了周静萱一眼，见她神色间有些担忧，不禁朗朗一笑："我出马，周助理还担心什么？"

江景耀听了，似笑非笑地："少贫了，等会儿把事情办妥了再显摆！"

瞿少青神色微敛："有数的！"

上楼前，瞿少青把朱宜兰拦了下来："还是我和顾先生上去，朱小姐在车上等吧！去了反倒刺激对方情绪了！"

朱宜兰一想也对，于是把小熊公仔递给老顾，老顾看了看她，轻声安慰："别担心，我会把轩轩带回来的！"

"嗯，我在下面等你们！"朱宜兰眉眼间一片温柔。

三人在楼下等了约摸二十分钟，就听得轩轩扯着嗓子一路咚咚地小跑下来："阿姨，阿姨！"

朱宜兰身子颤了颤，立马跑上前去，在二楼转角处伸手抱住轩轩小小的身体。轩轩手里紧拽着小熊，把脑袋埋进朱宜兰的怀中："阿姨，我想死你了！"

那一刻，朱宜兰几乎是哽咽了，紧紧地搂住轩轩，良久都说不出话来！周静萱看见这一幕，感动得转身抓住江景耀的胳膊，小声却又是满怀欣喜地说："看来经过这一次，宜兰一定会放下心结，答应了老顾也说不定！"

江景耀任她紧紧地抓着自己，低头看着她素净的脸庞，眼眸里闪耀着璀璨的光芒："你呢？何时也能放下心结？"

周静萱蓦地红了脸，低低地啐了他一口："什么跟什么啊？"

江景耀含笑着反手握住她的手指，将自己手心的温热一点点地沁入她的肌肤。那一瞬间，一股强有力的电流贯穿着彼此的身体，震颤着两人的心房。周静萱抬眼看他，正迎上他清朗充满笑意的目光，不由得轻跺一脚："放手啦！"

"不放！"他不动声色地与她十指相扣，神色坦然。

轩轩这时已然看到她，嘴里欢呼着："静萱姐姐。"朱宜兰一松手，他就撒着欢儿地跑过来，抓住周静萱的衣角，一双黑溜溜的大眼睛却是打量着江景耀，颇有些不太友好的意味。

"他是谁？"轩轩撅起小嘴嘟囔着。

周静萱蹲下来，亲了亲他的额头。这时江景耀已经松开手，饶有兴味地双手抱在胸前，看着这个可爱精灵的小男孩。他身形伟岸，伫立在那里，有些居高临下。轩轩眼一垂："为什么不是蔡叔叔一起来呢？我想他了！"

他是故意的，绝对是故意的！这孩子还声调老高老高的，边说边把身子往周静萱怀里蹭，像是撒娇又像是抗议。

周静萱尴尬地回过头去看江景耀，他倒仍是淡定地看着她，嘴角却抿得更紧了。

瞿少青和老顾也都下来了，朱宜兰上前想问什么，老顾用眼神暗示了她下，也对，这里毕竟不是说话的地方。于是众人还是各自上车，偏偏轩轩一个劲儿地缠着周静萱问："蔡叔叔在哪里，我想去游乐园，我要带他去玩！"

这是什么逻辑，这孩子！朱宜兰强忍住笑，和老顾两人强拉硬拽地把他弄到沃尔沃后面，搞了好半天他才不闹腾了，大家这才驱车离开。

一路上，瞿少青把和老顾前妻谈的情况大致讲了一遍。原来那女人一听自己当年先抛弃儿子离家，离婚时也主动放弃孩子的抚养权，这些已经注定了她再夺回抚养权的可能性是极其渺茫之后，就再也没有坚持。

“年纪还很轻，想法挺简单的，我这么一说她当即就哭了！法律毕竟是法律，一个没有责任感的母亲当然得不到法律的支持。”瞿少青言语很尖锐，不过说得倒是在理。

周静萱轻轻叹息，这样浮躁的社会里，已经有太多的人偏离了正常的伦理道德，轻率、不负责任早已成为一种个性的象征！又有多少人是能够坚定不移地承担自己对于家庭对于事业甚至对于社会的那一份责任呢？江景耀会是这样的人吗？

她下意识地和江景耀四目相视，他灼灼的目光像是看到了她的心底，令她的心逐渐地安定下来，好似一叶轻舟慢慢靠近坚实的彼岸。

周六那天风和日丽的，江景耀自己开车来接了周静萱，杨沫也正好下楼等台里的车来接：“江总，一会见哦！”

江景耀带着墨镜，淡淡地应着：“好。”

然而偏不凑巧，等周静萱和江景耀到了俱乐部换上球衣球鞋，快到约定的时间都未见杨沫的影子。周静萱倒是着急了，神色间有隐隐的焦急，江景耀见状不禁莞尔，上前拿过她的球杆装备：“我们先去练练。”

“不等杨沫了？”

“如果她足够重视这个采访，现在应该已经坐在这里了吧？”江景耀一语中的，周静萱无奈，的确是这样，只好随他过去练习场那边摆姿势、挥杆。手机放在一旁的桌子上，一闪一闪地亮起，可她和他谁也没有在意。江景耀双手环抱过她的腰身，握住她的双手教她拿捏的方式，看她有些似懂非懂，颇有些无奈：“好吧，你先试试。”

砰的一声，只闻其声，不见球的影子，打飞了！周静萱撅嘴，悻悻地：“跟你说，我没这方面的细胞嘛，这不，真糗！”

江景耀站在一边挑了挑眉毛，脸部线条柔和得不可思议：“第一次打而已，正常得很。要是打准了，反倒是奇了！”

他拿水给她喝，两个人立在那里，一个俊朗挺拔，一个俏丽可人，都是一身的白色，立在那里光芒四射，耀得人眼睛生生地疼！对，是疼痛的感觉，杨沫站在练习场的玻璃房外，刚才路上台里的车子出了故障，临时打了车赶到却已经迟到了！她一路狂打周静萱的手机，希望她能向江景耀代为解释，可是始终是无人接听。这会儿看到周静萱和江景耀两个人亲昵而熟悉的样子，她才知道，一直以来自己都是一厢情愿的那一个罢了！

等到周静萱转脸看到她，她才强打着精神和周静萱隔着玻璃打了招呼。

撇下江景耀，周静萱急忙出来，小声嗔怪道："怎么会迟到呢？"

杨沫懊恼地说："台里的车半路抛锚了，唉，早知道就跟你一起过来了！"周静萱拍了拍她的肩，安慰道："那也不行啊，你的摄像不来，也没办法开展工作的！"

"你家老板有没有发火？"杨沫看看江景耀认真挥杆的背影，小声地问周静萱。

"你调整一会儿，我去和他沟通下。"周静萱笑笑，显然想是让杨沫马上稳定情绪。

那天的采访最后还是很顺利地完成了。江景耀很有风度地配合着，倒是杨沫有些紧张，有好几个问题提问的时候，咬字不够清晰，于是重复了好几次。江景耀倒也耐心，闲暇的时候瞥几眼不远处的周静萱，目光中尽是爱怜和疼惜。

采访结束，杨沫的脸色有些发白，连一般节目后照例要和被采访者合影都忘记了。反倒是摄像悄声提醒了她两次，她才恍然。

合影的时候，江景耀很自然地拉过周静萱在中间，三人对着镜头，笑容里各自微妙。

趁周静萱走开去洗手间的空档，江景耀坐在沙发的一隅，隔着长长的茶几，朝杨沫轻轻地笑了下："杨沫，你今天似乎有些紧张？"

杨沫语气局促地道歉："江总，今天迟到了这么久，我准备得也不是很充分，真是抱歉啊！”

江景耀不以为意：“没关系，相信没有下次了！”

江景耀看似轻描淡写的一句话，却着实让杨沫感到背脊发凉。

明明是春暖花开的天气，会所内暖意浓浓，可杨沫却觉得心抖的一沉，然后蔓延出一片凉意。落花有意流水无情，偏偏是这样一种不露痕迹的委婉，愈发地让她觉得凉薄。江景耀神情寡淡地靠坐在那里，眉眼间的疏离还夹杂了些许的防备，完全不似刚才的和煦有礼，杨沫强忍住心头的怅然：“江总这样说也是合情合理的，毕竟是这次是我们工作没做好！”

江景耀微微笑了笑：“你是静薏最好的朋友，她很照顾你。我不希望看到她为此有失望难过的一天！还有，日后有事找静薏，不需要直接联系我，也不必发短信！”

杨沫浑身一颤，还未来得及张口辩解什么，他已然立起身，朝外走去。

那一天，杨沫怎么都不会忘记。除了异国他乡的那个混蛋，其他的向来都是她嬉笑怒骂间把人家cancel掉。可江景耀只是这样不经意的警告就已经与她划下了深不可越的鸿沟，她想不出他这样的显赫身家，这样的俊美绝伦，又怎么会单单钟情了静薏，丝毫由不得他人的撼动?

论相貌，静薏只是淡雅，而自己分明多了几分妩媚。论才气，自己丝毫不输给静薏。一直以来，她爽朗率真的个性都是众多男人欣赏不已的，杨沫不知道自己怎么就那么入不了江景耀的眼。哪怕是静薏还没有完全接受他，他也不愿意给自己半分的机会！

这样的绵里藏针，令她无比挫败。虽然他给她保全了几分颜面，但是她宁可不要这样的委婉。这样的不经意，只能说明她丝毫不值得被在意而已！想到这，杨沫眼角的泪晶莹欲坠。

摄像这时跑进来，喘着粗气指了指门外：“快点，车来了！”

杨沫装着给自己补妆的样子，用粉扑吸掉了眼角的泪珠，再补了点粉，直到脸上看不出一点瑕疵才施施然立起身。

望着杨沫俏丽却有些僵硬的背影消失在门厅外，隔壁玻璃隔间里有人饶有兴趣地点燃了一支烟，一抹狡黠的笑意随着打火机那啪的一声慢慢漾开来，剑眉朗目间平添了几分阴郁之美。

身边有人小声上前问道："姐夫，对这个女子有兴趣？"言语之间颇有阿谀之意。

江景晖手上拿着烟，微眯起眼睛："不是我有兴趣。"

"那是？"

"叫阿辉来，有事吩咐他做。"江景晖笑，一边的妻舅朱成马上点头去办。今天真是赶巧了，难得来打一次球居然遇上了景耀和周静薏，还有这个杨沫，电视台的小小主持，心眼儿倒是一点都不小啊！江景晖最近被老爷子苛责后一直赋闲在家，心情就没怎么好过，可是这会儿他却觉得全身心地舒畅，当然这和天气没有一丝关系！

杨沫整个人的情绪都很低落，周六的下午天气很好，可她提不起一点劲回家。那个家是周静薏的，不是自己的。说到底她只不过是个寄居者。坐到朱宜兰店里的时候，她越发觉得自己形单影只。

大概是前妻这边的问题已经由律师跟进，老顾满脸红光，神情愉悦，这不中午刚带着朱宜兰和轩轩去吃了牛排，一家三口其乐融融，叫人好不羡慕！朱宜兰进门就看到杨沫百无聊赖地拿着一件件衣服在穿衣镜前比试着，就故意绕到杨沫跟前："穿得这么周整，怎么刚去相亲回来？"

相亲？杨沫一愣神，手里的衣服就被朱宜兰收走："留一点给我做生意，出挑的都被你选走了！说来也奇怪，你个小妮子最近怎么改风格了，拿的挑的都是些女人味的衣服？"

轩轩也稀奇地跑过来盯着杨沫看，老顾怕他童言无忌，忙不迭过来抱他："宜兰，你下午在店里忙，我先带轩轩回家了。"

朱宜兰点了点头："好啊，你们爷儿俩先走吧！"

"晚饭你怎么吃？给你送点过来，还是来接你外面吃？"老顾边走边问。

"再看吧，一会儿电话联系。"朱宜兰想杨沫这会儿来，估计要和自己有一番唠叨，晚饭还真不好说。她伸手抚了抚轩轩的脸蛋："回家听爸爸话哦！"

轩轩小嘴往朱宜兰脸上凑了凑，算是亲了下，奶声奶气地应着："知道了！"然后乌黑的大眼睛看了眼杨沫，伸出小手指了指，"杨沫阿姨今天很像静薏姐姐。"说完他似乎有些害羞，往老顾脖子这边一躲脸。

朱宜兰抿着嘴笑，拍了拍老顾的手背："走吧！"

杨沫像是被击中心事一般，颓然地窝进沙发里，直到朱宜兰来到跟前问她："到底怎么了？"她才抬起头，一张脸上神情沮丧。

朱宜兰见多了这样的表情，十之八九是有心事，而且还肯定是感情上的烦恼！只是在杨沫身上看到这样的哀怨，倒真是稀奇！好像有七八年没见过了，从被初恋男友无情地抛弃之后，这厮一向很拽，拿男人都不正眼说事的！

"还不快说，装什么幽怨！"她朱宜兰天生的直爽性子，最见不得人在那里磨磨叽叽。

杨沫犹豫着，这件事她藏着掖着没有一个可倾诉的人，这段日子里一个人思来想去地那么痛苦，可是和朱宜兰说，无疑就要直面周静薏，那她还是觉得尴尬的。朱宜兰会怎么看自己，静薏会怎么看自己？杨沫痛苦地闭上眼睛。

朱宜兰上下打量着杨沫，然后双手抱胸。她不是傻子，当然能看出来杨沫正在内心挣扎之中。只是这很蹊跷，和自己倾诉费得着这么挣扎？难不成，这小妮子喜欢上老顾了？朱宜兰定了定心神，把最近的事儿往脑海里过了几遍，也没看出什么不妥来！再说了，老顾那胖墩墩的憨实样，也不是杨沫偏爱的那种帅哥款啊！

“你快说，不说就回家幽怨去，我还要做生意呢！”朱宜兰故意有些不耐地下逐客令。

杨沫终于开口，声音低哑暗沉：“我喜欢上一个人！”

朱宜兰心跳漏了一拍，果不出她所料，难道真是自己所想的？她惊诧着反问：“是谁？”

杨沫咬着薄薄的下唇，眼神迷离，脑海里闪过江景耀那淡漠疏离的神情，终于毅然道出了那个久藏在心底的名字。

“江景耀？”朱宜兰不可置信般地瞪大眼睛，半天合不上嘴巴。

杨沫颓然地垂下头，她知道，朱宜兰一定会骂自己的。

扑哧一声，朱宜兰却乐了：“杨沫，你逗我的吧？”

怎么可能？朱宜兰不信，江景耀对静薏的心思她们都那么清楚，而且这也许是静薏最合适的一段缘分，她杨沫怎么可能去插上一杠子？太可笑了吧？

看着朱宜兰止不住地笑，杨沫越发觉得羞愧，不知从何说起。朱宜兰看着她的脸色，笑声慢慢小下去，脸上的表情渐渐凝结，最后化为凛冽，连声音都出奇的冰冷：“照这么说，你说的都是真的？”

杨沫眼睛看在别处，轻轻地点了点头，她知道朱宜兰见不得横刀夺爱的戏码。可是自己也不算是吧！静薏和江景耀还未正式确定关系，她也有权利向自己喜欢的人表达情感！但是她没办法振振有词地去和朱宜兰争辩，总觉得少了那么一分底气。

“静薏知道吗？”

“还不知道。”

“那江景耀知道了没有？”朱宜兰有些咬牙切齿，想起不久前还看到静薏和江景耀一对璧人一般地出现在眼前，江景耀那么光芒耀眼，整个心思却全在静薏身上，当时她就很是欣慰。没想到自己的另一个好友居然有这样的心思觊觎着江景耀，怎么可以呢？哪怕静薏没有点头应允他，那作为多年挚友的她们都明白那是因为什么，因为受过伤，因为不敢确信感情，所以忐忑着，你杨沫怎么可以明知这一切而将静薏和他没有真正开始作为借口呢？

朱宜兰怒了！

她唰地拉下店门口的卷帘门，锁上店门，转过身，一脸的肃然：“你这样做，还算是静薏最好的朋友吗？”

杨沫急了：“我又没有做什么出格的事情，只是在心里喜欢他而已。再说了，他也没有给我任何机会！”杨沫的声音哀哀地，想是觉得自己颇为委屈。

“那个是你可以喜欢的人吗？”

“可我就对他有了感觉了！所以我也很痛苦，想装作什么都没发生过，心也不曾起过波澜，可是越这样越会想念。”

杨沫说着说着，眼泪就下来了。她真的没有伤害到静薏，至少目前是这样，从她的本意而言，往后她也不想伤害静薏，毕竟她是自己最好的朋友！

朱宜兰看到杨沫的泪落下来，心里是又气又怒：“江景耀现在是什么态度？你们之间发生了什么没有？”

“你放心！”杨沫惨然一笑，“他看出我在想什么，已经婉转地拒绝我了！”

朱宜兰这才松下一口气，眼神中又有些不忍地看着杨沫：“那你怎么就那么傻？偏偏要对江景耀动了心？”

“这个是我能决定得了的吗？”杨沫笑得凄惶，一脸的惨淡。

“搬回去吧，不要再住静薏那里了！也不要再想有关江景耀的事，任何与他有关联的一切都不要再想起，你得忘记这些！”

杨沫怔了半晌，回过头来看朱宜兰：“一定要这样？我不能远远地看着他们吗？我会祝福静薏和他的。”

朱宜兰是过来人，她很坚定地摇了摇头；“我不晓得你对江景耀到底是一时意乱情迷还是情深似海，但是有这个原因在，你就会被他身上那些耀眼的光芒吸引，不由自主的。这样下去，对你，对静薏都是莫大的伤害！”

她去揽杨沫不停抽搐的双肩，听着杨沫的哽咽，心里也难过得紧。

“不是你的东西，你再强求也是枉然的。趁着现在陷进去不深，早点收心吧！要不然哪一天两败俱伤，失了爱情也没了友谊，你怎么办呢？”

朱宜兰想起自己亲眼目睹前夫出轨的那一幕，即便那个小三是个局外之人，她都心碎神伤了好久，那如果当初是自己亲近的人勾引了前夫，她会怎样？也许不会有当时的那份克制和冷静，也许会崩溃，也许更有甚者，拿刀劈了那一对奸夫淫妇也说不定！

她痛苦地闭上双眸，所以她不要最好的姐妹中间再上演这样的戏码。

不能！绝对不能！

江景耀最近把李禄折腾得快成空中飞人了，一天里飞两个城市是常有的事。半个月后李禄回集团来，人看上去依旧精神奕奕，但是眼神里还是藏不住疲倦。周静薏觉得很抱歉，因为有一部分的事情是她分内的事，可现在重担全部压在了李禄一人身上。她曾经抱怨过江景耀，为什么不让自己去，没想到却被他拿话堵了回来。

他只是淡淡地一句：“现在这些不需要你做。”

她有些犯急：“是不是我哪里做得不够？所以你才派李禄跟进？”这是她在意的，从参加工作开始，周静薏就一直告诫自己：不能在工作上有任何偏差，每一件事情都要全力以赴。

江景耀见她一脸的急切，不由得停下手上的事，温和而又认真地：“我会合理调配好下属的工作，你不用担心是因为自己做得不够。其实，你的工作能力我已经很满意！”他缓缓地道来，明亮的眼神里有一种说不清道不明的东西。

周静薏对这话有些半信半疑，他从前都是挑剔自己这里不对那里不行的，这会儿冒出来说很满意自己的工作能力，有点太阳从西边出来的意思。

到底是情感因素在作祟还是自己真的得到了他的认可？她不免暗暗叹息，现在总算明白那些办公室恋情为什么会被各大公司严令禁止了！原来情人眼里不仅出西施，连工作成果都会被放大，甚至是到完美无瑕。

江景耀看她坐在那里发愣，忍不住用手指轻叩了几下桌面："晚上的高层例会提前到下午三点吧，我晚上要去宋家的派对。"

周静薏忙把游离的思绪收回来，心里暗嘲自己竟会想到什么办公室恋情、情人眼里出西施这种事情上去。其实他和她只不过是刚刚开始，喔，甚至都还没怎么开始呢！

从那天两人牵手之后，他没更进一步，也没把先前的话再来正式地表白一遍。她到底算不算得他的女朋友？周静薏有些羞涩地想，难不成这人还要自己主动问上去？不行，这种事打死她都不会做的！

"那我去安排了！"收起文件和资料，她预备起身离去。

他却冷不丁地问她："晚上你有什么安排？"

"啊？没，没有。"周静薏脱口而出，话一出口就十分后悔。瞧这话应得那么快，让人听了准会以为自己就是在等他的邀约。

江景耀像是很满意她此刻的反应，深邃而明亮的眼眸里有难掩的笑意："那，早点休息！"

她怎么都没想到他会是这么一句，临到出了他办公室，心里还有些异样。说不上来是正中下怀还是惆怅失落！

宋家今晚的派对场面很大，据说城中的年轻富豪悉数被邀请，这样盛大的派对只为了庆贺宋家唯一的继承人宋子涵学成归来。江景耀、蔡恒、程渝文都被邀请了，甚至连江景晖都来捧场。

程渝文说话向来口无遮拦，拿眼斜睨了一边正和几个制造业富商闲聊的江景晖，手中的酒杯和江景耀碰了一下："你大哥真是有兴致啊，重要场合都不会错过！"

江景耀喝了一口红酒，并不作答。蔡恒低笑了一声，揶揄道："你也总不能老让人家待在家里不出来透气吧？"

"那是，不过真搞不懂他在想什么？自己那个生母出身并不好，偏要认来让老爷子生气，失了实权还搞出那么多事儿，现在闲在家里还不安生！前些日子我去丽晶皇宫唱歌，最好的包房都说是被江大少爷包了！几次去都是这样，NND可真会玩！

程渝文一边喝酒一边抱怨着，蔡恒扫了他一眼："抢了你的女人，所以牢骚这么多吧？"

说得程渝文讪讪地："那种风月场合只不过是逢场作戏，怎么能算得是我女人？"

蔡恒和江景耀听他这一说都不约而同地扭过脸去，不屑和他说下去。程渝文有些拉不下脸，心想，江景耀一向很少玩，这样的表情也是正常。你蔡恒不也风流惯了，现在倒嫌起我来了？

三个人立在一隅边说边喝酒，因为都是英俊挺拔的身姿，远远地就吸引了不少名媛千金的目光。感觉到有灼人的眼光齐聚在自己身上，江景耀有些意兴阑珊："我去和子涵打个招呼，等会儿看不见我的话就是先走一步了！"

蔡恒一把拉住他："等等，一会儿一起走。你的车我明天要借来用，等会儿让我司机送你，你的车我就今晚直接开回去了！"

江景耀皱眉，他不喜欢别人开自己的车，男人嘛，对于车子就好像自己的情人一般，有谁喜欢别人招惹自己情人的？可是蔡恒要用，他没办法拒绝。

"你不说我都忘了，你那舅舅怎么就惦记我这车了？"

"嘿嘿，他老人家的事儿我怎么搞得清楚？哎哟，不就是个干女儿出嫁，弄得老头煞有介事地，提前半个多月就和我指明了要你的迈巴赫做婚车。”蔡恒很是郁闷，这事让他一度觉得很没面子。你想啊，自己好歹也是博盛的副总裁，名下好车颇多，可舅舅偏偏要迈巴赫，总不能现买一辆给他吧？唉，现在的女孩子怎么就那么拜金，出嫁还非得迈巴赫来接？

看来今年得马上订一辆超豪华配置的迈巴赫了，不然对不起自己啊！蔡恒抑郁地琢磨着。

江景耀大度地笑了，伸手递过车钥匙：“拿着吧，万一你等下喝多了把这事忘记了！”

蔡恒笑嘻嘻地接过，扯开话题：“怎么今天心不在焉的？”

江景耀摇了摇头，他心里在想的是：静薏现在在做什么？但是在蔡恒面前还是少提为妙，毕竟这小子还未忘情！

程渝文在一边不识趣地提醒：“还能怎么回事？肯定是惦记那心尖尖上的人呗！”

蔡恒何尝会不知道，只是面上还云淡风轻地：“怎么不带她一起过来？”

拿眼扫了扫两人，江景耀不由得嘴角微扬：“这里狼这么多，我莫不是疯了？”

蔡恒愣了愣，心里微涩。程渝文却不买账，伸过拳头捶了江景耀一拳：“你小子就这么藏着掖着吧！”

等到周围人散去，只剩下蔡恒和江景耀两人时，蔡恒终于问他：“你是认真的？”

他听闻没有马上作答，目光在蔡恒冠玉般的脸庞上梭巡着，蔡恒眉宇间掠过些许的烦躁：“我不知道怎么了，一直忘不掉她！你要是认真就好好待她，不然……”

一下子说不下去，一股难掩的酸涩溢上心头，这辈子到现在蔡恒从来没有这样伤感过。可偏偏自己喜欢的女子是最好的兄弟所爱的，而且比自己更执著。

如果江景耀能一直守护静薏，他蔡恒的罢手也就值了！

江景耀顿了顿，很是坚定的语气：“我会是她最后一个男人，一直陪她到老！”

蔡恒轻轻松了一口气，这就是江景耀，比他强！他从来不会想过要这样陪一个人一生，做心爱女人的最后一个爱人。这也许就是他的悲哀！

宋子涵过来，拉住江景耀，满脸的兴奋。他是江景耀的学弟，在美国的时候，两个人很是要好。

酒过三巡，宋子涵有点微醺，口中就有些语无伦次：“景耀，黎惠的近况你知道不？这个女人现在被那个制片人瑞特给甩了，听说连付公寓的钱都没有，潦倒得很！”

宋子涵是替江景耀打抱不平，这么一个有情有义有担当的男人，黎惠就这么轻易地把江景耀的真心践踏得一地狼藉，现在有此一报也不枉老天有眼。江景耀听了却一怔，有片刻的失神，见蔡恒微诧地看过来，当下敛了心神再不做其他想。

那一晚，大家喝得都有些过量，幸好各自都带了司机过来。停车场上一辆辆名车整齐地停放着，蔡恒的宝马已经被司机开出来泊在通道的一侧，江景耀钻进车里，司机也是认识江二少，问了地址就稳稳地开了出去。

蔡恒颀长的身影伫立在夜色里，他刚才不是没有听到宋子涵的话，那个被宋子涵提及的黎惠应该在江景耀生命中有过很重的分量，要不然刚才他的脸色不会微变！怪不得他回国之后，整个人和以前有很大的改变，原来是受过情伤！

那是怎样的一个女子啊？会令这样清俊绝然、才华横溢、身价不菲的江景耀也这样黯然神伤？蔡恒觉得很好奇，在心里也隐隐地觉得不安。

走到江景耀的迈巴赫前，司机很识相地把车开出来，刚打开后边的车门准备坐进去，蔡恒就愣了一下，后座上蜷缩着一个人。看身形，应该是个女人。

“这是谁？”他下意识地问司机。

“不知道，来的时候就在了！”司机并未回过脸来，声音闷闷的。

蔡恒感觉不对劲，扶着车门就给江景耀打电话：“怎么搞的，你车上有个女人！”

江景耀接到电话，也是一愣，反应过来就马上让司机掉头。

等他回过来的时候，这边已经很是热闹，一圈的记者已经把蔡恒和迈巴赫团团围住，还有记者从一侧的车门处对准后座上的女人，一个劲儿地抓拍。

他心一沉，下车一步步走过去，有不少名流也散了场过来取车，看到这架势都在一边立定。江景晖修长的身影站在最前面，看他过来，面上浮现出别样的笑意：“老二，你这事干得不地道啊！”

江景耀丝毫不理会，径直走到车前，用力扯开驾驶室的车门，一把拖下那人，果然不是专属司机老陈，竟是江景晖的妻舅朱成，江景耀冷冷地看了他一眼：“老陈呢？”

朱成看看身后的一帮记者，一脸得逞后的坏笑：“老陈在洗手间睡着了！”

蔡恒被身前的记者问得不耐起来，用力挣开重围坐到驾驶位上，“来，我们先走！”

江景耀推了把朱成：“回你主子那里去。”声音虽然平静，却出奇地冰冷。

蔡恒把车发动了，撇下一众的记者和他们手里的长枪短炮，载上江景耀直奔市区而去。路上他有些无奈：“完了，被你害死了！明天上版面头条，娱乐版！真是久违了！”

江景耀看了看后座上烂醉如泥的女人，长发蒙住了脸庞，看不真切。他指了指前面的丽晶酒店：“到那儿吧！”

停车之后，蔡恒抢先一步打开后座的车门，扶起那女人，灯光下仔细一看，不禁面色一沉：“怎么是她？”

江景耀立在他身后，也已清楚地看到女子的面容，居然是杨沫，他也很意外！

蔡恒冷笑了一下：“这里面文章不小啊！”

江景耀不理会他，叫了酒店的保安过来把杨沫架着上去，吩咐人给她开了个房间，然后招李禄来处理后续的事情。蔡恒冷眼在边上瞧着，冷不防冒一句：“你怎么不叫静薏来处理？她也是你的助理！”

江景耀面色一沉：“你唯恐她日子过得太清静是吧？”

蔡恒双手抱胸：“今天这事儿你得和我说清楚，别当我傻子看不出来！怎么好巧不巧偏是她的好友醉倒在你车上？”

面对蔡恒的质问，江景耀的语气中也明显带了一丝不悦：“想多了吧你！”

蔡恒摇头：“这些年和江景晖打了那么多交道，我多少还是了解他的做事风格的，精心设这么一个局只怕不是单单要抹黑你这么简单！”

“要是一个不相干的女人也就罢了，偏巧是静薏最好的朋友杨沫，我不能不怀疑啊！”蔡恒微眯起眼眸，喟叹，“偏巧这个局被我赶上了！”

听到蔡恒如是说来，江景耀的心里不免咯噔一下。他微微踌躇了下，眉梢微挑：“我大哥最近几年行事作风的确变了很多，这些日子以来我父亲对他打压，他都把怨气出在我身上，设个局让我曝曝光倒也不难理解。不过杨沫，我倒是真的和她没什么！这个随便你信还是不信！”

蔡恒神情笃定：“没什么？那她酒醉后偏叫着你的名字？”

江景耀知道这话题怎么也避不过去了，只得承认：“这件事我已经在处理了。”

“你们果真有事！”蔡恒忍不住要恼。

“我可不像你们！”江景耀声音微冷而清冽，语气中的你们显然指的是蔡恒程渝文他们。

“那你把事情说清楚！”蔡恒从来没有像此刻这般，脸色铁青，整个人就像是一个定时炸弹一触即发的样子。

江景耀只得把之前的一些事情说了出来，提到那几日杨沐每天十几条短信发给他，嘘寒问暖地套近乎，蔡恒深锁起眉头：“这倒是麻烦的。”

“谁说不是？不过我自有分寸。”

那晚两人分开后，江景耀回到家却了无睡意，一个人静静地伫立在偌大的阳台上许久。思绪飘飞，想起很多往事。

第一次走进江家大宅，他并没有一丝胆怯，只是好奇地四处张望。宅院那么大，自己的房间那么大。父亲很疼惜他，那个新妈妈也对自己也很可亲，后来他才知道，原来新妈妈也是自己的亲姨妈。

所以他是幸运的！幼年丧母，失去依赖的亲人，无所依靠之后马上有生父来领自己进入另一个优裕富足的世界。可是他心底里是不快乐的，那种不快乐扎根在心底里，从来都不曾飘散。这种不快乐，他知道，大哥也有！

记得那时大哥站在他的房门前，目光忧伤，幽幽地问他：“你也是没有妈妈的孩子？”那一刻，他的心陡地一酸，后来就没来由地和大哥特别亲近。他们是同父异母的兄弟，但在那些过去的岁月里，他们一直和平相处，有一种难得的相惜。可是从什么时候起，这一切就被打破了？

好像是他从美国学成回来，父亲把江氏的大权交到自己手上之后，大哥看自己的眼神就变了。那种目光那么阴郁，夹杂着愤懑、嫉妒，这些他焉能不知，可是他又能如何？兄弟相争，从来都是豪门恩怨中的重要戏码。他和大哥也逃不过！

哪怕彼此的身世都是那么的堪怜，哪怕自己真的有把他当亲生的大哥来看待，都抵不住利益的倾轧，抵不住那些暗流和算计。今晚只是一个小小的局，他并不太担心。手下会有人交代那些媒体记者怎么做事，现世的人就是这么现实，钱多好办事，江景耀忍不住嘲讽起自己，终究逃不脱俗世红尘！

所以他更加珍惜那一个人。淡泊名利的性子，清澈如水的眼眸，偶尔天真浪漫得如同孩童，微微一笑宛若莲花绽放，教人过目难忘！经历过那么漫长的二十三年，自己居然还能遇见她，原来她就在自己身边！可是走近她之后，才发现她竟然有那么多不安和不确信，他知道自己要给她走向幸福安宁的勇气，不能让人再有可能伤害到她，哪怕因为这个要和大哥撕破脸，他都在所不惜了！

杨沫醒来的时候，发现自己躺在一张雪白柔软的大床上，室内灯光柔和，很是安静。她揉了揉眼睛，这是在哪里？等仔细一看，才从床头的便签上发现，这里是丽晶酒店。她依稀记得自己昨天晚上是和台里人吃饭，酒过三巡的时候侍者进来说有人找，等她去到那个空无一人的包厢之后发生了什么，她完全不知道了！

猛地掀开被子，看到自己虽是衣裙发皱，倒还都是完好，并没有被人借机占了便宜，幸好！可是自己怎么会来到丽晶来？杨沫还是百思不得其解，直到在便签上看到留言。上面是江氏集团李禄的署名和手机号码，李禄在上面写了请她醒来后立即联系他。杨沫狐疑地拨通了李禄的手机。

"杨小姐，你醒来了？"李禄的声音很平和。

"我怎么会在这里？发生了什么事情？"杨沫一连串的问题。

李禄也是苦笑："其实关于你被人架上江总的车，我们也不是很清楚。江总发现后就让人把你送来丽晶休息。"

杨沫心里暗自叫苦，竟然被人架到了江景耀的车上？这事不止蹊跷，而且丢份丢大了！谁会这么陷害自己？

李禄让她安心休息，第二天会派车来接她。但是她哪里还睡得着，宿醉后的头痛一阵阵袭来，让她痛苦不堪。

第二天回去，周静萱居然还在家里没去上班。见她开门进来，整个人才松了一口气。“你昨晚哪里去了？一夜不归，而且连电话都不接！”周静萱又急又气，她昨晚等了一夜，打了杨沫无数个电话，都被转到来电提醒了。

“我还以为你被人先奸后杀了！”

杨沫扯了下嘴角，低低地说了句：“也差不多是了！”

“啊，你说什么？”周静萱没怎么听清，下意识地追问，可是杨沫已经避开她，径直去了洗手间。哗啦啦的流水声，隔断了门内门外的两个好姐妹，杨沫用莲蓬头一遍遍地冲洗着身体，她只能默默祈祷，但愿昨晚没有发生过什么，但愿！她不想伤害到谁，更不想被伤害！

周静萱从她进门来就闻到一股浓烈的酒气，不禁诧异：杨沫很少会酗酒，难道又是感情上受了什么刺激？但是等了许久，杨沫都不曾出来，她也只好收拾了下去上班，一路上也是心神不安地。她很担心杨沫会出事，便把电话打给了朱宜兰，电话里交代朱宜兰来看看杨沫。朱宜兰稍愣了下，然后就有些不悦：“她是自寻烦恼，你不要去管她！等她清醒了就好了！”

周静萱听得出朱宜兰像是很生杨沫的气，可是为什么呢？她们难道有事情瞒着自己？她更迷惑了！

回到公司，小赵悄声告诉她，总裁在她办公室。真是难得，他会屈尊降贵地到她办公室来，她含着笑推门进去，却见江景耀正坐在自己的位子上，凝神望着窗外，侧面看去更是清俊逼人。听到她推门进来的声音，他微转过半个身子，就这样温和暖煦地看着她：“昨晚没睡好？”

“有点。”她不经意地叹气，杨沫的事情让她有些心烦，不知为什么。

“昨晚本想给你电话的，后来有点事情晚了就没再打。”他的语气像是解释。

周静萱俏皮地撇了撇嘴：“这个不用和我交代哦。”

“不用吗？”他敛眉深思道，“我觉得很应该，毕竟现在我们是男女朋友关系！”

她忍不住低呼出声，神色仓皇，环顾四周发现门没关严，忙过去锁了门。江景耀看着她一连串的动作，不免好笑，心里有丝丝的甜蜜慢慢浮上来。这个傻女人！还以为人家看不出？

CHAPTER 06

父母之命，媒妁之言

所有的犹豫，只是需要一个理由，
许自己一个期限，让我在等待时更加坚定。

这些日子以来江景耀对她态度上的改观，总裁办的那些人精，还有那些老谋深算的集团高层们，个个都看在眼里，念在心里，只是碍于江景耀的威严不敢多嚼舌头而已！

偶尔和她擦身而过，或者在会议上江景耀难得走神的刹那，众人都会把眼角的余光扫到她身上，有探究、好奇，也有惊羡和不屑，甚至有人私下在嘀咕：按照江氏的规矩，办公室恋情是绝对禁止的，有发生的一方必须离职。江景耀如果真的和她在恋爱，那势必得以身作则。总裁不能辞职，助理却是可以的。冰山一般冷酷的年轻总裁也会有柔情百转的一面，这样的征兆就如同春暖花开一般，让不少人精神振奋不已，甚至有人巴巴地打着她那个职位的算盘了呢！

此时，很多人都有默契地忘记了当初周静薏，甚至前一任的总裁助理莫欣在那个位子上做得有多呕心沥血了！

尤其是两人一同外出参加宴会或是会议时，男的俊朗挺拔、丰姿绝然，女的淡雅清丽、气质脱俗，生生就是一对极为相衬的璧人。一个眼神间的交会，举手投足间都有了十足的契合，让旁人看去着实遐想连篇。江景耀当然知道手底下这些人在揣测什么，但只要是一天没拉开天窗，就不算破了规矩，更何况他还不想这么早把她推到风口浪尖上去！

当然是认定了她做自己的女朋友，只是暂时还是要低调一些。这层意思他说得很诚恳，亦很坦然，眼神中带着一种奇妙的蛊惑，将周静薏整个人兜了进去，再难挣扎。羞涩、慌张，还有那些说不清道不明的情绪一股脑儿地涌到心口上，堆积在那里，酸酸麻麻地，全身像是被电击过一般。

周静薏知道他是认真的，这次不是上一次那样的居高临下要她成为他的女朋友，这一次分明是满含着浓浓的深情，而她心里也有着久违的欢喜，自己不是也在等着他正正式式的这一句吗？

周静薏的脸上飞起了两块红霞，双眼不敢与他的目光交会，轻垂下去，长长的睫毛像两把乌黑的小刷子轻轻地颤动着，那样子分明就是无声地说着，我愿意！

江景耀朗朗地笑着，伸过手握住她柔软而有些微凉的双手，语气柔软清和："以后下班等我一起走，能给你的时间不多，我希望尽可能地多陪陪你。"

她拧着眉一脸沉思地反问："那岂不是昭然若揭，传了开去恐怕不到一天就会人人皆知了？"说实话，她也真的有点应付不过来那种成为靶心的感受。更何况因为爱情而放弃事业，很没出息啊！她还是希望自己可以有发挥所长的工作，当然再有个贴心的爱人就更好了，但是这样会不会太奢侈了？这一刻，她心里有些混乱。

他修长的手指轻轻弹着周静薏柔软如凝脂的手心，面上却是笑着揶揄她："怎么偏偏倒过来了？反倒是你藏头缩尾的不想让人知道，莫非我就那么不招人待见？"

他是故意逗她的，其实她的那点小心思又怎么能瞒得过他。这段感情他也是小心翼翼的，唯恐一个不小心就会失去对方。所以他得先委屈她，尽可能地保护她不受任何干扰，不曾想她比他更想掩人耳目。江景耀眉梢微挑地看她。

没有不待见，其实是他太耀眼、太招人待见了，所以她才会想低调、低调、再低调！周静薏未语先轻笑起来，垂下头看着地面。一抹白皙光润的脖颈落入江景耀的眼帘，他静静地望着，满心欢喜。

两个人就这样开始了甜蜜的地下情。所谓地下，倒真是名副其实。

每天早上江景耀会亲自驾车来接她，两人在地下停车场分开。周静薏从应急通道走上一层楼到大堂去坐电梯，而江景耀则是从地下一层坐自己的专属电梯直奔二十楼的办公室。有时候两部电梯会在空中擦身而过，隔着两道厚重的玻璃，他会朝她这边看过来，一脸的沉静清和。

晚上离开办公室亦是如此，所以周静薏觉得这地下情中的地下二字十分应两人的现时光景，当作玩笑说给江景耀听。他却不笑，一只手把着方向盘，另一只手却过来紧握她的手指，偶尔的一个回眸里，隐隐地说着抱歉。

她却真的没怎么计较，可能是江景耀给她的感觉很是安心吧！她在他身边一年多，性格脾气爱好这些其实她都了如指掌，他就是那么一个对自己很严苛的人，现在的温柔也只是在自己面前。想到这一点，周静薏的笑容越发甜蜜。

江景耀的专属司机老陈因为上次的疏漏已经被调走了，李禄没有告诉周静薏到底是为何，她有些惋惜。老陈是很严谨守礼的人，这年头要找一个贴心规矩的好司机可不是件容易的事。不过江景耀说没必要，他还是习惯在市内自己开车，周静薏晓得他也是不想多一个人知道他和她的细节。

甜蜜的日子这才没过几天，江景晖就给她奉上了一份大礼。那天下午她开完会回到办公室就看到桌上一份用牛皮纸包裹得很是严实的快递。正准备找裁纸刀，门口赫然多了一个身影，她就这么眼睁睁地看着一身黑色的江景晖缓缓走了进来。

“看到我，怎么就像见了鬼一样？”江景晖的声线很平和，但是话语却透着调侃。

周静薏露出惯常的淡然："江董有何吩咐？"她想好了，他但凡有什么事情，她都装懵懂，然后叫手下总裁办的秘书进来。和他两人共处一室，实在让人有些压抑。

江景耀的电话来得那么及时，让她几乎觉得自己和他是有心灵感应的。

"晚饭我已经订了位子！"

"让我马上过来？好的，就来！"她完全答非所问，当然他也不是在征询她的语气。

不等他那边再说什么，周静薏就啪地挂断了分机，眉眼间笑得很是舒展："江董，你看我马上要过去江总那边，你有什么事吗？"

江景晖不紧不慢地踱了几步，脸上似笑非笑地："看看那个吧，好好琢磨。有什么想法再来找我！"说完，他就出去了。

周静薏狐疑地看了下那个包裹，原来是江景晖叫人寄来的，他还怕她没当回事，亲自过来提醒自己。这样看来，里面应该不是什么好东西！

她手脚麻利地裁开包裹，一叠照片从里面掉了出来，拿起最面上的一张，她到底还是愣住了！照片上的人，竟然是杨沫。

是杨沫没错，正面、侧面，全身、半身的，各个角度很全。照片里的杨沫应该是酒醉过后，眼神迷离、姿态撩人地倒在迈巴赫的车后座上，衣衫半解，令人遐想联翩。周静薏的面色渐渐黯淡下来，望着照片里车后窗上迈巴赫显眼的标志，一颗心一点点地往下沉。杨沫这到底是怎么回事？联想起那晚杨沫的彻夜不归，早上回来时的怪异神情，她不得不揪紧了心。

尤其是今天早上出门的时候，玄关处的茶几上多了一把钥匙，她认得那是自己交给杨沫的大门钥匙。这些天杨沫一直寡言少语，问也问不出个究竟，没想到居然还一声不吭地还了钥匙！到杨沫的房间一看，果然室内很是空荡，当时她就有种很不好的预感，没想到这会儿竟然有这叠照片出现。周静薏此时恨不得立马出现在杨沫面前问个究竟，可是杨沫始终不接电话。

下班的时候她心事重重，江景耀看了她的脸色，不免微蹙了下眉头。“之前谁在你那里？怎么答非所问似的。”

她直挺挺地在前面走着，空无一人的地下停车场里闷闷地回响着她高跟鞋咚咚咚的声音。不声不响地走了几步到他车前，默然地立在一边等他过来，周静薏脸上始终没什么笑容。

“怎么回事？这么心事重重的。”他显然是有些担忧。

周静薏咬了咬下唇，该怎么质问他？忽然她很泄气，自己和他的这段感情都是遮遮掩掩的，自己又怎么能亲自去质问他：为什么杨沫会在酒醉后上了他的车？还被人拍下这么撩人的照片！但毕竟杨沫是自己最好的朋友，她有责任问个明白。

“上车，吃饭的时候再说。”江景耀已经坐进车里。

她慢吞吞地上了车，看着他风轻云淡的侧脸，心里莫名地烦躁起来。“今天有人给我寄了一些照片。”她在意的，所以真的等不了一会儿吃饭的时候再问了。一想到这车里可能发生过的场面，她根本没有一点食欲。

“照片？”

她紧盯着他的眼眸，那里面果然波涛汹涌。她点头，从包里抽出那叠照片递给他，“老陈被调职，应该也是和这件事有关系，对吧？”

江景耀并不回答，接过照片一张张翻看，脸色越发的凝重。周静薏觉得自己的声音有些发涩：“究竟是怎么回事？”

他蓦然抬起头，脸上隐隐泛着怒气：“这件事交给我处理吧！”

她张了张嘴，却没有声音，他居然镇定自若地连一句解释都没有，看着这样的照片难不成他以为她会很开心？

“你就不向我解释下？”她轻声问道。

江景耀摇了摇头：“等我查清楚了再给你解释，不过其实你可以直接问问杨沫。”

杨沫？周静薏觉得有些嘲讽，杨沫最近行为举止分明很反常，他还让自己去问她？

她很生气，难得发一次火所以这火气就来得特别大。她转过脸，说了句：“我自己回去了！”

江景耀正在凝神想大哥和朱成是怎么拍的这照片，冷不防这边周静薏已经推开车门准备下车。他飞快地伸手捉住她的手腕：“怎么好端端地翻脸了呢？先去吃饭，吃好我就送你回去，如何？”

在外人眼里这已是他极低的姿态，可是她却不领情，涨红着脸想挣开他的手，惹来他低低的不悦：“别闹，你这样岂不是更称了那些人的心？小心被人看见了！”

前面那一句她听了个大概，后面这一句“小心被人看见了！”却是听得真真切切。平日里习惯了的避人耳目，这会儿因着这些事、这句话，到底还是觉出委屈来了！她性子冷，平时越是生气发怒，脸色就越是平静清冷得厉害。这会儿也是如此，清冷没有一丝温度的声音在他耳边响起，字字句句都像是一把冰刃刺中他的神经。

“被人看见又怎样？难道就因为我们这样未曾公开的地下关系，你就连个解释都不想给我？杨沫，她是我最好的朋友啊，到底那晚发生了什么？我记得就是那晚之后，你才要和我确定这样的关系，确实很巧呢！”

江景耀面色一僵：“你介意我没有公开我们的关系？”

“没有。”她已经一点点地扳开他的手指，心里知道当时自己也是默认这样的低调，可是话已出口，又怎么能收回来呢？

“如果因为这个让你感觉很糟糕，我很抱歉，这不是我的初衷。”

“那么这些照片怎么解释呢？现在也不能说清楚吗？”她觉得江景耀今天分明是在回避问题的重点，心里更加恼火，犟脾气一上来就不再听他说什么，飞快地下车，用力关上车门。

隔着清晰透亮的车窗，依稀听到他的声音和口型说着“上车！”

但是周静萱心里乱极了，她看了看江景耀紧蹙的眉心，义无反顾地转过身，现在她只有一个念头，快点找到杨沫问个清楚，否则面对着江景耀这样的家伙，他要是执意不想说，她始终是拿他无可奈何的。真是气人，她居然拿他没辙，这个恋爱谈得真是有失公平！

这算不算吵架？

负气离开后，周静萱走到外面被风一吹，心绪稍稍平静下来脑海里就冒出了这个问号。这才甜蜜了几天，两个人就闹别扭了，难道两人八字不合？

她并不迷信，但母亲在家中常念叨这方面，因此偶尔在外面被人气急了，她就会在心里默默念：八字犯冲，所以才有此一气。这样想想心里的愤愤就渐渐平息下来。立在外面等出租车的时候，远远地就看到黑色的迈巴赫从地下停车场驶出来，徐徐往城东而去。

她站得远，他未必能看到。但是周静萱还是下意识地去翻看了下手机。这人真是沉得住气，一个电话都不曾追过来！周静萱一口气堵在那里，小性子越发地倔起来。

回到家中，电话上倒有两通留言，是杨沫打来说自己一直在录播间，这几天比较忙，空了联系她。她明明是用手机拨给杨沫的，现在却给回了家里的电话，杨沫显然不愿意直接面对她，这里面肯定有古怪！

实在有些生气，周静萱一个人在客厅里转了好几圈，直到夜色完全暗下来才惊觉自己光顾着生气，连吃饭都忘记了。冰箱里蔬菜肉类奶酪什么都很齐，一个人在厨房洗洗涮涮烧烧，捣鼓出一桌子的中西合璧，红烧肉、芝士煎银鳕鱼、蒜泥荷兰豆、黑椒牛排、西班牙海鲜炒饭，琳琅满目地摆了一桌，起码是三个人的分量。专心做菜的时候，倒一点都没去想刚才那些不愉快，可等到全部做好，洗完手坐下来准备动筷，就恹恹地没了食欲。

一向觉得自己定力足够，不想这些人都是城府一流，都那么沉得住气，尤其是江景耀连半句解释都不过来，周静萱用力勺了一大羹海鲜炒饭在嘴里，把腮帮子撑得鼓鼓的，仿佛只有这样才可以消一消心里的那股火气。

这个时候门铃却偏偏不合时宜地响了，她没来得及去看可视电话就去开门，心里以为会是杨沫，可是开门一看，却是一脸平静的江景耀。

门口的灯光映得他眉眼和煦，似笑非笑的样子。“你怎么来了？”她还是有些生气，挡在门口并不让他进来。

江景耀举了举手中的一摞纸盒：“送外卖来了！”然后他一本正经地算了算，“一共是188元，你给200吧，不用找了！”

周静萱终于扑哧笑了。这招数一般是蔡恒这般的风流公子才会使的，现在被他使出来还真让人一愣。

等到餐厅一看，江景耀忍不住眼睛一亮：“你手艺不错啊！看来我今天挺有口福。”

周静萱看了看钟，已经快八点了，心里奇怪嘴上却还在赌气：“谁做给你吃了？”

“我饿了，本来今晚是订在采荷轩，后来和人谈了会儿事，才忙好！”他缓缓道来，好像两人从未争执过，理所当然地坐下来，示意她给他拿碗碟筷子过来。

她知道他经常会这么不准点吃饭，忙起来就不管不顾了，心里一软，就转身去厨房取了碗筷过来。江景耀看着她的背影，纤细柔软，因为做菜的缘故而扎起的马尾一甩一甩的，似乎还有点余怒未消的样子。他轻抚了抚额头，还是和她把事情的来龙去脉说清楚吧！

她烧的菜居然很是对他的胃口，这令江景耀喜出望外。没说些什么溢美之词，但眼神中的欢喜是掩饰不住的，周静萱看着他大快朵颐的样子，莞尔一笑，也不出声，只是慢慢拨动着盘中的炒饭。他夹给她采荷轩的烤乳鸽喷香扑鼻，她却没怎么动。

“杨沫搬走了？”终于，江景耀放下碗筷，拭了拭嘴角，淡声发问。

“莫非你是来找她的？”她把脸一扬，面色平静，可话里还是透着那么一股微酸的味道。

“不是。”江景耀回答得很干脆。

她“哦”了一声，等他的下文，却不想他却温柔缱绻地笑着：“好了，还找别扭闹啊？她和我根本就没什么关系，照片么，你也知道是谁寄的，怎么还会多想？”

她不语，心想，这些也得你自己说清楚啊！

江景耀起身走到她身后，抚过她的双肩，一双深邃的眸子直直地凝望着她：“我们还是公开关系吧，现在这样对你不公平！”

他的气息是那么清爽自然，两个人离得那么近，近得彼此的呼吸都清晰可闻。她轻轻靠过去，把头枕在他胸前。江景耀的身体微微震了一下，心底里涌上一股暖意。周静薏带给他的悸动竟是如此的深，深得他无法忘怀，想起那过去的二十三年，江景耀很是感慨：如果他再早些回国，如果他一直坚定地找寻她，那么他一定会比任何人都先一步赢得她的心，他和她两个人都可以避免走那些伤心的弯路。但是这些感慨，他不会说出来。

那一刻不需要语言，不需要刻意的表白，就这样轻轻地依偎，彼此心中就充满了甜蜜的感觉。

他的下巴抵住她的额头，声音因为情绪而变得有些嘶哑：“公开我们的关系之后，你搬过我那里住，这样会方便一些。”

她的反应有点慢，等到彻底明白过来，立即腾地从他怀里挣出来，脸上也绯红一片。

江景耀清浅地笑着，又把这话一字一字地说了一遍，末了还加了句：“这样更方便相互监督。”

“呸，谁要监督你？”周静薏本来就被这个公不公开搞得措手不及，他又加了这么个附加条件，她也太吃亏了吧？就这么被他生吞活剥，从舆论到实质都被他牢牢控制，还有天日没有？

他只好循循善诱，把两人合住的好处一一列举出来，比如她可以不用自己打扫，他那边有甚是称职的私人管家和钟点工。帝豪那边的安全私密性非常好，她一个独身女子一个人住也太危险了！

“我从前不都是一个人住？”她反驳道。

“现在不一样。”他只是默默含笑看着她，浑身上下散发着俊朗又温和的气息，就这样看着她皱起小巧的鼻梁，嘴里嘟嘟囔囔地，眼里满是宠溺。

周静薏抓起桌上的水喝了两口，顺势平复下扑扑直跳的心，迟疑了半晌，才说：“这样怕是不好吧？我家还是很传统的。”

她和傅博当时也是正式确定关系，开始筹备婚礼之后，傅博才搬进来的。这次面对江景耀，潜意识里她觉得更要慎重一些，否则到时候那些传言会把自己和家人给活活折腾死的！

“传统？”他捉住她的手腕，语气温凉，“父母之命，媒妁之言？”

她想也没想就点头，他听了微微颔首：“那我知道了！”

他知道什么了呀？周静薏发觉自己私下面对江景耀时，竟然犹如十七八岁的少女般青涩，完全没有方略。这个人比蔡恒还要危险可怕，不经意间就令她方寸大乱，这可如何是好呢！

那一晚，周静薏直到睡之前才惊觉，江景耀该不会想马上拜见她父母吧？不然怎么会说出父母之命、媒妁之言这类话！他的脚步太快，时常让她招架不住，这样的恋情会修成正果吗？她很想有个安静安心的港湾可以停靠，这一次会是正确的选择吗？

虽然恋爱不等同于婚姻，但是她毕竟快三十了，作为闪婚闪离后的大龄女子，有段美满的婚姻是无可置疑的人生目标，她也不能免俗。小心翼翼、如盲人般摸石过河就是期待有个人可以义无反顾地与自己相携一生，自己和江景耀身份背景差得那么悬殊，这一路会是平坦顺利的吗？他会不会有一天也如傅博一般轻易放开自己的手？

杨沫搬走的事情，朱宜兰很快就知道了，她眼睛闪了一下："那不是蛮好？"

周静薏叹了口气："可是她心里有心结，不然怎么会一直避而不见？"

江景耀已经和她说过，江景晖是始作俑者。杨沫即便没有被人轻薄过，但这样被人下药迷醉放到他车上，摆出那些姿势被拍，这些本身就已经让人很难堪了！可怜她自己做媒体这一行的，那晚还被媒体记者堵了个正着，蔡恒这个倒霉鬼还来做了个垫背！

现在只是江氏出面暂时压住了那些记者的稿件，估计没过多久还是会走漏风声的，谁叫这新闻那么香艳，还牵扯了A城那么知名的两位年轻富豪呢！

朱宜兰显然心不在焉，来了一句："早知如此何必当初啊！"听得周静薏一愣。当初怎么了？杨沫还有什么是她不知道的？

等朱宜兰看到她的神色有异，才惊觉自己方才的失言，但话一出口毕竟不可能再收回去。

"杨沫和江景晖有染？得罪了他，所以被他陷害？"周静薏揣测着。

"咳，咳，你想这些干吗？好好想想自己如何应付吧，你和江景耀的绯闻快传得满天飞了！"

谁说不是呢，自从那天他说要公开之后，虽然没有正式发新闻稿，也没有开记者招待会，但是他在公司里那么高调地牵她的手，这就足够震撼了！如同六级地震一般，生生把众人震得一愣一愣的。还亏得是之前有小道消息在铺垫，不然怕是有很多人黯然神伤申请工伤了也说不定！

"你妈知道了吗？"

"还没。"周静薏素净的一张脸迅速黯淡下来。她那位母亲大人啊，一天到晚操心她的终身大事，好像她真成了嫁不出去的老姑娘。

上至IT公司高管，下至汽运公司调度，反正只要有房有车有稳定工作，年龄在29+5岁以内，不计身高，她都想让自己去见上一面。有天实在被逼急了，周静萱也甩了句："妈，您不开婚介真是可惜了！"

偏偏周母竟不动气，很是兴奋地追着她问："是吧，你也觉得你妈有这方面的潜质？"把她弄得哭笑不得。至于去相亲见面的事，最后她只得偷工减料地选了两三个见了一面，上来就跟人家道歉：对不起，其实是家里老人比较心急。我本身还没有这方面的打算！

这样的话只是一个借口，她想着最好还是不要让双方难堪，可却有人是偏生听不明白呢，还是故意装愣？硬是说要等她到有打算为止，哪怕等到海枯石烂也在所不惜！

那是个心外科的医生，手一伸就知道是拿刀的，感觉特别有力敏捷。眼神深情脉脉得直教人浑身起鸡皮疙瘩，周静萱只好一个劲儿地自曝不足。自己缺点何其多，娇气、不会做家务、爱花钱、小心眼等。没想到医生还是很沉着地说，这是人性使然！他会慢慢改变她的！

周静萱差点昏过去，走不脱就想搬救兵，手伸在桌子底下翻电话簿。其实她第一反应是打给江景耀，可是转念一想他曾说过不希望她再去相亲，那时两人的关系还未正式化，现在两个人都在公司把恋情公开了，这会儿要是被他知道自己不得不奉母命来这里相亲，肯定会生气。想到他可能有的骇人眼神，周静萱最终犹豫了。

最后还是打给了最安全的蔡恒，电话刚接通她就挂了，然后笃定地等蔡恒回拨过来她再接。

蔡恒新买的保时捷在店门前一停下，周静萱就从侧面的玻璃幕墙这边看到他了，修长的身形从车里跃下，着实的风流倜傥。

医生正举着茶壶准备给自己加水，冷不防桌边多了一个身影，手一抖水就洒了一滩。蔡恒轻挑着一双桃花眼，笑得那般无邪："谢谢你请喝茶，我来接她走了！"

他俨然以她男友自居，不顾医生一脸愕然地整个人僵坐在沙发里。这边厢蔡恒轻拥住周静萱的肩就准备往外走，周静萱客气地和医生道别，然后看似顺从地随蔡恒出去。两人并肩而行时，她用眼角的余光狠狠瞪了蔡恒一眼，他却直接无视了。

“我这是赶来救场的呐，你不能温柔一点？”蔡恒斜睨了她一眼。

“对你温柔的人多了，又怎会少我一个呢？”她出得两岸咖啡的大门，呼吸着新鲜空气，心情不由得轻松自在起来，言语间也不避讳。

蔡恒呵呵地笑了两声：“我最近怎么回事，你又不是不知道！”

她能不知道吗？可是这种敏感话题怎么能拿出来讨论呢？于是周静萱只好和他闲话轩轩：“轩轩那小家伙最近总在惦记你，想着要和你再去游乐园玩儿呢！”

她没好意思说轩轩那次故意当着江景耀的面吵着要找蔡恒那回事，那孩子太鬼灵精了！蔡恒听说轩轩惦记他，笑容越发舒展：“说了，那小鬼颇有我的风范！长大了再经我调教下，绝对是谋杀胶片无数的一代型男！”

“你自恋！”她忍不住笑着抗议。

“哎，那我恋你如何？嗯？”那末了的一个“嗯”字，那个情意绵绵得紧啊！周静萱往椅背上靠了靠，感觉踏实些了才朱唇微启：“莫心妍那女孩不是挺好的，你就不能用点心？”

“她好我就得上心，你这是什么逻辑？”蔡恒嗤笑了声，随手发动了车子，保时捷几乎是贴着路面嗖地急驶而去。

临了把周静萱送至小区门口，蔡恒还像是有话没说的样子。周静萱想晚上毕竟叨扰人家跑来这么一趟，蔡恒那是什么身价！有时候她也是恶俗的，明明没有可能的事情，却一再地享用着他对自己的真心，耳边回响起江景耀曾经的告诫，心里益发觉得不安。

可他却在安慰她：“回去好好休息，什么都别多想，我做什么自己清楚着呢！其实吧，所有的富家公子都是一样的秉性，越是不被人待见，越是想去争取。你要是一开始就从了我，恐怕我也没那份心思了！”

这话他说得轻飘，可是话到末尾却别了脸过去。周静萱不解地看着他，可他就留给她一个后脑勺。

“他也是这样的？”她拖长了调子问他，这个他，两人都知道指的是谁。

“他啊！”蔡恒支起手肘，低低地笑起，“他真是个异类！”

异类？周静萱在舌尖把这个词语反复念了几遍，不解他的意思。

蔡恒眼眸如墨，唇边抿起一丝微笑：“现在还哪有他那么专情的人？我这样的人，就算专情也不会有人相信！”

他说得她心里五味陈杂，一下子不知道说什么好。蔡恒笑着下车为她开车门：“好了，我知道他公开你们的关系了，也罢！”

她迟疑着和他道别，他在黑暗中侧过身，声音幽幽地传来：“只要你觉得开心就好！”

她的身子微微一震，夜里的风有些凉，吹得她的发丝有些凌乱，有发梢扫到眼睫毛处，有轻微的触痛，她揉了揉眼睛再恍然回首，刚刚下车地方已经空旷一片，蔡恒的车已经消失在夜幕深处。

她人才进电梯，江景耀的电话就打了过来。

“晚上怎么不在家？”他照例是平静无波的声音。

周静萱却有点心虚，晚上奉了母命去见那个医生，最后还找了蔡恒当救兵，这些事他知道估计会恼。

“你怎么知道我不在家？”她问得很白痴。

“看你下了蔡恒的车。”江景耀的声音很飘忽，听不出喜怒。

周静萱干笑了两声：“这么巧，那怎么不叫我？”

“相亲还顺利吗？”这一句，听得出他的怒气了！周静萱完全能想象他现在是什么样子，一定是眼神凌厉，面色发青。

“景耀。”她小心地叫着他的名字，这是两人关系公开之后他要她私底下这么唤他的。

他被她唤得心口发疼，强忍住怒气，深吸一口气，用尽可能缓和的语气关照她："早点上去睡，别熬夜。"

周静薏脑子里一闪："你在下面？我马上下来！"她马上按下电梯，心想着他一定就在楼下某个暗影里，刚才看着自己被蔡恒送回来，他很不开心了吧？天，这一晚都是些什么事情啊！

周静薏飞奔进电梯，伸手匆匆按下键钮，心里一直在想：他是不是生气了？一个人在电梯发着愣，直到电梯叮地一声打开，才发现自己按错了楼层。明明是要到一楼，却按到了地下一层停车场。顾不得许多，她蹬着高跟鞋就从汽车入口的斜坡疾走上去，细细的鞋跟几次被绊倒，把脚踝磕得生生的疼，但她的脚步一直未曾停下。

等她咝咝地倒吸着冷气走到地面，才发现江景耀并没有等自己，黑色的车影稳稳地没入夜色中。他就这么等也不等自己就走了！周静薏用力咬紧了唇瓣，脚踝处的刺痛更加明显，小区里的茶花、桃树正绽放得娇艳无比，这样的花好月圆夜，她心里却生出浓浓的怅然来。

第二天清晨江景耀依旧是准点来接她上班。她曾笑着和他抱怨，车子太招摇，物业和保安会以为她是被包养的小蜜，被他轻叱了一句："包养的小蜜还每天管接送？"当时她就笑了。

车内有一股须后水的味道，清爽宜人，他的下巴收得很紧，眉眼疏淡着，整个人看上去有些清冷的样子。

一路上，周静薏从天气到意甲联赛，寻着他可能感兴趣的话题舒解车内的沉闷，可他只微微地抽动了几下嘴角，算是回应。这下她彻底索然无趣了，默默地看着车前方的十字路口，黄灯变幻成红灯，一时间空气都似乎凝滞了。

江景耀侧过脸看她一脸的若有所失，心下不由得一紧，俯过身来，伸手一揽就把她整个人拥在了胸前。还来不及惊叫出声，他就已经捉住她的唇，小心翼翼地，轻柔而专注地摩挲着她粉红娇嫩的唇瓣。那一刻两个人的身躯都为之战栗，她感觉到他的呼吸逐渐炽热起来，将她整个人都快烤熟了一般。

后面车的喇叭声终于把她解救了出来，江景耀看了看前方的绿灯，眼神温柔地笑起来，轻轻地在她光洁的额头印下一吻，便松开她，专心开车。周静萱含着自己的嘴唇，舌尖轻轻地滑过他刚才触碰的地方，笑容越发明媚。

不过这笑容没过多久就凝住了，看到集团大楼前闪烁的镁光灯和如同蚂蚁般的记者，她再也笑不出来了。两人对视了一秒，江景耀按下车上的车载电话直拨到保全部："大楼前是怎么回事？"

"江总，不知是什么人传言说江氏今天有重大利好消息公布，所以吸引了大批的记者。"

江景耀的声音毫不迟疑："马上让行政部出面澄清，另外多加派人手维持秩序！"

保全经理诺诺地应声而去，周静萱看向江景耀："好像不止是财经记者，看过去像是还有娱乐记者。"

"那是当然，我大哥最拿手的就是舆论招。"他沉着地将车子驶过去，堂而皇之地停在大厦门厅前。

周静萱知道他要做什么，神情有些紧张。偏偏他还是云淡风轻地微笑着："一会儿你什么都不需要应付，抓住我的手就可以了！"

看着她坚定地点头，江景耀才满意地下车，转到她这一边，为她打开车门。今天这些记者来这里究竟为的是什么，谁心里都雪亮雪亮的，既然有人搭好台，那自然得唱一出好戏。

周静萱姿态优雅地下车，立在江景耀身边，一脸的清雅自然。两人十指相扣正准备迈进大楼，那些呆滞在一边的记者们像是突然回过神来一般，呼啦一下将两人围了个水泄不通。

"请问江总裁，您和周静萱女士目前是工作关系，还是情人关系？"一个女记者挤到前面举着话筒，言语犀利。

周静萱听出那女记者的话外之音，不称小姐称女士，显然已经把自己的情况摸得一清二楚了！她仍旧安静地微笑着，看江景耀从容不迫地应付。

“本来这有关乎我的私人隐私，不需要向公众公开。但是既然媒体如此厚爱，我也只好开诚布公了！”他转过脸来看着周静萱，“周静萱小姐在工作上是我的得力拍档，工作之余我们也是和常人无异的恋人关系。”

显然这么直白坦率的回答出乎所有人的意料，一般这样的场合总是会被“无可奉告”这样的词汇敷衍过去，而江景耀坐拥整个江氏集团的财富和江家深厚的背景，居然一点都不避讳，让人太意外了！于是闪光灯一时间闪得周静萱眼前如同白昼一般。江景耀贴心地用肘部为她挡去刺眼的光线，示意远处的保安过来疏散出一条通道出来，两人这才得以松一口气。

哪曾想还是有一心要追得头条新闻的文字记者跑上前来：“请问江总会娶得美人进江家吗？据我所知，周小姐已经年近三十且离异过，这样的经历是否能为江氏家族所接受？”

江景耀明显不悦了起来，眼神凛冽：“我和周小姐婚礼举办之日一定会摆宴席招待各位，现在我们时间有限，恕不奉陪！”

那个记者刚刚看到别的同行发问，江景耀极其坦诚地回应，还以为今天撞大运遇上千载难逢的机会，可以逮到一条堪比黄金的八卦新闻，谁知还是碰了一鼻子灰。江景耀满脸的冰霜，牵过周静萱就扬长而去。随即就有一干江氏的保安上来清场。

江景晖立在大堂的二楼看着方才人头济济的场面一下子恢复冷清，不免有些扫兴。

手机铃声响起，他看了看，不由得一笑，难得他这个弟弟也会发急。

“什么事？”江景晖一脸的闲适。

“我们谈谈！”一点都不是商量的口气，完全是居高临下不容反驳，江景晖怀疑自己听错了！

“给你五分钟，楼顶平台见！”

等那边挂断，江景晖才觉出自己太阳穴这边突突地跳得生疼。他居然一点都没把自己这个大哥放在眼里，全然忘记了当初是谁拼死拼活创下这份基业交到他手里的。真是个白眼狼！他愤愤地扣上手机滑盖，薄唇紧抿，一路行来面色阴沉得没人敢上前打招呼。

那天兄弟两个在楼顶的天台到底谈了什么，没有人知道。只晓得江景晖下来之后就让自己的助理订了回美国的机票。小赵进来笑嘻嘻地向周静薏通风报信时，她也是一愣。江景晖其实是一个很专制顽固的人，短时间内能让他改变主意不在国内诋损江氏，应该是一个很特别的理由吧？

周静薏很好奇，但还是保持了缄默。那毕竟是他们的家事，兄弟两个都有着堪怜的身世，他们之间的感情绝不是外人所能揣度的那么简单。

而她自己，到今时今日才真正明了，和江景耀在一起必须具备怎样的心理素质。现在想来那些大家闺秀、豪门贵妇果真不是一般人可以担当的。在那个众人艳羡的位子上，就得做好准备被人抄家底一般细数前尘往事的准备。她知道江景耀后来发怒是为了什么，但那是事实不是吗？嫁入豪门她没想过，两情相悦地走下去，直至百年好合这个却是她憧憬过的。

可是今天，她看清了一个不容漠视的事实：和他在一起注定了不会是一帆风顺的！

没等董事会从各家媒体的报道里反应过来，江景耀就把她派去了深圳出差。

集团有个收购百货公司的项目在和深圳方面谈，意向已经达成，现在就是一些资源上的调配和员工的合理安置等问题的协商。江景耀让她去，倒也不完全是为了让她躲开集团高层在两人恋情公开后的责难。这个收购项目在一开始她就经手过，一些具体的情况也比较熟悉，相对李禄而言，周静薏更为合适一些。加上周静薏看过整套材料后，早已胸有成竹，游刃有余。

“事情处理好就早点订机票回来！”临走的时候，他还不忘叮嘱她。

“在这个风口浪尖的时候，我这个女主角不是该避走天涯，等这厢风平浪静了才能回来吗？”她扬起脸，故意拿话逗他，听得江景耀哭笑不得，揽在她腰际的手骤然紧了一紧。怕痒的她忍不住咯咯笑着弯下腰：“我只是在想，等回来的时候，是不是一份劝退信在桌上啊？”她半是认真半是玩笑的口吻。

“不会的。”他脸上很是淡定。

莫非他要冒天下之大不韪？周静薏眼眸里流露着不解，走到入闸口还依依不舍地望着他。深色的细纹衬衣，黑色笔直的西裤，清爽的鬓角，俊朗坚毅的脸庞，浑身上下明明没有不菲的行头，却依然透着与众不同的卓然。

“好了，再看，飞机就起飞了！”江景耀微微一笑，伸手把她往前一推。

“好，那我进去了！”本来就是想掩人耳目，所以周静薏和其他人分了两个航班飞。这会儿身边都是行色匆匆的旅客，两人不舍的表情溢于言表。但是再不舍也得去啊，虽然最后还是会无奈离职，可是在其位一天也还是要谋其职一日的。

等到上了飞机要关掉手机的时候，才发现他发来一条短信：“考虑下离职也不错，家里正好缺个女主人！”

她想也没想，直接回复了两个字：“少来！”

这要算是求婚也太那个了！

到得深圳，那边分公司的负责人早就听说这位气质沉静的总裁助理可能是未来的总裁夫人，所以各方面安排得很是细心周到。偏偏周静薏并不领情，隔天就从总统套房里搬了出来，在前台换成了行政套间。

下边人小心翼翼地来询问哪里照顾不周的时候，她淡淡地笑了笑：“公司有对应的级别待遇，你们进公司的第一天就应该培训过！”

语调不卑不亢的，可是分量却足够重得让几位深圳这边的负责人有点难消化。她在深圳的那一周，底下一拨人连大气都不敢出，和永泰百货那边的谈判商洽也更是谨慎起来。

等到项目谈妥，她看了看自己的港澳通行证，看到那上边的香港签注还在有效期内，就和分公司负责后勤的总务张倩说推迟一天飞A市。张倩也不敢问她这一天在深圳是什么打算，万一是要微服私访下公司旗下的几处工程或是实业呢？

周静薏自己倒是浑然不觉底下人的小心思，第二天一早就从罗湖过了关，往香港尖沙咀那边，转了海港城和DFS。熙熙攘攘的人群里，到处可见步履如飞，而她倒偷得浮生半日闲，悠然地穿梭在各品牌名店间。

她根本没想到会在这里遇见熟人。擦身而过时她浑然不觉，若不是穆言立定脚步定定地望着她，而后轻呼出她的名字，她怎么都不会想到在这里与他久别重逢。

人生四大喜事，其中一件就是他乡遇故知。可周静薏心中分明没有喜出望外般的欣愉，有的只是淡淡的伤感和些许的意外。一晃六年未见，辗转风雨过后，那些青涩的记忆已经如水墨画一般似梦似幻。

可穆言却着实有些兴奋，抓着她的胳膊，眼眸里闪烁着难以形容的光辉。“静薏，怎么会这么巧呢？在香港遇见你，真是太有缘分了！”这句话，从他在麽地道的街口认出她到两人在半岛酒店的咖啡吧坐定，他来回说了不下五遍。

周静薏不是不觉得巧，只是把这大而化之地和缘分二字牵扯在一起，她是没想过！和穆言早在六年前就已经结束了！她静静地坐在那里，听穆言说这些年的际遇，他向来是命运的幸运儿，事业、婚姻都一帆风顺。然而穆言还是言语间透着惋惜：“我心里最放不下的还是你！”

得不到的总是最好的！

周静萱轻轻地笑着，小巧的鼻子微微皱起，神情里透着俏皮。不知道为什么，她想起蔡恒的话来："所有的富家公子都是一样的秉性，越是不被人待见，越是想去争取。你要是一开始就从了我，恐怕我也没那份心思了！"

他的话其实很真。蔡恒和那些风流纨绔子弟最大的不同就在于此，他待人都是真的。只是他最后看清的时候已经太迟了！

"你结婚了吗？"穆言很是小心地询问着，其实他已经扫过她的左手，上面光润细滑，没有一点戒痕。

她看着穆言一脸期盼的样子，不想惹麻烦上身，于是索性谎称自己已经结婚。毕竟她是结过婚，只是结果又离了婚。可对着穆言说前半句就好了吧？

穆言狐疑地再三审视她："结了？"

她笑得很坦然："当然。"

"你幸福吗？"问完，他自己也失笑起来，不用多此一问的。她依旧是那般清丽雅致，面容光洁，淡淡的笑容里透着莹莹的光泽，那种东西应该叫做幸福吧！

周母打来电话时，正好她和穆言告别后坐上的士，穆言就那么惆怅地看着红色的的士载着她远去，也许从此一别后再也不会相遇了，人生的初恋美好却难以成就一段圆满，他努力过，最后却还是放弃。她说她结婚了，很幸福，他宁愿相信是真的。

"小萱，你还在香港吗？"周母的声音里透着笑意，似乎心情很愉悦的样子。

周静萱有些奇怪："妈，你什么事儿那么开心？"

"你抓紧回来啊，有好事等着你呢！"母亲说得神乎其神地。

好事？这些年她所遇到的好事都是靠自己努力打拼来的，何尝有过天上掉馅饼的好事啊！妈妈就是会夸大其词！

“什么好事？先透个底吧！”

“有个好对象，条件模样人品家世都很不错，你保证喜欢！”想到未来女婿，周母乐得嘴巴都合不拢。

周静薏一听就头大了：“妈，我在香港呢，国际长途，先不说了！”

她实在搞不懂，为什么皇帝不急太监急？在父母心目中，把自己嫁出去了就算省却一桩心事了吗？虽说可怜天下父母心，但是总把自己摆到砧板上任人摆布，周静薏不免有些懊恼。

这次又是哪个阿姨给介绍的什么人？自己和江景耀的事情估摸着已经在A市传开了吧，怎么还会有介绍相亲呢？莫非那些搞牵线的阿姨不看报不关心电视节目吗？

周静薏只好在心底里叹气，这次得和江景耀商量着怎么向她父母和盘托出，不然再来一次相亲被他撞到，可没那么好说话了吧？

好像是因着她的主动坦白，江景耀在听到她说母亲让她去相亲时，竟然一脸的笑意。

“去，干嘛不去？”他居然还这么说。

她吃不准这是真叫她去呢，还是故意逗她，摇了摇头：“不想去。”

“为什么？”他饶有兴趣地追问，“是做什么的，个人情况如何？”

周静薏心里微微一酸：“你真要我去相亲？”

这才刚刚公开两人的关系不久，他居然变得这么大方地让她和别人去相亲。那会儿还为她瞒着他去见那医生生了好大的气，这会儿简直就是一百八十度转变啊！难道他就这么把感情不当一回事？如果这是对她的考验，那只会让她更加生气。

江景耀双手抱在胸前，一本正经地注视着周静薏，眉宇间细微的变化早被他收进眼底：“只是吧，你母亲都安排好了，好歹你也尊重下老人家。去见一面就见一面了！”

他说得轻巧，不知道她要面对那些陌生人时的复杂感受。周静薏心里很不舒服，不过她强忍住那潮潮的情绪，生怕一不小心湿了眼角。

“好吧，那我去！明晚公司的任何应酬都不参加了，我得用心对待这次相亲。”即便她说得再平静，话里话外还是流露着赌气的意味。

江景耀如墨的眸子里掠过一抹明亮的光泽，低下头浅笑着：“也许，和你想得不一样呢！”

能有什么不一样？周静薏瘪嘴，之前看过的几个都是话不投机半句多，要么就是被她的外表吸引，要么就一个劲儿地追问她的收入、工作福利等。

想到又要面对这么一次，她打心眼儿里觉得腻味。

所以那天去见面的时候，她基本就是很随意的打扮。扎了一个马尾，连妆都没化就出门了。去到蓝山，有侍者迎上来，听她说自己姓周，就把她带到了一间极雅致的包间，那人居然还没有到。

她也不着急，一个人坐下来，闲闲地喝茶。心里却是在盘算着：最好堵车什么来不了，这样回去就可以向母亲交代了！

门外传来轻微的对话，那一声“唔”惊得她心跳漏了半拍。江景耀？不会吧！

周静薏就这么呆呆地看着门被轻轻推开，那个熟悉的身影不是江景耀又能是谁？

她眼睛瞪得老大，满脸讶异，心头掠过一丝惊慌，好似做了坏事被他逮个正着一般，脸上泛起不自然的红晕。

他含着笑看着她这副表情，很是消受的样子，一步步地踱到她面前：“周小姐，我可以坐下吗？”

“你怎么来了？”此时的她有满腹的疑问，他怎么知道自己在蓝山约了那位刘先生？时间地点都丝毫不差，这到底是弄得哪一出？

“刘★★，某IT网站CEO，海归，单身未婚。”江景耀不慌不忙地道来，那些情况都是周母给静薏物色的那个相亲对象的。周静薏听着听着就有点明白了：“你把那个人赶跑了？”

这其实不算坏事，反而让她一下子轻松起来，不用再面对一个陌生人去撕开自己的过去和情感了！不过他这样把自己看得紧紧的，也不是好兆头！

想到这里，她有些气鼓鼓的。

他却闲闲地往椅背上一靠："你不是要盛装来相亲么？"

"本来是的，不过想想也许人家刘先生就是喜欢自然的素颜也不一定！"周静薏毫不客气地还击。心里念叨着：小心眼儿的家伙，还记着自己昨天下午的那句话啊！

江景耀蓦然笑起，神色粲然："刘先生是不是喜欢素颜自然我不知道，不过这倒是对我的胃口！好了，不要等了，没有刘先生，今天你相亲的人其实就是我！"

一语惊人！周静薏回过神来就顺手拎起身边的靠枕扔了过去："过分！你竟然耍我！"

靠枕被他稳稳地接在手中："很惊喜吧？"

惊喜？周静薏别过头去，说惊吓还恰当一些！什么时候他和妈妈见过面了，还达成了统一战线？

"在你去深圳的时候，我去看望了你父母。挺好的老人啊，我们相叙甚欢，正好有人说要给你介绍对象，我就向你妈妈毛遂自荐了。怎么，还在生气没事先告诉你？"江景耀难掩笑意，娓娓道来，见她仍是一脸的负气，不由得剑眉微挑。

周静薏知道他这样的用心，自己没什么好指责他的。但是，但是他总是这样让自己一惊一乍地，就让人有些郁闷起来。为什么自己就这么被他拿捏得死死的，而自己却经常猜不透他的心思？

"以后，凡事先和我商量下，打个招呼好吧？"她抿了抿嘴唇，未施脂粉的脸庞上神色郑重。

"好，我答应你！"江景耀笑着颔首。

后来回去的路上，她还是憋不住问他："我爸妈对你什么态度？"

其实，不难想象的。周母一直希望的乘龙快婿不就是这样的？相貌堂堂，知分寸懂进退，还有丰厚的身家。较之曾经相过的几个对象，江景耀就如同当午的艳阳一般耀眼，妈妈能不喜出望外吗？那些优越的条件，老人家怎么就那么在乎？

江景耀用如墨一般的眸子看了看她，意味深长地：“俗话说得好，丈母娘看女婿，越看越喜欢！”她听了，低低地“呸”了一声：“谁承认你了！”

他笑而不语。

那晚送她回家，临走的时候，他沉吟了一下：“这几天就搬过来吧？还有找个周末我们和老人家一起吃个饭！”

搬过去和他同住的事情，他已经提过好几次了，但每次都被周静萱一口否决。也不知怎的，她总觉得挺不自然。那会儿两人还互相看不对眼的时候，他向她拿回钥匙的滋味，周静萱可记得呢！这会儿虽说两人关系非比寻常了，可是要真的同在一个屋檐下住，她还没想好！

“再说吧！”她一边往外送他，一边敷衍着他。这下江景耀可不依不饶了，一双闪亮的眸子灼热地盯紧了她，一个俯身就吻住了她。

滚烫而缠绵的气息缠绕着她，像一张看不到尽头的网，让她再难挣扎。嘴里“唔唔”地喘息着，反而像是更进一步的邀请。他指腹的温度出奇的烫，像一团小小的火焰，隔着她薄薄的衣衫，将她的肌肤一点点地燃烧起来。

那种感觉很奇妙，两人都浑然忘我地紧拥住对方，周静萱温暖而柔韧的身体是那般诱人，差点令江景耀难以自持。在令人窒息的长吻过后，他暗哑着声音说：“我爱你！”

那三个字，还是令她的身子微微战栗了几下。不是第一次听得这样的告白，但这样地直扣心扉却是第一次！

见她微怔的表情，他了然地笑了笑，轻轻吻了吻她的额头：“就明天搬，好吗？”

“明天？”她惊呼一声。

“每天送你回来再离开的感觉，你不知道，太让人煎熬了！”他不由得叹息，手指轻抚过她柔软的长发，“只要有你在身边，即便只是遥遥地看着你，心里就特别的满足！”

这样的话，连他自己都觉得不可思议。这些煽情的话居然出自他江景耀的口中！然而，看着怀里的她，即便是心律失常，也是满心欢喜的。

周静薏直到他彻底离开，迈巴赫消失在楼下的灯影里，整个人还是晕晕乎乎地。大脑像是充了血一般地发胀，心扑扑地像揣了只不安分的小兔子，一股难以名状的愉快情绪在心间慢慢绽放开来。此时，如果有人问她幸福是什么？她一定会毫不犹豫地回答：幸福，就是这样的一种感觉！无法形容，却真实存在！

至于到底答没答应江景耀搬去两人同住，她也记不得了。反正第二天，江景耀忙着去视察一个工地，她也乐得当他什么都没说过。

下午去市里参加完一个会议出来，周静薏在行政中心迎面遇上了刚结束采访工作的杨沫。两人已经有好多天没有见面和联络了，尤其是杨沫悄无声息地搬走之后，她心里多少有些不舒服，这么多年的好朋友好姐妹，有什么不能开诚布公地说出来呢？即便是对自己有意见，也不用这样地回避自己吧！

但是这样猝不及防的相遇，杨沫显然也是没有任何地准备，两人稍稍尴尬了几秒后，周静薏朝她微微笑了笑：“在采访啊？”

杨沫看了看周静薏，果然是如外界所言，一脸的容光焕发，一看就知道是被幸福滋润着的！她心底里微微刺痛了下，想起后来朱宜兰曾经劝告自己的话，与其藏着掖着，回避自己最好的姐妹，不如都摊开来说明白，能双方释怀最好，不能的话，自己也舒坦一些。这样想着，她也抱以甜甜地一笑：“静薏，正巧我刚结束采访，有没有时间，我们坐下来喝点东西？”

“当然好啊！”周静薏很是爽快地答应了。

“我喜欢江景耀！”坐下来之后，杨沫的第一句话就有些令人震惊。

周静薏敛了敛心神，脸色又恢复了平静：“然后呢？”

杨沫捕捉着她脸上的每一个表情，见她仍是神色淡淡的，不由得有些不甘心：“你就一点都不生气？不生我的气？”

有什么气好生？周静薏摇了摇头，江景耀那么耀眼，自然会吸引很多艳羡的目光，被人欣赏或是喜欢是再自然不过的事情。只是杨沫，我们是好朋友，你的心思未免也藏得太好！她想起江景耀初向自己表白时，杨沫为自己欢呼雀跃深夜叨扰朱宜兰的情景，仿佛就是昨日一般。

周静薏轻轻叹了一口气：“你就是为了这事儿所以才悄悄地搬走？”

杨沫点头，又急忙摇头：“你能原谅我吗？其实我做了违背我们情谊的事情！”

她的话就是一把锤子，重重地敲击在周静薏的心头，强自镇定着听杨沫把一切絮絮说来。

“他那么优秀，第一次见他，我就忍不住叹息为什么他眼里看到的不是我？静薏，真的，那时我有点嫉妒，可冷静下来也是真心为你感到欣慰。等了那么久，你终于有个人可以懂你、疼你、保护你了！可是你知道不知道，那些夜里我是怎么过来的？像是有两个我在脑海里打架，理智告诉我不能把这种情感表露出来，可是我真的控制不住。”

杨沫嘴角泛起一丝苦笑，她真的有去努力，可是越压抑就越会去想他的清俊翩然，从容有度。

“你那时一直没有接受他，于是我就在想，也许蔡恒更适合你，如果你和蔡恒走在了一起，那么我就可以去争取一下江景耀，我也想有个人用那样的深情对待自己！”她的声音越说越黯然。

周静薏皱起眉头，清冷的声音打断了她：“可是，我始终都是拒绝蔡恒的！”

“是的，我也看出来了！后来你和他越走越近，我就忍不住……”杨沫口中的他，自然指的是江景耀，周静萱静候着她的下文，她到底忍不住做了什么？

是向江景耀表白了，还是发生了更进一步的事情？联想起那些杨沫酒醉后拍下的照片，现在她才明白江景晖拿这些照片给自己，并非完全是无中生有。杨沫果然有不为人知的事情瞒着自己，偏巧被江景晖利用了！

杨沫小心地看着周静萱的面色，斟酌着自己的一字一句：“我只是发短信给他，让他知道我对他的感觉。别的，我真的没做过！”只是这些就令她深陷在背叛和羞愧之中，所以才会在那次酒醉之后，无法承受内心的折磨，悄悄搬离。

好友深深地恋上自己的男友，周静萱觉得难以呼吸。深呼吸了下，她凛然发问：“那你今天告诉我这些，是打算如何呢？”

杨沫凄然一笑：“我最近心里一直很难过，很早就想向你坦白，但是又怕你不能原谅我。其实，他一开始就婉拒我的。后来做完访谈节目，他更是明确地拒绝了我！”

他什么都知道，什么都看得那么明白！周静萱心里一酸，自己是该庆幸吧！他一定是为了不让自己难过，所以才暗中委婉地拒绝了杨沫吧！他一定不会想到，会有一天杨沫会经受不住内心的拷打，自己跑来告诉她一切。有些震惊，有些意外，也有些憾然，为那么多年的姐妹情谊！可心头更多的是感激，感激他给予自己的纯粹、美好！

“杨沫。”她轻声唤了她一声，“说出来就放下吧！”

杨沫忽然哽咽了，眼眶潮湿：“静萱，看到你们现在那么幸福，我真的很庆幸自己没有再执迷下去！”

周静萱起身扶住杨沫微微颤抖的双肩：“你也会有自己的幸福的！会来的！”是啊，记得是哪一个名家说过，想要得到幸福，就得先把自己变得足够的好。你只有先让自己成为最自信、最快乐、最有魅力的女人，好男人才会自然而然地到来！

而她，周静萱，没有足够的好，但是却有着足够的幸运！所以杨沫在一开始才会不甘，才会去希冀那本不属于她的情感。周静萱禁不住喟叹起来。

和江景耀说起下午遇见杨沫，他略略一愣，随即恢复平静。

“她是你的多年好友，如果可以，我实在不想让你知道。”

“我明白！”她是真的明白了当时他为什么会那样处理。原来都是为了自己，还有杨沫！和杨沫二十年的友情，在自己心里的分量是和亲情一样的。她看得很重，舍不得有朝一日灰飞烟灭，但是经历过这样的一段心路历程，她和杨沫还能回到从前的姐妹情深、亲密无间吗？

这个，恐怕连周静萱自己都无法给出答案，只能留待时间去见证了！

没容她多感慨，江景耀已经伸手替她关上电脑：“走吧，下班了！”

两个人说话没顾上看时间，她低头看表，原来已经七点了！江景耀做出一副饥肠辘辘的样子：“快点，还得买菜回去烧呢！”

“太晚了，再去买菜自己做，那要等到什么时候才有得吃？”周静萱摇头，一边拿了拎包，想了想，“上次吃过一家海鲜粥，挺不错的，要不？”

他已经打断她的话：“回家自己做，难得我家这是第一次开伙哦，算是处女烧吧！”

“啊，去你家做饭？”

“怎么？你又不是没去过？”他一脸的理所当然。

去当然是去过，不过换了个身份之后她今天可算是头一次去啊！昨晚到底答没答应他搬？周静萱的脑子里一片混乱。

忽然手心里滑入一枚凉凉的物件，摊开来一看，那枚黄澄澄的钥匙赫然映入眼帘。

“给我这个干吗？”周静萱想起那会儿他向自己讨回钥匙时的情景，下意识地就想把钥匙推还给他。没有这么顺当的事情吧！

"这个，已经禀明过你爸妈了！你要是不要，那现在回去和他们说明理由，好吗？"他立在她面前，脸上的笑容略带玩味。

她就知道，他一准把爸妈哄得服服帖帖的了！天呐，自己还是他们的亲生女儿吗？哪有这么急着把女儿往人家里送的啊！

江景耀猜到她要别扭，忙用胳膊圈住她的身体，轻刮了一下她的鼻尖："那不是最近治安不是很好，你一个人住始终是让人心生牵挂！"

近来他的话越来越动听，总是能把她绷紧的脸逗出笑容来。她眨了眨眼睛："去住可以，不过不能那个！"

"哪个？"他装傻。

"啊呀，就是那个嘛！"

"什么那个那个啊？"江景耀竭力忍住笑，低低地凑在她耳边问。

周静薏的脸轻轻贴住他，柔软的嘴唇滑过他笔挺的鼻梁，最后落在他唇边。两个人离得那样的近，彼此在对方的眼睛中都看到了自己。她阖上双眼，用温润的唇轻轻吻住他，喑哑着声音对他说："那个，我们慢慢再说好吧？"

江景耀的背绷得很紧，这是她第一次主动吻他。那种感觉就像是被微弱的电流贯穿全身，温暖酥麻，感觉美好得难以形容。他还能说什么呢？除了点头之外，他再不作他想。

"今天就搬过去吧？"

周静薏低呼起来："我都还没整理东西呢？"

"还要整理什么？"他倒是敛神望着她，似笑非笑却又带着毋庸置疑的语气，"我那里还会缺什么？"

可是，她心想，总还有自己平日里用惯了的洗漱用品和衣物吧？

江景耀低低地在她耳边道："早就给你准备好了，就缺你这个人了！"言罢，也不管她绯红了双颊，揽过她就推门出去。迎面是外面大厅和走廊明亮而安静的灯光，周静薏一下子变得安静了，那只扶在腰际的手这一刻传递过来的感觉是这般的安心和踏实。她转脸看了看他，正对上他的目光，两个人相视而笑。

他那边请的私人管家真是细心负责。周静萱以前只知道江景耀这里的饮食起居都是由这位朱姓的女管家一手打点得一丝不苟的，从没让江景耀挑过什么毛病，不过，等到了自己那一间房间，还有浴室，仔细一看，不由得佩服她的过人目力。这位管家仅仅见过自己数次，就能把自己的起居衣物，甚至贴身的那些都准备得非常合适。

“怎么样？都还合用吧？” 江景耀靠在她房间门口问。他刚洗完澡，身上散发着清爽的气息，发丝上略略湿漉着，英俊的侧面映着她房内暖煦的灯光，越发地俊美温柔。

“替我谢谢朱管家，衣服都很合身。还有那些洗浴的，都是我喜欢的牌子呢！”她由衷地说。

他眼里闪过一抹笑意：“好，不过只是口头谢谢不够诚意呢！”

“哦？”她诧异地回过脸来看他，却见他转过身进去书房了。看来，晚上他又要做事了！

那晚临睡前，周静萱对着门锁有点迟疑。她的房间和江景耀的格局类似，都是朝南的大间，装修的风格都是简约大气的，只是她这间换了温馨的床品和落地长窗的帘子，显得舒适又雅致，和她自己家的很相似。

江景耀果然没有流露过要更进一步的想法，一切似乎都是她的多虑，他和她目前只是同居不同房而已，那么这门晚上还需要反锁吗？家里只有他和她两个人而已，管家和钟点工都是早上才会来。她抚着门把想了又想，最后还是虚掩上房门，门锁始终没有按下去。

这一夜，晚风轻轻，枕着清香松软的枕头，她安然入睡。

等到第二天清早醒来，竟然发觉自己一夜无梦，难得的好精神。早餐的时候，大概是怕她害羞或是不自在，管家和钟点工都不在跟前。餐桌上只有江景耀和她两人，他轻轻递过一杯温热的牛奶：“刚刚我又去热了下。”

她“嗯”了一声应着，然后安静地吃着鸡蛋、吐司，还有水果沙拉。

“明天是周六，几个朋友有个聚会，陪我去，好吗？”

“好，是蔡恒他们？”她无心地问道。

“不错，你也知道，我回国后，也就他们那帮发小了！”江景耀也并不在意她提及蔡恒，还是笑着回应她。

这次是郑辛出面召集的聚会，他们那批发小出人意料地悉数到齐。宋子涵是回国后第一次和他们相聚，因此显得格外兴奋。程渝文有些看不过去地拍拍他的肩：“小子，怎么感觉你重回人间似的？”

“那当然，这一班哥们儿我可是好几年没一起遇上过了！嗯，那妞不错啊！”宋子涵指着不远处穿一件印花束腰衬衣，显得格外青春妖娆的莫心妍，不由得眉飞色舞起来。

程渝文笑了笑：“那是我表妹，莫心妍。还记得吗？小时候总跟着我们的。”

“啊，记起来了，没心眼儿啊！”宋子涵爽朗大笑。看上去挺对自己心意的嘛！没想到当年不起眼的小屁孩儿，现在出落得这么水灵漂亮了！

“不过……”程渝文卖了个关子。

“怎么了？有主了？”

“嘿嘿，差不多！”

“是什么人？”宋子涵有点儿好奇。

“自己看去！”

程渝文这时已经看到江景耀挽着周静薏步入花园来，这小子，可真有他的！此时，郑辛也看到了他俩，眼角的余光也在扫蔡恒的所在。旁人不晓得，可程渝文和郑辛清楚得很，这三个人之间，看来已经尘埃落定了！唉，可怜的蔡少，头一遭失恋的滋味不好受吧？

吃饭的时候，莫心妍抢着坐到了蔡恒边上，蔡恒淡淡地看了看她，什么话都没说。

宋子涵目光扫了几个来回，不由得轻搡了身侧的郑辛："景耀带来的女人，什么来历？"

郑辛头也不抬："正经路数，少问多吃。一会儿还有牌局。"

宋子涵闻言只得闭上嘴巴，虽然心里满是狐疑。

那盘芝士焗蜗牛端上来的时候，佣人给每人分小碟装了一人份，端到每个人的右手边。端给周静薏的时候，不知怎的，她突然一阵反胃，一股酸水直往上冒。江景耀看她脸色有异，刚想问她，就见她痛苦地捂着嘴起身，直奔洗手间。

一桌人面面相觑，在座的男人基本上都是见多了的，一瞬间都把目光聚在了江景耀身上。

"是不是有了？"宋子涵直愣愣地问江景耀，惹来郑辛他们一阵不屑，这还用说吗？

江景耀想笑，却笑不出来。有了？他倒是想啊！

"你们先吃，我去看看。"他把餐巾一收，准备起身。

莫心妍瞄了瞄一直不做声的蔡恒，忙站起来："景耀哥哥，还是我去看看吧！"她跑得很快，刚才周静薏几乎要呕吐出来的样子着实让人意外。她分明觉出蔡恒的身子轻轻颤动了几下，但等她看他时，他马上就回复了原先的不动声色。

等莫心妍和江景耀走开，这边大伙就窸窸窣窣地说开了。

"二少这速度挺快的啊？"

"别咋呼了，蔡恒在呢！"

"关阿蔡什么事啊？"宋子涵可听不明白了。

苏昱心里叹了口气，宋子涵啊宋子涵，你怎么对得起这副人模狗样的皮相啊！果然，蔡恒放下酒杯："我有事先走，你们慢用。"

大伙看着蔡恒一脸清冷地立起身，没有一丝犹豫地朝外走去，都傻掉了！郑辛白了宋子涵一眼，马上去追。

“蔡少，你这是弄得哪一出啊？才刚开吃就要走！”郑辛在客厅门口拦住蔡恒。

“真有事，刚想起来得应酬一个英国客户去！”蔡恒笑得很淡。

一边莫心妍和江景耀扶着一脸苍白的周静萱出来，蔡恒下意识地停住了脚步，嘴角动了一下，又极快地抿紧了。

“怎么样？还好吗？”郑辛关切地问江景耀。

江景耀摇了摇头：“她胃不舒服，我送她先去医院看看。”

“那也成。”郑辛看了看里面，“你们去吧，我和他们打招呼就行了！反正都是哥们儿，也不计较，还是去看病要紧！”

周静萱显然是很难受，头一直伏在江景耀的肩上，江景耀将她小心地扶进车里，扣上安全带。她努力挤出一个笑容给他：“我没事的。”

“嗯，知道。还是去看下医生比较放心。”江景耀拍了怕她的手背，语气沉稳。

刚给周静萱这边关上车门，蔡恒就叫住了他。

“你家那边知道她了没有？”蔡恒眼里没有一丝笑意。

江景耀点了点头。

“你别让她受委屈！”蔡恒这句话说得有点咬牙切齿，一字一顿的。

“知道。”江景耀皱了皱眉，眸色变得暗沉，“你放心，事在人为！”

蔡恒闻言，略有所思，却也不再说什么，立在庭院中就这么看着江景耀的车一路扬长而去。

周静萱怀孕的事情大伙都很好奇，还没等江景耀从医院回来，哥儿几个就急吼吼地打来电话。

“确定有了吧？几个月了啊？”

江景耀笑不出来，回头看了看还在诊疗室的周静萱，心里无端地觉得发慌。

要真是有了，该多好？自己怎么就那么笨！

“二少，怎么不说话？”这边苏昱、郑辛几人都有点摸不着头脑。

“没什么事儿，就是胃炎犯了，你们别惦记这事了！”恍过神来的江景耀镇定地断了他们几个人的臆想。

“什么，不是怀孕？二少你不是吧！”这边还在咋咋呼呼的，那头已经挂断了。

莫心妍也心心念念地惦记着这件事情，她知道指望程渝文去打听，那是基本没戏的，只能靠自己。想起那天蔡恒迎风伫立的萧瑟淡漠，小妮子心里很是心疼，也许他也想知道事情的答案吧。莫心妍心里有了一个主意。

“蔡恒哥哥，我正好在你楼下，等会儿想去看看静薏姐姐，你有空不？”她俏生生地立在博盛大楼的门厅处，冲着保安边扮鬼脸边和他打电话。

正在开会的蔡恒皱了下眉，抬眼看了TRCY一眼：“你去把她带到我办公室等我。”

TRCY略略猜到几分，也不觉得什么意外，悄悄地退了出去，掩上了会议室的大门。也就这么几个女子能让自己的上司着心，好久没有看到他有新的女友出现，难道就这样对周小姐动了真心不成？那恐怕要伤了两家公司的和气，现在可是合作的关键时期啊！TRCY心事重重地下来，看到大楼入口处莫心妍俏丽灵动的身影，忽然松了一口气。这样也好啊！

莫心妍在蔡恒办公室里等了没几分钟，就听到蔡恒的声音，在外边正关照下边人做事。她屏气凝神地听着他的每一句，抑扬顿挫，不容置疑，他真是值得自己去追求和守候的男人呢！

“去吃牛排好伐？王品台塑牛排？”莫心妍看着蔡恒慢条斯理地踱步进来，不由得有些紧张，努力表现出俏皮可爱的样子，询问着他的意思。

“不是说要去看静薏吗？”蔡恒不悦地反问。

莫心妍吐了吐舌头：“可我饿了！先去吃饭，好不好？”

蔡恒眼梢一挑：“你就这点儿心眼儿！”

被他识穿自己的小伎俩，莫心妍也不觉有什么不好意思，还是嘻嘻地笑着去搂蔡恒的胳膊。

蔡恒笑得慵懒：“都这么大了还撒娇？”说完双手插袋，径直出去，也不管身后的莫心妍是否跟上。出得门来，TRCY正好有文件要送来签：“蔡总，这个是等你回来再签还是？”

他目光匆匆掠过几页文件：“我先签了，等会儿你让律师再把把关。我下午有事，没什么要紧事别找我！”

“好。”TRCY看了眼莫心妍，点点头。

王品台塑牛排是蔡恒比较钟爱的，不过今天这顿吃来很是安静。穿戴讲究的侍应在一边细心服务，动作训练有素，态度亲和有礼，可是莫心妍却很难受。她的难受在于蔡恒从坐下来到现在，连句话都不曾说。等侍应生走开，她放下刀叉，刚准备说话，他伸过一只手来，用食指腹抹掉了她嘴角的浆汁。

一时间气氛有些暧昧，莫心妍直愣愣地睁着一双水汪汪的大眼睛，看着对面正襟危坐的蔡恒，风度翩翩，俊美如斯。

“心妍，坦白说，你很可爱。但是我只是把你当一个妹妹，换句话说，我们的关系不会再进一步！”蔡恒收回手指，轻轻用洁白的餐布擦了擦，神情不同往日那般的随性。

“以后也不可能吗？”到底是涉世未深的小女孩，直接就问了出来。

“静薏姐姐现在已经和景耀哥哥尘埃落定了，难道你就不能再等等我吗？”想是极为委屈，她忍不住嘟起小嘴喃喃自语起来。

蔡恒微微一笑，换上平日里一贯的戏谑：“小傻妞，即便没有她，还会有别人！你又不是不知道我是什么样的人！”

我怎么会不知道？但是总有一个人会让你停泊下来，牵绊一生。这一点，莫心妍一直坚信着，从未怀疑过。

“好了，别再想了！我最怕有人惦记着、等着我呢！那滋味，我不喜欢！”他说得平静，却听得莫心妍一阵心灰意冷。

现在才明白，那些女人为何不会死皮白脸地纠缠蔡恒了！在他眼里，那是最不屑一顾的。所以即便情海深陷，也不愿被他漠视了去！曾经以为自己会稍稍好过那些在他身边短暂停留过的女子，却不曾料到自己也是如此的惨淡！她垂下眼帘，晶莹的泪滴扑簌簌地跌落在裙摆上，沤出一片泪渍。

蔡恒眼尖，看到有侍应过来忙挥手让其下去，自己离席过来挨着她坐下，伸手揽过她靠在自己的肩头。

“今天哭过，以后可不能再哭了！”他的口气真的好像是哥哥对妹妹一般，莫心妍忍不住环住他的腰，将脸颊紧紧地贴在他胸前。蔡恒就这么僵坐着，任她抱住，在心里感叹：她倒可以向自己撒娇依恋，就此做个兄妹也好。可是自己呢，明明放不下的人，却不能再走近一步！

冷不防斜刺里闪进一人来，侍应远远地跑过来拦，没拦住。蔡恒冷眼打量着对方：“有事？”

来的人，赫然正是傅博。满脸怒气的他，脑门上青筋暴现。

“蔡总，是吧？”傅博满带嘲讽。

莫心妍惊慌地从蔡恒怀中转过脸来，看着眼前这个陌生男子，十分不解。

傅博上前一步，径自坐下：“你怎么对得起静薏？”言语里有难掩的沉痛和愤然。

蔡恒看了眼莫心妍，她马上识趣地挺直了身子，坐到边上。

“傅博？”蔡恒声音低沉地吐出对方的名字，“怎么，你现在还关心静薏的幸福？这倒是不多见啊！”

傅博脸色有几分难看，但是强自镇定着："她既然和你在一起了，你就不能在外面做这种事，她知道了会受不了的！"他说的时候，满脸的悲伤。

莫心妍惊呼一声："不是的，静薏姐姐不是和……"

话还未来得及说完就被蔡恒打断，转脸看了眼傅博："现在才懂得她，你是不是太晚了？"

傅博身体一颤，当然是太迟了！所以自己才想弥补，哪怕是微不足道的一点，他都愿意去做。

"你要是胆敢再有寻花问柳的事情，我一定不会放过你！"不知道傅博哪来的力气，突然立起来揪住蔡恒的衣领，一副发指眦裂的样子。

莫心妍扑过去扳他的手指，却被傅博用胳膊肘搡开："给我滚一边去！"

"不是的，蔡恒哥哥不是你说的，静薏姐姐也不是和他啦！"莫心妍急得直跳脚，怎么会有这种误会？

蔡恒嘴角勾起一抹淡笑，用手用力一挣，将傅博推出几步外："有我在，她肯定能得到幸福。记得我一句忠告。"他缓缓站起来，伸手牵过莫心妍，步伐从容地从傅博身边走过，"眼睛看到的，并不是真相的全部！何况从你放弃她的那天起，她的幸福快乐就由别人来负责了！"

说完这些，他丝毫没有迟疑地大步朝外走去，莫心妍被他牵住只得跌跌撞撞地跟着，手腕被蔡恒握得生疼也不敢叫出声，等到上了蔡恒的车，她才伸过另一只手轻轻抚着自己有些红肿的手腕。

蔡恒瞥了她一眼，禁不住笑了："我又不会吃人，干吗这么怕我！"

莫心妍摇摇头，她不是怕。刚才那一刻里两个男人的剑拔弩张，让她明白原来真的爱一个人是如此地不能退步！

"还去不去看静薏？要去的话，不能垮着这张脸啊。"

"知道了！"莫心妍听话地点头，只要他想做的，自己都会去做，只要他觉得快乐就好！

这是第二次去到江景耀在帝豪的家，蔡恒的心境真是难以名状。

周静萱遵照医嘱在阳台边的美人靠上侧卧休息，管家轻轻招呼蔡恒和莫心妍两人在客厅坐定，泡了上好的龙井上来。隔着几层的白色蕾丝纱帘，蔡恒还是瞥见了周静萱的脸，有点苍白。

“要不要给二少爷打电话？”管家彬彬有礼地询问。

“不用了，我也就上来看看，磨不过心妍这丫头！”蔡恒笑了笑，低头抿了一口茶，而后装作不经意地问：“周小姐的房间在哪里？怎么不进屋躺着？”

管家指了指左手边：“这一间。阳台上阳光好，周小姐今天想晒太阳，所以多躺了一会儿！”

蔡恒和莫心妍都把目光在偌大的房子里环视了几遍，心中基本有了答案：这两人竟然还分房住着呢！蔡恒真是不知道说什么好了，江景耀是不是脑子进水了？这么谦谦君子的做派早就不合时宜了！天知道江家老宅那边对周静萱会是什么态度，早点生米煮成熟饭才是良策，这个他到底懂不懂？

蔡恒想起来就恼火，脸色就不是很好。那边周静萱已经醒了，闲闲地走出阳台，看到客厅里的两人，不由得一惊：“你们怎么来了？”

“静萱姐姐，那天你不舒服大家都好担心呢！所以就派我们来看看你。”莫心妍上前得体的寒暄。

周静萱有点小感动：“不好意思，其实我挺好的呢！”

蔡恒站在那里，眉眼舒展，仿佛心情极好的样子，但神色间又隐有担忧。

趁他转身去接电话的当下，周静萱挽了莫心妍去露台说话。

“大家那天是不是挺扫兴的？”

“没有，其实吧，他们还挺高兴的，以为姐姐你怀孕了！”莫心妍露齿一笑。

周静萱尴尬了下："是胃炎，最近人比较疲劳，所以犯了。喔，也难怪他们会以为那个！"

莫心妍不以为意地笑着抓住她的手："静萱姐姐，你还是快点怀孕吧！景耀哥哥一定特别希望的。"

周静萱轻咳了几声："你这孩子……"

莫心妍别过头去："静萱姐姐，要知道只有你幸福了，有人才会放下心里的担子啊！"

周静萱胸口一闷，这话很明白不过，说的是蔡恒！

蔡恒边讲电话边走来："怎么这个号码？好，我来接你！这次住多久？好，挺好。我有个朋友，到时候介绍你认识，脾气估计和你投缘。"

蔡恒抬眼看着周静萱，这边说："你在出口处等我，最多二十分钟，我就到！"

挂上电话，他一脸的喜不自禁，莫心妍刚想开口问，他就冲周静萱嘻嘻笑来："有个朋友难得回来，我先去接，过两天带来你认识。"

"好啊，你先去忙！"周静萱被先前莫心妍的话语扰得心神不宁的，只得含笑点头送他们出门。

莫心妍这时却不傻，清澈的眼睛看向蔡恒："要么，我再陪静萱姐姐一会儿，你先忙？她很聪明，直觉告诉她：这必是一个女子，自己去反倒多有不便！

到了晚上，周静萱吃完饭和江景耀闲聊的时候，说起下午蔡恒和莫心妍来过。江景耀"哦"了一声，抬眼朝她看，听她继续说下去。

"后来接了个电话就急匆匆走了，心妍坐了十来分钟心神不安的样子，我觉得她可能也挺难受的。"周静萱伸手递给他一颗红提。

"你自己吃，不过量少点啊，小心胃嗝气！"他殷殷地关照着。

周静萱含笑着点头，这样的日子过得很安生，淡黄的灯光映得四下里一片柔和恬淡，有一种家的温暖。

“蔡恒还说过几天带个朋友来看我，说肯定和我投缘。”

江景耀凝神想了想，轻轻笑起来：“那个人啊！我想我已经知道是谁了！”

“是谁？”她挺好奇的，最近生活过得有点单纯，不必太刻意地掩饰内心的起伏，令她常常会流露出一点孩子气。比如会不自觉地好奇和江景耀有关的事情，还比如会小小地撒娇几回。

“那个人……”江景耀像是陷入对往事的思索之中，“气质倒是真的和你有三分相似！”

周静薏越发对这个神秘人感兴趣起来：“像我？快和我说说看！”

他突然忸怩起来：“是你今天说起我才想到，有那么一点相似。苏岩，是苏昱的姐姐！”

苏岩。这个名字在他们那个圈子里甚少提及，周静薏想到那个清瘦温和的苏昱，不由得对这个苏岩很是期待起来：“蔡恒和她走得很近？”

她的眉眼间散发出一种琉璃一般的光辉，江景耀看得心里一沉，其实苏岩也好，黎惠也好，都没有这样一份由内而外散发的恬淡自然。尤其是她在工作中流露的坚韧、从容，更是吸引他不自觉地靠近。

想起办公室案头那份要求周静薏自请离职的报告，江景耀心里不由得轻嘲起那班刻板的董事来。他又怎会让她仅仅做一个附属于自己，归于平淡的主妇呢？如果她想飞得更高，自己一定会给她创造条件，但前提是那根牵绊风筝的线不能断，得牢牢地掌握在自己手中。

“苏岩一直在北京，她攻读的是心理学，好像已经拿了博士学位。蔡恒常去北京，自然关系会熟一点。”

“噢，那你觉得他和苏岩，还有心妍，哪个更合适一些？”周静薏认真地问着。如果蔡恒可以有心仪的女子，那么自己和景耀都会松一口气了吧？想起每次见到蔡恒，她多少会有些抱歉，他那种掩藏在漫不经心里的沉痛和关切，她又怎么会看不出来？但是看出来又能怎样呢！

江景耀却已经立起身，双手环抱住她纤细的腰身，下颚抵住她的后颈，温热的气息一点点地吹拂着她的肌肤："缘分的事顺其自然。现在你还是想想，我们要不要顺其自然？"

他的声音的确足够暧昧魅惑，撩拨得周静萱心头一阵酥麻，身子竟不由自主地绵软下来，倒在他怀里，任他一路蜿蜒地轻吻过来，唇齿间如水般地泻出低低的喘息。这一刻，不需要回答是与不是，他便已知晓她内心的答案。胸中溢满了想要疼爱想要宠爱她一生的温柔，双手一托，将她整个人抱起，滚烫的胸膛贴着她娇羞如花的脸颊，身体里某一处地方正急剧地发生着变化。

江景耀疾步来到自己的卧室，一脚勾上房门 ，嘴里轻呼着周静萱的名字，周静萱下意识地应着，白皙如藕的胳膊紧紧地环绕着他的脖子。当身体触及那一床的柔软时，周静萱知道这是他和自己另一个幸福的开始!

"静萱，你准备好了没？"他的声音急促而暗哑，强抑住那汹涌的情欲。

她蜷起小腿，侧过身，仰起脸，轻轻地吻住他耳后最薄的那一处，将他的身体震颤到极点。他俊美的脸上闪现着越来越浓的笑意，像一团火苗喷薄而出，将两人紧紧缠绕，再也不忍分开。

那一夜，窗外清凉如水，而房内却春意旖旎。一夜缠绵，缱绻温柔，谁都不愿意先一刻松开对方的身体。江景耀感觉到怀中周静萱已经醒来，却不想放手，反倒是又紧了紧臂弯。周静萱倚在他胸前，吐气如兰："你该起来上班了！"

江景耀闻言一笑："哪有你这样的，用完了就弃之敝履？"见她挣扎着要恼，他更是大笑不止，"好了，难得偷得浮生半日闲，让我陪你半天不好吗？"

周静萱还未来得及反应是好还是不好，早已被他捉住唇瓣，再也说不出一句完整的话语，床笫间只有两个人低低的喘息和呻吟。

直到日上三竿，阳光透过细白的窗帘洒了一地，他才肯放她起来。抓过江景耀的衬衣遮在胸前，周静萱小心地挪移着身子，生怕一个趔趄在他面前一览无遗。江景耀半支着臂肘，嘴角挂着浓浓的笑意，昨晚半梦半醒之间，她可不是这个样子啊！想到这里，他脸上露出满足的笑容，稍一侧过身，露出一整个后背："这个怎么算？"

周静萱在浴室门口闻声回头，看到床褥间他那一背的斑驳抓痕，脸腾地红得跟烧起来一般，连忙逃进浴室扣上保险。隔着一道门江景耀听到她在里面嚷嚷着："正当防卫，不许伺机报复！"

江景耀一时间很有捶床的冲动，很久没有这么畅怀大笑过了！

周静萱因为胃炎的关系在家里休息了一周，而这一周江景耀也基本上推掉了所有的出差和晚上应酬，公司的事务一处理完就赶回来。两个人的日子过得无比惬意和甜蜜，江景耀还难得地陪她去看了一次《非诚勿扰》。

两个人打扮得很是低调，像普通情侣一般捧着可乐和爆米花和一众人在冷气甚足的放映厅里看电影。屏幕上葛优的台词精彩连篇，逗得周静萱咯咯直笑，尤其是车晓饰演的寡妇坐那里和葛优一唱一和，江景耀也忍不住轻笑起来。他是绝对不会让自己的女人不知道自己晚上住哪里的。有些悲剧在父母那里上演过就够了！他只会有一个家，有她的地方才能称之为家！

散场出来，有年轻的情侣在身后学着刚才银幕上车晓和葛优的对话："那事儿就那么有意思吗？"男的拖长了调子逗女朋友。

"有啊！"这一声模仿得很像，江景耀和周静萱都不约而同地转过头去，那对情侣也冲他俩一笑，那种轻松的情绪让两个人的笑容格外灿烂。及至那对情侣走远，还能看到那女孩频频回头，依稀听得她和男友说着："那男的真帅！"

人在巨大的幸福面前总是会忽略掉很多东西，尤其是女人！沉浸在炽热的爱意里的女人的智商据说只有平时的一半。

周静薏是在午休时去楼层的洗手间才知道这段时间里那些职员是如何评价自己的。

“真是好命啊，听说离婚没多久就被总裁看上了！”

“谁知道是不是她蓄意勾引的呢！她那个职位，出入总裁家里都是很方便的，随便找个机会就生米煮成熟饭了！”一个年纪不大的女声有些尖酸不屑地说着。

“唉，眼看着又少了一个钻石级别的金龟婿！”

“少做梦了，也不拿镜子照照你自己，凭什么就能钓上金龟？”

“不管怎么说，咱总是原装，那周静薏也不见得漂亮到哪里去，还是个二婚头！”

话音刚落，咔嗒一声，周静薏就推门出来，三个正在镜子面前补妆的女职员顿时大惊失色。都是其他高层所辖部门的内勤，周静薏淡淡地看了她们一眼：“谁能把刚才的话当面再说一遍？”

三人脸都白了，噤住声，收拾了化妆包，一个个慌不迭地逃出门去。周静薏立在偌大一面镜子面前，看着镜中的自己，再想想刚才那些不堪入耳的言论，心里不气是骗人的。她立在那里，用心地一遍遍打着泡沫洗着手，哗啦啦地流水冲刷着手上泡沫，直到心情渐渐平复，她才清落落地走出来。

回到办公室，就有秘书来告知，刚刚江景耀找过自己。

“晚上，蔡恒约我们吃饭，哦，还有苏岩！”江景耀坐在那里，一脸闲适。

她只是淡淡地应了一声，他却浑然不察，继续在那里说着：“刚刚我还问他了，苏岩怎么样，这小子难得没有打太极！”

“嗯？”她敛了敛心神听下去。

“他说和苏岩无话不谈。”

那倒是真的不错，周静薏微微一笑，能让蔡恒敞开心扉无话不谈的苏岩，应该是个很特别的女子吧！毕竟像蔡恒这样的人物不会随由任何人走进自己的内心世界的。

江景耀这才发觉她的表情有些淡淡的："怎么了？胃还是不舒服？"他上前握住她带着凉意的手，不由得蹙眉，"这么冷？"

她站在他身旁，感受着他的气息，这样的幸福能延续多久？那些世俗里的眼光自己可以不在乎，可是他和他的家人呢？

晚上的饭局是安排在A市最高档的粤菜馆——粤华阁。江老爷子一直盛赞他家的鲍鱼选料考究、原汁原色、味美鲜嫩，只要江家有重要的家宴，必是指定了粤华阁送鲍鱼的。

江景耀和周静萱居然是先到，偌大的包厢里精致的碗碟晃得人眼都花了。等蔡恒推门进来，周静萱方才看清他身边的这一位。中等的个子，气质娴雅，面容端庄，笑起来很是亲和。除了身材略微丰腴一些，别的倒也和蔡恒般配。

江景耀遥遥地和苏岩点了下头，苏岩朝他笑得舒展："几年不见，气色真不错！"

蔡恒在身后急急地抗议："这话你怎么从没说过我？"

苏岩并不理会他，朝周静萱伸出右手："你好，我是苏岩！"

周静萱亦是报以柔柔的一笑，伸手握住对方的手，掌心干燥而温暖，不似一般女子手心凉薄潮湿。她再次仔细打量了苏岩，果然没有高干子女的浮躁和傲气。服饰并不张扬，脖颈上一条铂金链子是唯一的饰物。真是挺难得的，周静萱心里忍不住给苏岩打了个高分！

蔡恒像是走出了以往有些低落的情绪，席间把酒言欢，好不轻松风趣。苏岩时不时地和江景耀两人聊上几句，饭桌上气氛融洽。周静萱因为胃不好的关系，所以只能吃些清淡的菜式，苏岩看着江景耀为周静萱盛着竹荪珍菌汤时的专注神态，不由得转脸朝蔡恒淡淡地笑。

偏偏蔡恒装作没看见，依旧说着他的冷笑话。

此时值班经理悄步走进，在江景耀身边附耳讲了几句，然后侧身候在一边等他的回话。

“什么事？”蔡恒挑着眉。

江景耀朝经理挥挥手：“和那边说一下，一会儿就过去！”

“好的。”经理得了这一句，长吁了一口气，忙不迭地退出去。

席间的三人都看着江景耀。只见他稍稍停顿了一下，看着周静萱：“我爸妈也在这里吃饭，稍后我们过去坐坐，如何？”

蔡恒闻言，执着酒杯的手轻轻一抖，苏岩在一边看了，恰到好处地拿起自己的杯子和他的轻碰了一下：“Cheers！”

这边酒还没入口，就听得周静萱很是随意地应了声“好”。蔡恒和苏岩四目对视了一下，低头将杯中酒一饮而尽，是酸涩还是呛辣，他已经没有一点感觉了！

江景耀眼神里闪过一抹清冽的光泽，伸手握住周静萱的手腕，指尖触及她柔滑的肌肤，清晰地传来一种坚定。周静萱含着笑扬起头，望着他俊朗的脸庞，表情俏皮：“怎么，怕我给你丢脸？”

江景耀眼角扫了扫蔡恒和苏岩两人，另一只手满是宠溺地捏捏她的下巴：“尽说些胡话！”

苏岩也是笑着揶揄：“丑媳妇都要见公婆的，何况静萱你又不丑！”

周静萱这下倒有些赧然了，还来不及和苏岩说什么，江景耀就拉她起身，一边朝蔡恒两人抱歉着：“你们先坐一会，我们去去就来！”

等两人的身影消失在门口，包厢内刹那间变得安静极了。苏岩深深地看了看蔡恒一眼：“你这情种啊！这下吃到痛了吧？”

蔡恒只能讪笑：“能不能高抬贵口啊？知道我心痛，还不安慰安慰我这颗受伤的心呐！”

苏岩轻声叹息：“你怎么和苏昱那么像！明明动了真心却自己不知，等到失去了才彻心彻肺的痛苦。”

“苏昱？”蔡恒像是陷入沉思之中，“他还在等？”

“你呢？还不想放弃？”苏岩懒得回答他的问题，直接刺中他的要害。

蔡恒连连求饶："岩岩，你就放过我吧！"

"还有没有长幼尊卑了，明明我比你大两岁！"

"得，大两岁怎么了？我还想姐弟恋呢！"

苏岩差点笑喷："人都不在，你装什么呢！"

周静薏其实和江家两老并不陌生，在公司几次重要的董事会上都接触过，但是以今天的这样的身份，她心里多少还是忐忑的。

江景耀沉稳地牵着她的手，亲手推开包厢的大门，里面的众人都将目光齐聚在他和周静薏身上，有打量，有疑惑。倒是江夫人先立起身来招呼："来了就好！"

早有侍应生加了两个位子和餐具，江夫人脸上和煦地笑着，过来挽了周静薏："来，来，坐我身边吧！景耀你坐周小姐隔壁，让我们女人好说说话！"

江景耀朝父亲那边看了一眼："爸爸，这是我女朋友周静薏。"

江老白发苍苍的头轻轻地颔首："好，都坐吧！"

周静薏心里一暖，也得体地朝两位老人倾了倾身子："伯父伯母好！"她笑得如水一般盈盈，也看得席间其他宾客眼前一亮，果然气质不输那些大家闺秀！

周静薏挨着江夫人坐下，侧面望去，看得出老太太保养得极好，六十出头的年纪看上去只有五十岁左右，肌肤白皙，仪态自若。

"没想到报上在传的景耀女朋友竟是周小姐？"江夫人朝她微微一笑。

"也好，总算看到这孩子也定下来了！"江夫人言语间似有无限感伤，周静薏知道那背后的故事。江夫人只是江景耀的姨妈，自他回到江家认祖归宗后，她倒是真的待他不错，毕竟自己没有亲生子女承欢膝下。

那天宴席结束回家，两人坐上车互相默默地看着对方，江景耀轻轻用手指抚弄着周静薏的秀发："放心吧，我爸妈还是很开明的！"

她没有答话，只是挨过去倚在他肩头，许多经受过的凉薄和轻视都在这一刻齐齐涌上心头，有一种酸涩几乎让她哽咽。她紧紧地抱着他精瘦的腰身，他是她生命中的第三个男人，却是第一个坚定执著始终不言放弃的男人！如果不是他那样的坚持，那样的守候，也许她就这样轻易错过了！想到这里，她眼眶里溢满了泪水。

因为两人都已见过双方家长，所以这段恋情也似是顺理成章了。江氏上下虽有各种传言，但两人同进同出，恩爱携手的画面早已在众人脑海里定格，人们接下来纷纷揣测的是两人能否修成正果。这天总裁办的小赵去餐厅吃饭就不幸被几个同期进江氏的同学拖住，盘问关于江景耀和周静薏的婚期。

"真的会结婚吗？听说周静薏都快三十了，还是离过婚的，总裁倒是真的不在乎？"

"是啊，听说江老和江夫人都不反对呢，这是什么好命啊？"

一般的言情戏码，灰姑娘被王子相中之后不是该有个恶婆婆出来，大喝一声，你们不可以！为什么到了这又老又淡漠的周静薏身上，故事就峰回路转，不走寻常路了？到底是什么缘故？好不容易逮到离事件男女主角距离最近的小赵，一帮女人都聚拢过来，目光炯炯地盯着她。

小赵无奈地笑笑："其实她看上去挺年轻的，没你们说得那么老，而且人也挺好的。"

谁信呢，就算保养得好不显老，那婚史是板上钉钉的吧？男方家里就一点都不嫌弃？众人都十分疑惑。

"具体什么的我也不怎么清楚，就觉得他们两个都挺在意对方的。尤其是总裁！"小赵抿嘴笑了，想起有次撞见江景耀经过周静薏办公室时静静伫立，眼神里流露出的柔情的情景，真是教人沉醉啊！

"看来真是命中注定的缘分啊！唉，怎么我前世就没修来这样的福气？”有人不禁嗟叹。

小赵心里也很羡慕周静萱，不过她晓得像周静萱这样品行出众的女子肯定会有一个好男人来心疼的，只是江景耀太好太出色了，总让人对他们爱情的结局心生惴惴。

也许生活并不是一成不变的世态炎凉，难得一见的童话故事还是让人精神振奋，也许下一个灰姑娘就是自己了吧！

周静萱不知道那份要求她自请离职的报告已经被江景耀批驳了回去，江景耀甚至修改了公司的内部规范，在原有禁止集团公司内部员工恋爱、结婚的条例后面加了个尾巴：集团高层领导不受此条约束，具体解释权由集团总裁办负责。

直到修正后的内部规范文本发下来，有总裁办的秘书在外面戏谑：“我们能做什么解释啊？还不是总裁自己说了算！”周静萱听得这话不是滋味，找了心腹小赵进来一问才明了，当下也是有些懊恼江景耀行事的霸道和张扬。

可是江景耀却不觉得，有些事情始终要公开的，现在敲那些人一下警钟也没什么。

“这是擅用职权，以权压人！”她悻悻地，现在晚上两个人已经很自然地同处一室了，可是身体一旦熟知了对方，灵魂却反而有些距离了。

江景耀目光掠过她漂亮的锁骨，俯下头就压了上来：“这样压行不行？”

她在他低低的笑声中红了脸，胳膊被他紧紧地握住，两个人就这样彼此注视着对方，在对方的眼里看见自己，仿佛这世界就只剩下他和她，只需要相爱就足够了！

周末江景耀和李禄飞去成都察看当地的一个援建项目，周静萱从机场回来就去了朱宜兰那边。好久没有见面，自从杨沫的事情之后她心里多少有了忌讳，所以有关她和江景耀的事情，朱宜兰都是从外界的传言里得知的。

不高兴归不高兴，朱宜兰还是理解周静萱的，不管怎么说只要她能得到幸福就好，朋友贵在心知，不必时时刻刻见面和吃饭的。

“有没有空？陪我逛会儿街？”周静萱看见店里有帮忙的阿姨在，就提议两人出去走走。

朱宜兰看了下时间，还不到两点，接轩轩的时间还有一会儿，也好，出去逛逛。

两个人去了时代广场，没一会儿各自手上就拎了好几个购物袋。坐在广场的露天咖啡吧里喝着鲜榨果汁，朱宜兰不由地感慨：“以前逛一天可能都买不了什么东西，凡事都要货比三家，一天下来说不定还回过头去买原先第一眼看中的那一件。现在好了，找准了牌子看了合适就刷卡，没一个小时就满载而归，你说这逛街是不是少了很多乐趣？”

是啊，那时她们还年轻，没有太多的积蓄，买什么都要思量下，可是那时候却真的很快乐。周静萱笑了笑：“感情的事情也有些相似。”

朱宜兰瞪了她一眼：“别人可以这么说，你不行！难道你现在没以前快乐？”

周静萱一时间不知道怎么说，她不是没以前快乐，只是人随着年龄的增长，对于要追求的那些事物总没有年轻时候那般勇气十足了，会患得患失，会瞻前顾后。

“不知道杨沫最近怎么样了？”她岔开话题问起杨沫。

“听说是和她们台里的一个后期在交往，希望这次她能好好对待吧！”朱宜兰一直觉得杨沫虽然有错，但是她也应该有自己的幸福，有时候幸福不是敲锣打鼓地来的，或许只是一场和风细雨，却会渗入人的内心，一切就看自己会不会把握了！

“你和老顾打算什么时候去办手续？”

“就是那么一张纸，有那么重要吗？”

“你也真是奇怪，人家都是女的要死要活地要去登记结婚，男的犹豫不决。你们倒好，老顾急得跟什么似的，连我这里他都拜托过两次了！”周静薏很有些为老顾打抱不平。

“其实……”朱宜兰欲言又止。

“怎么了？”

“我发现自己有点恐婚，心里还是有些阴影。”

周静薏沉默了，她也知道那些心理上的阴影会对一个人的生活产生多大的干扰，而且这个靠自己克服调整并不完全管用！

“找个心理医生咨询下，好吗？”她轻轻地劝慰着朱宜兰。

朱宜兰强笑着：“我又没病，看什么心理医生！”

“不是这么说的。”忽然周静薏眼前一亮，苏岩一身浅色的套装正微笑着站在两人面前。

“苏岩，你怎么在这里？”她有些欣喜，正好苏岩就是心理学方面的专家，真是太巧了！

苏岩朝两人笑着打了招呼：“刚刚在这附近有个诊所的讲座，结束了就过来歇一会。”

朱宜兰脸色稍稍有些不自然，抬起手腕看了看表：“静薏，我得先去接轩轩了，你们坐会儿，我先走了！”

周静薏见她执意要走，只得立起来送她。等回过来，苏岩把玩着手里的冰水：“你的朋友似乎在逃避什么？”

“有点，改天我想带她来和你聊聊，不知道你在A市待多久？”

“好啊，你带她来，到时候一起吃个便饭，我差不多还有一个月的时间在这里呢！”苏岩忽然正了正神色，“静薏，其实你有没有想过自己，也许也是需要一些心理方面的咨询？”

周静薏顿在那里，她一直以为自己掩饰得很好，一直以为过往的那些阴郁在现实的幸福里会慢慢消散，可是还是被苏岩一眼看出来了！

“呃，我也顺带？好啊，有没有折扣？”她装作不经意地戏语。

苏岩看着她的眼睛缓缓地道：“你爱景耀什么？有多爱？又或

者你知道他爱你什么？如果你们注定不能在一起，你还会继续这份爱吗？”

她脑子嗡的一声，一片空白，怔怔地望着苏岩，对方也一脸平静地注视着她。阳光下，周围绿茵环绕，可是为什么她觉得自己却身处在一个空洞而陌生的空间里？

CHAPTER 07

最遥远的距离

这世界太多相爱的人早已分开，却将错爱的陌生人拥入怀中。
爱情里的对或错，我们从来都是无力抗拒。

苏岩还坐在对面浅浅地笑着，周静薏却默然了。这些问题太犀利，直接就击中了她心底里隐隐的不安。

她爱他什么？爱他的执著专情，还是俊美的外表，亦或是显赫的背景和家世？还是说他只是出现在最恰当的时机，在自己最痛苦最需要情感慰藉的时候一点点地占据了她的内心？

他这样卓越的男子，又是因着怎样的情愫深爱上自己？走过那些百转千回，到现在收获这么一份令人艳羡的爱情，她知道自己太幸运，曾经她以为爱情已经不会再眷顾自己了！

临别的时候，苏岩将手伸过来："静薏，任何时候都欢迎你来找我！"

她有些感动，嗓子里像是堵了一团棉花，除了点头竟说不出一句话。苏岩了然地笑笑，盈盈转身离去。

之后的那几日，还是和往常一样的温馨甜蜜。周静薏也更加用心地去体贴照顾江景耀，抛开那些名利浮云，他只是爱她的男人！她只有去感知他的内心世界，去体会他的情感，让这份幸运的爱情更加久远绵长。

"静薏，晚上我们得回去吃饭。"

早上两人收拾停当预备出门的时候，江景耀浅笑着告诉她。那次和江家二老见面之后，江夫人也曾邀请过几次周静薏去江宅那边，江景耀每次都是推了所有应酬陪着她过去。不过老太太居然极为喜欢她，甚至吩咐厨房特别聘请了一位上海本帮厨师，只因为她爱吃浓油酱赤的上海菜。

今天去江宅有特别的事情，不过江景耀想给她惊喜。

“那要准备什么带过去吗？”周静薏边低头穿鞋，边问他。浅灰色的高跟鞋，是Ferragamo新一季的主打款。那天两人陪江夫人逛店时，江景耀叫人给她打包的，37码，是她的尺寸，他倒是对自己了如指掌了！

“不需要。”他笑得很灿烂，和外头的阳光一般，让人晕眩。

然而，公司里的气氛却有些不寻常。一大早就有人在办公室候着江景耀，周静薏认得是负责江氏中东油田购置计划的郑培民。对方面色凝重，江景耀和他闭门谈了许久。出来的时候，虽然脸上还是如常的表情，可是周静薏却看到了他眼神里的黯然。

消息封锁得很紧，整个江氏，除了江景耀本人以及财务和运营上的高管，就再没其他人知道到底发生了什么事。周静薏站在他们召开紧急会议的会议室门外，忧心忡忡。李禄出来取文件的时候拍了她肩头一下，惊得她一阵愕然，刚想张口询问，就被随后出来的江景耀拉进隔壁空无一人的会客室。

“很严重的事？”

“不是，你不要担心！”

她竭力在他脸上探究着，最后知道这是徒劳。他不想说的事情，没有人能强迫他！

“晚上六点，你等我！”

他匆匆开门出去，只留给她一个挺拔有力的背影。看着他和李禄一前一后步入会议室，周静薏右眼莫名地跳了好几下，希望真的如他所言，不是什么大事！

晚上在江宅，江老和江景耀从一回来就在书房里商量事情，江夫人笑着挽了周静萱，“走，不管他们父子俩，我们去花园看看。”

周静萱对江景耀的这位后妈一直心怀感激，她看上去雍容大方，气度非凡，尤其是在接纳自己的事情上，较之一般的豪门婆婆明理开朗许多。回想起当初傅博母亲的冷淡疏离，她更是觉得江夫人甚是亲切和祥。

“静萱。”江夫人已经很自然地直呼她的名字，“你和景耀两个人年纪也不小了，有没有打算将来？”

周静萱抿嘴一笑，这个怎么说呢！两个人耳鬓厮磨情意绵绵的时候，江景耀当然有说过，结婚生子，白头偕老，常人是如何希翼，她和景耀也不会例外！

看出她的羞涩，江夫人心中已经有数，抚额而笑：“我是想抱孙子，心急得很。你们两个既然都有打算，就不妨早点办了吧？”

孙子，她未必没有，只不过是名义上的。江景晖的儿子已经五岁了，长得也是活泼可爱，但是老太太总觉得不贴心。

周静萱听得她这么讲，还是有点意外：“伯母，这个不如您再问问伯父的意见？”

“呵呵，我就觉得你这孩子懂礼数，所以我们特别投缘！不过这件事，我说了算！”

江夫人兴致勃勃地拉着她看园中的景致，繁花似锦，果然一片富贵景象。

那晚令周静萱措手不及，当着江老，江夫人提出要把两人的婚礼早点办了。江景耀立在一边似笑非笑地搂着她的肩，倒是江老略一沉吟，眼光扫过两人：“现在是合适的时机？”

江老这句话颇有深意，似乎在自言自语，又似乎在询问江景耀和江夫人。

江景耀脸上露出难得的喜色，这些年里他很少如此直白地流露出真心所想，江老看向周静薏，面容慈蔼：“静薏，这几天能否约一下你父母，我们两家商量下婚事的筹备？”

“真的这么快？”她以为江老会反对，没想到也会应承下来。这下轮到她坐立不安了，再看看江景耀，那人正含笑注视着自己。

快得让她有些晕眩，整个事情太过顺利已经让她有些惴惴，现在婚礼又近在咫尺，周静薏觉得自己一颗心都要跳出嗓子眼儿了。淡定，淡定！她一个劲儿地告诉自己。

“怎么了？”江景耀见状，忙俯下身仔细察看她的面色。

“没事，没事。”

她急忙推开他，还有未来公婆在对面，还是低调些为好。

“伯父、伯母，我会约我爸妈和你们见面，只是，这么快举行婚礼？”

她语气有些急促，但眼神却格外的清亮。手指紧握住他的手，指尖传递着她的情感，她想和他有个结果，慢慢走下去，水到渠成！

江景耀认真地看着自己心爱的女子，她就是这么至性至纯的人！

“好吧，那我们先订婚？”

他思索片刻，朝她探询着，言语间有着欢喜、真诚。

周静薏知道自己的心意已经被他读懂，嘴角漾起一抹微笑，所谓良人，就应该是这样的吧！

一切就像在梦中，双方父母约见，定下了订婚的日期和宴客名单，而后江夫人就亲自操办起来。

有天晚上，周静薏端着刚刚熬好的燕窝羹到他的书房，看到江景耀疲惫地被一堆文件包围着，心疼极了。

“是不是因为我们的订婚，你才要赶着做这么多事？”

江景耀疲倦地笑笑，捏捏她的鼻子：“少臭美了，哪里是为的你！”

她不以为忤，把燕窝盅递给他：“趁热喝了吧！”

他不接，伸手抚过她素净的脸颊："会不会怪我没有亲自去操持订婚的事情？"

她摇头，从未想过要怪他这个。最近集团里传言甚嚣，中东油田的购置计划或因国家宏观政策收紧而搁浅，甚至是终止。如果这个传言是真的，那么江氏为之投下去的近十亿资金将付之东流，整个集团就会处于风雨飘摇之中。

也许正是出于破碎传言的目的，江家才会这么急于办理一场订婚礼来转移世人对江氏的关注。这些她都猜到了，也明白江景耀为什么不向自己坦言的原因。没有一个男人会希望自己的女人为自己担惊受怕，江景耀这样骄傲出色的人当然更是如此了！

这是一场隆重又低调的订婚礼，隆重是因为邀请了城中悉数富豪、政界要人，低调则是因为只安排在江家的大宅举行，媒体全部被摈弃在大门外。

周静萱的礼服是请香港一位名设计师量身定做的，象牙白的缎质婚纱显得她分外高贵典雅。苏岩和杨沫是她的女伴，江家来车接了她们，她父母和其他亲友都有江夫人安排先去了江家。

宾利车缓缓驶入绿荫葱郁的江家，一入豪门深似海的感觉忽然袭上心头，周静萱不禁紧紧握住了苏岩的手。

苏岩微笑着拍拍她："放心，有我们！"

江景耀一直在前厅招呼宾客，她和苏岩、杨沫被先安排到后院。精巧的江南庭院，外面仿旧古朴，里面却是装饰得一应俱全。

江景耀打了电话来："静萱……"他在电话里第一次语塞。

她轻笑："我都没怎么紧张，你怎么就紧张成这样了？"

"是啊，我紧张了！"他在电话那头自嘲。

天气是这般的晴好，湛蓝的天际偶有棉絮般的浮云飘过，周静萱微眯了眯眼睛："是不是想我了？"

想，当然想！江景耀深吸了一口气，心中有千言万语却无法直抒胸臆。

“我爱你，永远……”

他一字一顿地，像是用尽了全部的情感。

她笑得无邪，这个时候了，他还来煽情！

“静萱，我是认真的！”他话还没有来得及说完，就听得有人唤他的名字，似乎是江老的声音。

她对着手机：“我也是认真的，景耀，我爱你！”

原定行礼时间到了，这边还没看到江景耀过来接，她有点坐立不安，耳边再次回响起他刚才的那些话。今天这样的日子他怎会语带伤感？

大门被砰地一声推开，面色复杂的蔡恒大步走进来。

“怎么是你？”

“难道你还以为？”他似强忍着，最后还是长叹一声，“他不会来了！”

“啊，他出了什么事？”

这一刻，周静萱的第一反应就是江景耀是不是有什么意外发生？她急切地站起来，抓住蔡恒的胳膊，满脸的焦急。

蔡恒眼里满是悲悯：“订婚仪式已经开始了！”

“什么？！！！”杨沫和周静萱同时惊呼出声。

周静萱浑身一颤，几乎站立不住，完好的妆容瞬间变得黯然无光。她嘴唇轻轻颤抖着，想说什么，却什么也说不出来！

心里像是被针刺了一般，蔡恒想伸手抱住她，给她温暖的依靠，可又生生地压抑下去。

苏岩此时上前，温和的声音在沉闷的房间里响起。

“静萱，相信我，这未必是一个坏的结果。现在，你是愿意和我们一起悄悄离开，还是去那里看一下那个取代你的人？”

“苏岩，我不会让她去那里亲眼目睹这残忍的一幕！”蔡恒语气非常坚决。

“让静薏自己决定吧！”

仿佛从噩梦中惊醒，周静薏轻轻咬下唇瓣：“我去！”

“不可以，你会受不了的！”

她朝蔡恒微微一哂：“我没有那么脆弱！”受伤？此时她的心里早已血流成河，一切都变得那么清晰，原来都是一个局，原来他最后并非是不知情！

当她提着长长的裙裾出现在订婚仪式现场时，原本热闹欢庆的大厅里顿时安静得连呼吸声都清晰可闻。

华美耀眼的水晶吊灯将璀璨的光影映照在那对璧人身上，周静薏望着红地毯尽头的江景耀，长身玉立，白色的礼服衬出的不止是俊美，更多的是冷冽。他的臂弯里有一双带着白色蕾丝手套的纤纤玉手，也是同样的象牙白缎质礼服，也是这样低挽的发髻，这样的浅笑温婉。

周静薏不再去看江夫人有些兴味的表情和宾客们投来的讶异目光，她只是紧紧注视着江景耀，四目相望，任由一种心伤在两人之间弥漫。她低头轻笑了下，从容地一步步走过去。

“你好，我是林潇予，欢迎你来参加我和景耀的订婚礼！”

女子盈盈出声，一旁的江景耀面色越发肃然，目光始终不离周静薏。

心中似有个声音在大声地呼唤自己，一遍遍地反复问着：你到底爱他吗？爱他什么？还能爱下去吗？她默默地立在两人面前，眼眶里没有泪，哪怕心里溢满了悲伤。

“你们的订婚礼？”她目不转睛地看着眼前的男人，想要看尽他深邃的眼底究竟是怎样的一番情愫。

林潇予笑得舒畅：“就在刚才，我和景耀已经在双方父母面前行过礼了！”

她的话音刚落，就听得啪的一声脆响，震惊了所有人。

杨沫满脸的怒不可遏，右手掌心一片绯红。再看林潇予，脸颊上已经红肿起一大片。

“有这么玩弄人的吗！”杨沫不依不饶，高亢的声音在偌大的大厅里显得尤为突兀刺耳。

林潇予不慌不忙，看向江景耀：“我们不欢迎这样没教养的客人，对吗？”

“你……”

杨沫气极，原想痛骂一番，却被周静薏拉开。

三个人就这样对峙着，许久，江景耀终于出声：“你，回去吧！”

林潇予闻言朝周静薏一笑：“周小姐，请回吧！”她一点都不在意脸上的掌印，依然娇笑着挽着江景耀去切订婚蛋糕。人群前，一身华贵的江夫人看着林潇予，眼梢露出几丝赞许。江老微微蹙了蹙眉，也并不出声。

熟悉的背影离自己越来越远，该是自己要离去的时候了！望了望大门口一直默默注视着自己的蔡恒和苏岩，她轻轻转身。

裙裾间发出的轻微声响，令那个原本挺拔有力的背影陡然颤动，林潇予惊觉后马上牢牢攥紧他，低不可闻地在他耳际说：“你现在后悔已经来不及了！”

江景耀看也不看她，嘴角自嘲地微微扬起，声线喑哑：“我不后悔，我爱你！”

这一句，在场的人都听到了，周静薏也是！

从蔡恒告知订婚有变的那刻到刚才，周静薏一直强忍着没有落泪，但是这一瞬，她如同被雷击中，双肩不可抑制地颤抖起来，那些压抑了许久的泪水夺眶而出。她大步朝外疾奔而去，裙摆舞动，凄美绝伦。

蔡恒一个箭步上前扶住她，用黑色的西服遮住她光洁却又在颤抖的双肩：“走吧！”此刻，他真的觉得自己好没用！唯一能做的，就是带她离开这个地方！

待他们离开，郑辛、程渝文他们也颇有遗憾地看了看正在切蛋糕的江景耀，这一次，有些过分！

程渝文鼻子里冷哼一声："走吧，老子没心情再看戏了！"

"我也是，林潇予那死妮子假得让人作呕，看不下去！"郑辛一脸悻然，二少啊二少，你这是玩得哪一出啊？玩这么大，要出人命的，知不知道？

几人趁着大厅里的热闹悄悄退出去，暗影里，郑辛叹了口气。

"不知道周静薏会怎么样？"

程渝文默然，刚才周静薏洒泪奔出去的样子真的叫人肝肠寸断。他自认风流，伤过不少女人的心，但是这样的手段却从未用过，连想都不曾想过！情感、尊严全部被践踏，谁能一笑而过？

"也罢，这江家的事本来就复杂，还好有个蔡恒，不然……"

郑辛说着说着就闭上了嘴。蔡恒要是此时横刀夺爱，孰是孰非？哎，管不了啊！

那边蔡恒小心地开着车，时不时瞄一下后视镜，车后座上的周静薏满脸泪痕，茫然地睁着一双眼睛望着窗外。他心疼到无以复加，想到昨晚江景耀把自己叫出去说的那番话，他只能什么也不做地守在她身边！

可是就这么守着，任由她的情绪扯动自己的心弦，一点点浸入血肉，那种疼痛就像凌迟，他真想冲到江家那个老女人面前，质问她：为什么要这么残忍？为什么要将上一代的恩怨情仇报复在他和她身上？

就不怕遭报应吗？他几乎要咬碎了牙齿。

身边副驾驶座上的苏岩轻轻拍了下他："那个人会有报应的，不然也不会一无所出！"

蔡恒不可置信地看苏岩："你怎么知道我在想什么？"还有，一向温和的苏岩陡然说出这么一句，着实让他意外！

苏岩不答，转脸看后面："静薏，晚上去我家好吗？"

杨沫轻推一下周静薏，也问道："还是说，你想回自己家？"杨沫这句里的"自己家"让她的眼眸瞬间失去最后的亮彩。是啊！那个地方还能是她的家吗？

她默然不语，大家也只好沉默。

驶过一个红灯，蔡恒忽然道："去我那里吧！"

"你疯了？这个时候，不是害静薏吗？"

杨沫叫起来，本来在江家他把静薏带走，就已经让其余的人浮想联翩了！现在还去他家，静薏和江景耀之间岂不是更加难了？

"送我回帝豪那边。"

一句话让车里变得很静默。苏岩微诧地看向她："你想清楚了？"

周静薏苦涩地笑着："难道你觉得他今晚还会回来？"

"可是……"苏岩还想说什么，可周静薏已经阖上双目不想再听。

没有人知道她此时心里在想什么，正如她自己也不清楚为什么一定要回去。

临上楼的时候，因她的执意，三人都被她挡在门厅外。

"你们都各自回去，我不会有事！"

"不行，我不放心。静薏，今晚我陪你！"

杨沫焦虑地注视着脸色有点苍白的她，静薏经历的那些事都太过悲催了！这个时候，自己怎么能放心她一个人在家里，如果发生什么意外，天呐，杨沫不敢想下去了！

周静薏别过头："我只想一个人静一静。"

那一刻的她，安静淡然，仿佛发生的只是与己无关的一件寻常事。蔡恒伸手按了电梯， 面色从容地说："好，看你上去，我就送她们走！"

"蔡恒。"苏岩唤了一声，眼神里充满担忧，这个时候怎么能留静薏一个人在家？这蔡恒是怎么了？

杨沫也是不解地望着蔡恒。

蔡恒眯了眯他细长的凤眸，又敛神道："她更需要尊重！"

这下苏岩和杨沫都无语了，电梯叮地一声打开，三人看着周静薏进去，门缓缓合上，每个人的心里都益发地沉重起来。

蔡恒一直仰首望着，直到十六楼上的灯光亮起，他才稍稍安心地驾车离去。夏夜里晚风习习，却带不走满心的焦虑。

江景耀，你会如何解开这死结？如果你终究不能，那……他忽然有种想落泪的冲动，因为他知道，此时独处一室的她必定会放声恸哭，而自己却不能、不可以在她身边！

钥匙在锁孔里缓缓转动，那一刻周静薏有些恍惚。

没有灯光的室内静谧无声，空气里散发着淡淡的花香，明明是柔和清澈的香气却让人满心酸涩。百合百合，百年好合！他说着这一句时的笑容恍若还在眼前，可这里还能是她和他的家吗？扶着墙，手指轻轻摩挲着墙壁上那些隐匿的花纹，那些曾经甜蜜缱绻的场景翻山倒海般地袭来，终令她再也支撑不住！

从晕眩中醒来，望着天花板发了好一阵的呆，周静薏才觉得身上还裹着紧紧的礼服。踉跄着去浴室，轻轻解开暗扣，哗啦一声，整件礼服就缓缓坠落，铺陈在浴室冰冷的地面上。所谓华丽，不过如是！

镜中的自己，面色苍白，发髻散乱，裸露的身体轻轻颤栗着。就这样默默注视着镜中人，她看到了另一个别样的自己。那个她，眼神坚定，勇敢坚强！

有时候，相信爱情需要无比的勇气！也许应该感谢生活，如果不曾经历过之前的悔婚，周静薏知道那现在自己一定心碎到无力，心灰意冷。是啊，当一个女人的尊严被相信的人、被真心爱着的人当众撕得支离破碎后，试问有几个人还能毫发无损地站起来？

她强迫自己去睡觉，什么都不去想，时间是最好的良药！

而此时的大门外，却静静伫立着两个人。

夜色已深，走道里的灯光很亮，蔡恒眯了眯眼，手插在裤袋中，一直看着眼前的人不语。

“她怎么样？”江景耀的神色间有抹不去的焦虑和隐痛。

蔡恒苦涩一笑，遇上这样的事，谁会好过？这不废话吗？

见他懒得回答，江景耀也不再追问，两人就这样在门外你看我，我看你。

终于蔡恒忍不住：“你不进去看看她？”

这种时候是女人最伤心软弱的时候，也是最需要安慰和承诺的时候。他不相信江景耀不懂这些。

如果解释有用，那世间所有的事只需要说说就可以了！江景耀不由得轻嘲：原来自己和父亲也没太大的差别，也会伤女人的心。甚至，他伤的还是自己最爱的女人！

“接下来打算怎么办？”蔡恒沉声问道。要知道，那林潇予可不是善男信女！

江景耀眉间深锁，一直看着自己的大门，只是十几步的距离，竟如同隔了重洋一般！

“每一个交易背后都是有规则的！”

他声音很低，却流露出坚决。

“还是把你的苦衷告诉她吧？”蔡恒感慨地指了指。

江景耀闻言侧过脸来，神情黯然：“你以为经历了今天这样的局面，只是凭借一句我有苦衷就可以得到原谅？”

蔡恒只得沉默。照理他该揍江景耀一顿，虽然不见得打得过。可是自从上午江景耀把今天将会发生的事情告诉他之后，他就从心里为这两人觉得悲悯：老天！这是不是太残忍了一些？

他曾问过江景耀，如果还有时间，会不会选择以这样地方式替换掉自己的准新娘？

“不会！”当时江景耀握住方向盘的手背上青筋浮现，眼睛里净是血丝。

那一刻，他无语了！

唯一能做的，能为静薏做的，能为兄弟做的，就是去悄悄带走她。可是她，偏偏还是选择了自己亲眼去面对！

这样做，到底是对，是错？谁也没有答案。那夜，月色如水，却让人感到无尽幽怨。

一扇门隔住的不止是脚步，周静薏后来一直在想，如果那晚他进来，在自己面前坦诚所有，那会不会有所不同呢？

但是她心里更清楚，他不会！只因为他是江景耀！

那晚她直到凌晨时分才浅浅睡去。梦境里，自己像是走进了一个空旷无比的黑房间，她赤脚行走着，惶恐不安。白色的帷幔随风舞动，不停地牵绊住她前行的步伐，摔倒，爬起，爬起，摔倒，周而复始。当泪水流尽，仿佛有亮光在前面，她发足狂奔……直到眼前豁然开朗，艳阳下一池清莲，含苞待放。

她没想到自己会微笑着醒来，起来对着落地长窗外灿烂的阳光，再回想梦境，心境已经大不相同于昨晚了。

伸手去拿手机，屏幕上很干净。这一夜，没有人来过电话，抑或是短信。

按之前的安排，订婚后两人要去给江景耀母亲扫墓，所以有两天的假期，家里的佣人和管家也都放假了，早上依旧只是她一人。几百平米的家里冷清了许多，到处都留有他的气息，无论她走到那里，都能深深地感觉到。

不行，不能再继续留在这里！她不能留在这里一个人自怨自艾！打定主意后，周静薏就整理了几件衣物，用一个LV的旅行袋装了，准备回自己那边。

前脚刚迈出大门，迎面就听得电梯叮的一声。这里的户型是一梯一户，所以这个人肯定是来找江景耀，或者是她。她惊讶地看向来人，霎时了然，原来是找自己！

林潇予的来历还是昨晚在车上听苏岩说的。家世颇为显赫，在A市无论多显贵，都会让她家三分，更何况是有求于她爷爷和她父亲的了！

周静萱立在门边看着眼前的女子风姿绰约地走近，细白的脸上隐隐有点黑斑，不过妆修饰得还行，不仔细看是看不到的。一袭水蓝色的裙装，在这样的早上显得格外隆重。

“又见面了，周小姐。”

“你好！”她犹自不动，以不变应万变。

“怎么？要出门？”林潇予的笑容里有难掩的得意。

她笑而不答。

“你不觉得我们两个人有必要谈谈？”

“林小姐，看来你是专程来找我的？”

“当然，总不会我来找佣人闲话家常啊！”林潇予抿嘴一笑，顿了顿又道，“景耀昨晚是和我在一起！”

周静萱的心头像是被什么东西戳了一下，止不住地疼。

“不请我进去吗？”林潇予上前。

“对不起，我现在要出门！”周静萱毫不客气地拒绝，并顺手带上大门。

听到大门啪嗒一声关上，林潇予那张笑脸就再也撑不住了！

“你以为这里是你的家？”

她满脸嘲讽地看着周静萱。听江家老太太说，周静萱只是个心思简单的普通女子，林潇予心里越发轻蔑。

“也不会是你的家！”

“你！”

林潇予被噎得顿住，隔一会儿又神情淡淡地瞥向周静萱。

“周小姐，别忘了！昨晚你也亲眼看见，我已经是景耀的未婚妻了！这里以后都会是我的！”

周静萱微微一笑，索性绕过她，径直朝电梯走去。原来名门之后，也不过了了啊！

“你站住！”

身后传来一声娇喝，她只得立定了回转身，看向面带薄怒的林潇予。

“我尊重你，所以称你一声周小姐，你别搞不清楚！现在你已经没资格在这里继续住下去，即便你愿意做小三，也要看我容不容得下！”

小三？周静萱几乎失笑，敛了敛神，她不缓不急地说道：“你觉得自己有资格这么说吗？”

急急忙忙赶回去，家中却是出人意料地平静。

父亲拾掇着报纸杂志，母亲在厨房忙碌着，一切和以往一样。可是为什么，为什么她很想落泪？

“小萱，吃过没有？”

她摇了摇头，从昨晚到现在自己几乎滴水未进，心里沉甸甸的，没有一点饥饿的感觉。

父亲深深地看了她一眼，退进厨房和母亲说了几句，大概是让母亲给自己做点什么。周静萱想站起来去帮忙，可目光被父亲刚才整理好的那叠报纸吸住了，生生挪不开脚步。

她蹲下去，没翻几页就看到了那张今早新鲜出炉的早报。心口剧烈地疼痛起来，父亲一定是怕母亲知道这个消息受不了，所以才会刻意藏起这张报纸。眼前浮现出当初傅博提要分手取消婚礼时候的情景，父亲也是千方百计瞒着母亲，瞒得很辛苦，最后还是傅母的一通电话令母亲崩溃，一病不起。

这一次能瞒那么久吗？她紧蹙起眉，心情愈发沉重。

“小萱。”父亲在身后唤她。

努力挤出一抹微笑："什么事啊，爸？"

父亲示意她进书房，她跟进去顺手带上房门。

"爸爸，我……"她哽咽了。如果可以，这一刻她真想肆意地大哭一场！追寻幸福的路是如此的坎坷崎岖，每一次都把自己和最亲的家人置身于风口浪尖。那种在刀刃上行走的痛楚自己一个人承受就好了，为什么每一次都累及年迈的父母？

"好了别哭，你妈一会儿就出来。她还不知道你们的实情，我想还是缓一缓再告诉她吧！"

满头花白的父亲反剪着手在书房里踱着步，一脸凝重。

"爸，这瞒不了多久的。"

"能瞒多久就多久吧！你妈最近血压下不来，我这心一直悬在那里，就怕万一有什么事情撞上就犯病了！"

一起走过三十年，哪怕年轻时有争吵和背叛，都在漫长的岁月里化成了相依相伴的执著和默契。父亲凝望窗外轻声叹息的样子，终让她眼眶里的泪水汹涌。

"你妈现在只知道因为媒体关注过度，江家要延后订婚。昨晚当着那么多亲友的面，她是硬撑着的。幸好后来景耀过来解释，才算是让她心里放心许多！不过也是一夜没睡！"

"你们的事情好好处理，景耀这人本性不坏，你也别急着下结论，顺其自然吧！"

父亲语带惆怅地说完，像小时候那般怜爱地拍了怕周静薏的头。

"你妈应该把面做好了，你一会儿就出来吃，记得把眼泪擦干！"

她说不出话，只能一个劲儿地点头，那一刻既温暖又无限感伤。

小时候她最不爱吃的莫过于面条，后来念大学的时候才知道并非是面条不好吃，而是妈妈烧的面常常是夹生的。可是今天的这碗云吞面，香气浓郁，碧绿的青菜配着晶莹的鲜虾云吞，软糯适中的面条，煞是好看，也好吃。

她看了看围着围裙的母亲，不由得低下头去，大口大口地吃起来。

“慢点，慢点吃。”母亲抹了抹眼角，“什么时候吃东西这么没样子了啊？家里又没人和你抢？”

“没，是太好吃了！”

周母看着女儿边吃面边叫好的样子，嘴角牵强地扯动下，一脸心事。

吃完面，周静薏找了借口要去公司加班就夺门而逃般地想走。面对母亲充满苦涩和探究的眼神，她实在没有勇气再坐下去，能说什么呢？无论谎言还是真相，都是痛苦的！

前脚刚迈出去，就被母亲叫住。

“小薏，你等下。”

她虚弱地靠在门口，目光掠过母亲满头的银发，父亲站在客厅的一隅做着摆手的姿势。她明白，父亲是让自己不要透露订婚的真相。

“下个周末让景耀来家里吃饭，你告诉他，别买什么东西，就是来家里吃个便饭。”

“啊？”

“你啊什么啊？外面饭店谁知道用的是什么油，搞不好就是那什么地沟油！家里虽然弄不出大饭店那么多花式，不过吃得放心！”

她连忙点头称是。

“好，我知道了！那，我先走了啊！”

“去吧，别太辛苦了！”

母亲一向是说话生硬的，今天这么一句说来几乎令她把持不住，眼泪在眼眶里打转，连忙背过身忍住哽咽：“妈，我会当心的！你和我爸也当心身体，我走了啊！”

她匆匆地来，也是急匆匆地走。心里比来时的忐忑，更多了一份愧疚和黯然。

“你在哪里？”

江景耀的声音在手机那头响起，问了她所在的位置，然后不由分说地说："你在那儿别走开，我十分钟内到！"

看着手机屏幕逐渐暗下去，周静薏低低地叹口气。终于要面对他了，他会给自己一个什么样的解释？而自己又能接受多少？

街心花园的午后很安静，树荫间偶尔有一脸童真的孩子追着小狗欢快的步子跑来跑去。她坐在花坛边，看着那些孩子可爱的笑脸，很是出神。

出神到连他来了都不知道。两个人就这样一个坐着，一个立着，一前一后。

一个橘色的皮球咕噜咕噜地滚过来，一个满头大汗的小男孩从灌木丛后探出脑袋。

"阿姨，帮我拿一下皮球，好吗？"

很是稚嫩的童声，粉圆的脸蛋上挂着汗，一双黑溜溜的大眼扑闪扑闪的。见周静薏愣在那里不说话，小男孩一时不知道如何是好，伸手挠挠脑门，毕竟以他的个头还不足以翻过这灌木丛。

"来，接着！"

江景耀从她身后的树影里走出来，一手托着皮球，轻轻一掷，橘色的皮球在空中划过一道好看的弧线，然后被小男孩稳稳地抱在胸前。

"谢谢叔叔！"小男孩欢快地雀跃着，直奔他的伙伴而去。

她蓦然回头，就和他这样四目相望。

"你来了很久？"

"来了一会儿。"

他的目光始终未离开她分毫。就隔了这么一天一夜，她的脸色就变得黯然许多。

"我们谈一谈。"

他的眼里满是渴望，她不是看不到。但是却生生点不了头，迈不动步子。

他离她很近，那淡淡的须后水味道那么熟悉，磁性的声音依旧在耳际萦绕："和我一起坚持，可以吗？"

她有些愤怒地瞪他，到底是谁先背弃了？是谁没有坚持？因为愤怒，嘴唇都绷得有些发紫。

"上车，我们换个地方谈。"

的确，这里是身处闹市的街心公园一角，谁知道会不会有镜头暗中惦记着他俩呢！周静萱默然不语地径直上了车。

看到周静萱坐上副驾驶，这边江景耀才长吁一口气。

车子缓缓地驶过热闹的街市，他的声音似流水般倾泻而出，种种的惊讶、愕然波涛般地袭来。

"什么？你也是订婚礼前才知道是这样的安排？"

"是你母亲早就计划好的？"

"集团里的那个流言果然是真的？油田购置计划真的搁浅了？"

"林家以这个来要求你们两家联姻？"

周静萱觉得自己几乎要窒息了，他有苦衷，她一直是这么猜的。但是她没想到，他居然把公司里的事瞒得那么滴水不漏，连她都不知情。

那些日子里他的奔波忙碌，应该都是为了这件事吧？可她什么都不知道，什么都无能为力。

"我只是不想你为这些事担忧。你是我心爱的人，我带给你的只能是安稳、快乐，别的我不想带给你！"

"江景耀。"她唤着他的名字，有些难抑的悲凉。

"你不觉得吗？从我们开始到现在，你一直是如此！你以为可以给我最好的，你以为给我做的安排就是最好的。从一开始，每一步都是如此，你问过我的感受了吗？"

"订婚那件事，我介意。可是你知道吗，我更介意的是你有太多太多的事情是不愿意与我一起分担的！这个令我很没有安全感。"

她黯然地别过脸去，往事一幕幕闪现，他想保护自己，可偏偏有天连他也会保护不了的！这就是现实的残酷。

他静静地听着，车子靠在一处僻静的地方。

“对不起！”

江景耀艰涩地吐出这三个字，他知道这三个字的苍白，可是还是想说！

不想让她难过、担忧，却令她面临了最大的难堪，还累及她年迈的双亲。自己因为事业、身家，放下她的爱情，这些，都不是一句对不起能够撇清的。

“相信我，可以吗？六个月，给我六个月，我会妥善处理好一切！”

他江景耀从不轻易承诺，但一有承诺必会做到。这点，他相信她是明了的！

“你觉得以我们现在的境况，让我给你时间处理这些，这合适吗？”

这个时候的她，清醒、理智。

江景耀自嘲般地笑了笑，这样也许最让那个人满意了吧？

“公司方面，我希望你能够同意调到杨涛那边，当他的副手。六个月之后，你再回来！”

她听了不由得垂下眼帘，他是想让自己离开这个是非之地，可是真的只能离开吗？

“你就去半年，等我处理好就回来。早上林潇予去找过你，我不想让她再有机会伤害到你！”

他言之凿凿，但她却无语。一时间仿佛是车内的空调打得过了头，温度低得让人颤栗，他伸手想要揽住她，却被她一把推开。

“我不能，现在我有负罪感！”

“可你要我怎么办？”江景耀难得激动地大声嚷道。

周静萱嘴唇抽搐了几下，想说什么，却什么都说不出来，嗓子眼里就像堵了一团棉花。她毅然推开车门下去，砰地一声关上车门，隔着一道车窗，只看得见自己苍白憔悴的脸。她咬了咬下唇，像是下定决心地往后走去。

江景耀怔了几秒，神色渐渐变得凝重。他和她之间，从现在开始不止隔着一道车门，还有更多的东西横亘在那里。

而他知道一些，但还不是全部！

两个人算是谈崩了！

周静萱一路走得极快，一直到路口才拦了一辆迎面而来的出租。因为是赶着交班的缘故，司机开得飞快，车流里穿梭，很快就从黑色的迈巴赫的一侧掠过。她下意识地望了一眼，马上就自嘲地笑起来。

站在他的世界之外，只能看见自己，永远看不透他的心思！在商海里，这固然是一种上选的谋略，可就两个人的情感而言，她真的不能接受。

这样的爱情，谁会比谁更坚持？

“静萱，你在哪儿？”朱宜兰如常的声音。

她摸出自家的钥匙，开门，一边不疾不徐地应着。

“你回去自己那里了？”

“嗯……”

“今天我们几家在我家聚会，你赶快来！他们想你的蟹粉豆腐了！”

那头的朱宜兰爽朗地笑着，依稀还穿插着游嘉乐还有丁一他们的谈笑声，估计又是济济一堂。以前大伙都没成家没牵挂的时候，常常聚在一起吃饭打牌，只是近几年各自有了家庭和孩子就渐渐聚得少了。

今天怎么这么好兴致？她微微蹙眉。

“来嘛，你一个人在家对着墙壁发什么呆啊？”

“我这就去接你！”丁一对着话筒嚷嚷着，还是从前那副大大咧咧的口气，成了家当了爸爸还是改不了。

周静萱张了张口，忽然鼻子一酸。原来这才是知心知肺的好朋友，舍不得你一个人难过，装作不经意的样子来制造欢乐和热闹，只为驱散你心头的孤寂。

只是那么一瞬间，她吸了吸鼻子：“好，来接我！宜兰你快备好食材，等我来下厨。”

“OK，没问题！”丁一在那边和朱宜兰欣慰地笑。

杨沫因为台里有事走不开，所以没来。不过朱宜兰家里已经热闹非凡了，丁一接了周静萱过来，进门放下车钥匙就和游嘉乐打起了电玩。陶子、朱宜兰还有丁一老婆在客厅里边聊美容边喝茶，丁家保姆也跟来了，带着轩轩哄着两家的小妮子入睡。

厨房里只有老顾一个人在忙乎。

“老顾，你去歇会儿吧。这些让我来！”

“不用不用，你是客人，怎么好让你来弄？”

老顾一个劲地摇头，周静萱笑笑，也不去理会他，挽起袖子就整理起一边的蔬菜。老顾迟疑了半晌，嘴角动了动，最后还是咽了回去。

“老顾，你想问什么就问吧！”

她不以为意地朝老顾淡然一笑，怪不得别人八卦，谁叫自己和江景耀的事情那么戏剧性呢！换做是别人发生这样的事，她自己也会想知道个究竟吧?

老顾摇了摇头：“其实你们的事情，我也知道个大概。可能男人想的角度和你们女人不一样吧，我总觉得他必定是有自己的苦衷。毕竟他身上背负的担子不是一个小数目！”

她停了手，目光掠过老顾有些郑重的脸，最后落在窗外渐渐黯淡下来的夜色里。

“是，他的确是有苦衷。可是他最错的不是这个！”

“哦？”

望着老顾满是疑惑的神色，她满是苦涩地徐徐道来：“男人注重结果，女人注重过程。这个是众所周知的。可是是不是因为这样，就可以忽略掉中间的尊重和平等，只要最后和女人在一起，就可以被宽容？我要的，其实只是足够温暖和信任的感情，婚姻并不是目标。但是他……”

她说不下去了，最终他还是弄错了！

心里当然明白：只要自己坚守下去，他必定会回到自己身边，相携一生。可是她却不知道下一次他有苦衷又会是在什么时候，又会是怎样的苦衷。

这样心情有多苦涩和不安，他能明了吗？

老顾有些不安，连连抱歉：“是我不好，不该再提这些！”

她收起伤感怅然的神情，微微一笑。

“没关系，我没事！”

侧身回头望，客厅里一派其乐融融的景象。这样寻常人家的欢乐和美，是她一直梦寐以求的。豪门于她而言，也许真的只是一个意外！

置身在这样嬉闹欢快的家庭聚会里，整个人也似被感染了，许多不堪其扰的事情都暂时远离了。

晚餐后，轩轩腻着她要一起去看喜羊羊的时候，她一口就应允了。

“轩轩，你最喜欢哪一个啊？喜羊羊还是美羊羊啊？”她抱着轩轩，随口问道。

小家伙眼珠子骨碌碌转了几转，笑嘻嘻地凑到她耳际。

“我最喜欢蔡叔叔！”

她冷不丁地浑身一颤，轩轩还在她耳边吹着热气：“还有静薏姐姐，我还想你们陪我去玩！去玩嘛，好不好啦？”

小男孩撒起娇来也煞有介事，扳着她的胳膊直摇晃。晃得她头都晕了，只得点头。

“好，不过得等你蔡叔叔有空才行！”

“那他什么时候才有空啊？”小家伙显然相信了。

“这个，等改天我问问他，好吗？”

轩轩点了点头，周静薏心里长吁了一口气，心想总算忽悠过去了。

哪知，没一会儿的工夫，自己的手机已经跑到小家伙手上，那张小脸笑得别提有多灿烂了！

“静萱姐姐，你现在就问下蔡叔叔嘛？”小家伙还配以扭动的姿势，这下周静萱彻底无语了，马上用眼神向朱宜兰求助，那边也是两手一摊。没办法，她只好硬着头皮打给蔡恒。

好几声无人应答之后，她心里开始存了侥幸：也许蔡恒没听到。

可谁知几声无人应答后嘀的一声，一个女声很有礼貌地接起：“请问哪位？”

她听出那是TRCY的声音。轩轩趴在她的膝头，一脸期盼，她实在不忍心撒谎挂掉，于是只好出声：“我是周静萱，请蔡总有空回复我。”

TRCY自然是不敢怠慢，一口应允。看到她挂上电话，小家伙还是很高兴，蹦起来亲了她一下，然后就跑开去了。

“你们这做父母的，真是省事。陪孩子去玩都没时间？”

朱宜兰抿嘴笑：“这孩子不知怎的，可喜欢蔡恒了！每日念叨着，连他爸爸都吃味了！”

说罢，朱宜兰自己笑得更欢，把头靠近周静萱，轻声道：“其实，若是蔡恒能收心，他倒是个不错的人选！”

“你想什么呢？”

周静萱脸色微微一变，站起来拂了拂衣服上的褶皱，语气微凉。

“你又能保证他这样的豪门公子日不会为了身家牺牲爱情？”

朱宜兰张了张嘴，终于没再接下去。

而那一边，蔡恒在结束会议后看到手机上的已接来电，出神了许久。等他伸手拨电话时，却不是回给周静萱。

“我该怎么做？”

苏岩轻笑：“你堂堂蔡少，怎么会烦恼至此？”

“别拿我开心，说正经的！”

“有必要让我说出来吗？其实你心里好清楚的。”

苏岩的语气变得郑重起来。是啊，这个时候，蔡恒你又能做什么？甚至，你的靠近对她而言，只会是更大的负担！

蔡恒轻嘲地笑："我果然是不够好运，总是无力为一些人做些什么！"

但是他焉能冷眼旁观，他真的一点都见不得她难过伤心，她的一笑一颦早已在他心底根深蒂固，再无一人能代替。

第二天周静薏起了个大早去上班，一身黑色的套装显得面色格外的苍白。搭电梯的时候，遇到李禄也是极早来上班。

李禄一直给人内敛寡言的印象，可是今天话有些多。

"昨晚，江总给杨涛下了指示，杨涛马上就同意了你过去的事。"

她轻轻地点了下头："这事马上就与我无关了！"

李禄挑高了眉毛，有些不可置信。

"你不会那样做吧？"

"是的。"周静薏坦然道。

"上午我就会把辞职信递交上去。"

"江总，他不会同意的。"

"那是他的事。不过我已经想好了！"

周静薏朝李禄微微一笑，神情坚定。电梯到了，她先一步迈出去，高挑的背影渐渐远去。李禄愣怔了好一会，忽然想起什么，马上追上去。

"有件事，我想还是不该瞒你。"

"什么？"

"帝豪那边的房产证早在四个月前已经过户到你名下，本来江总是想在婚礼之后给你惊喜的，可是谁知道后来会发生那样的事情。你不要意气用事，跟他做事那么久你还不知道他吗？也许过段时间，局势会改观。"

她到底还是怔了一下，神色间的阴晴未定并未逃过李禄的眼睛。

“他对你始终是用了真心的。”

这个她一直是相信的，然而这个真心每每想起，却越发叫人心生凉意。

“你还是再斟酌下！”因为是手机响起的缘故，李禄只得匆忙结束两人的谈话，临走时还不忘提醒她。

可是谁又能懂得她所想的？经历过那么多挫折和伤害，她怎么能一次次地把自己置身在风雨飘摇之中？原以为他是可以托付一生，值得信赖的良人。哪知道他给自己的，竟是这样的难堪和悲凉！等待别人给予的幸福，果真不是真正的幸福。

她再没有一丝犹豫，打开电脑，手指飞快地在键盘上跳动，很快一封言简意赅的辞职信就打印出来。套上信封，她用笔在上面很是认真地写下他的名字：江景耀　总裁亲启。

她没打算亲自交到他手中，这封信只须放在他案头，不管他是否同意，这已经是她对江氏最后的态度，而他对于两个人之间的那份情感，其实早在他决定与林潇予订婚的那刻起，就已经明确了态度，无论是暂时牺牲还是永远的牺牲，始终还是牺牲！

失去，未偿不是一个好的结局！爱情戛然而止，也许会让人更加缅怀过去曾有过的美好。有过美好，就已经足够了，不是吗？

她没有再悲伤，一直平静地做完这一些，然后起身走出办公室。

江景耀的办公室锁着，她看了看外边的小赵，小赵低声道：“总裁今天还没来！然后，林小姐一直在等总裁，周助理你看要不要让她进去等？她已经很不高兴了！”

周静萱这才看见一边的沙发上坐着满脸不悦的林潇予。

“我是江总的未婚妻，你们让我在外面等他，这像话吗？”她虽然是笑着说，却语带锋芒，总裁办的几个秘书一时很是为难，都把目光看向周静萱求助。

周静薏用备用钥匙打开江景耀办公室的大门："请吧，林小姐。"

林潇予站起身，提着一个保温壶款款进来。

"景耀这几天身体有点虚，我给他炖了燕窝，他要是知道肯定高兴坏了！"

林潇予自顾自地说着，径直坐到江景耀的位子上。

"周小姐，你倒真是好脾气啊！我没想到今天还能见到你！"

"我也没想到会在公司看到林小姐，一般这个楼层是禁止外人出入的。"

"外人？"林潇予眯了眯眼睛。

"看来周小姐还未放下对景耀的心思啊！公司这里是你最后的希望，对吗？"

"如果是，你又会如何做呢？"她开始饶有兴味地问。

林潇予轻蔑地冷笑："他想要的只能凭借我们林家去得到，你最后什么都不会等到！还有，忘记告诉你了，江家那老太太可是个狠辣角色。知道她此生最大的愿望是什么吗？"

江夫人那张慈眉善目的脸在她脑海一闪而过，她当然知道整个事情和江夫人必定有关联，只是为何一开始装作接受自己，而到最后关头反戈一击？

"有她在，这辈子江景耀别想娶自己喜欢的女人！想不到吧，有这么狠绝的未来婆婆！所以你还是早些死了心。调职去福建，恐怕也不见得就能躲清静了！老太太可比我更惦记你呢！"

林潇予笑得极舒畅，一脸的高高在上。

周静薏心里忽地疼痛起来，翻江倒海一般。她轻轻举起手中的信封，很是从容地道："知道这是什么？"

"是什么？"林潇予不解地反问。

"在你来之前，这是一封辞职信。但是现在，它什么都不是了！"

唰唰两下，她就撕了那封信，碎片如雪花般落入废纸篓。

“还有我也想告诉你，真正属于你的不必巧取豪夺。该属于你的，自会在水到渠成的那刻光明正大地属于你！”

她顿了顿，复又道：“你现在怕失去，而我已经失去，所以没有什么好再不安了！”

转身离去，眼神不经意地和门外的他交集。此时的她，眼底一片清明，在他复杂而又沉痛的目光里转身，从此以后，他已不再是她的庇护。

CHAPTER 08

人生无处不狗血

你是我的习惯，想忘却已深入骨髓，
唯一的方式是用心戒掉，虽然很难。

四周一片漆黑，周静薏觉得自己好像是漂浮在一望无际的大海上，四肢和胸口被一股无形的力量压制着，动也动不了，脑袋昏昏沉沉的。依稀听得有人在耳边轻声呼唤着，声音有些熟悉却记不起来到底是谁。

努力睁大眼睛试图坐起身来，可是却丝毫都动不了，全身软绵绵的一点力气也没有。似乎有人在问着自己什么，但是她却不知道自己到底回答了没有。就这样过了良久，好似过了半个世纪那么漫长，整个人很累很累，最后慢慢地失去知觉。

等到醒来已是下午四时，夕阳西沉了。苏岩坐在对面含笑望着她。

“我都说了什么吗？”

她知道催眠，那些电影里常常演，男女主角被催眠后，不由自主地将内心世界全部呈现。这是一种心理治疗的方式，是自己想要的，可同时她也害怕是不是讲了什么不该讲的，就像把赤裸裸的自己暴露在大庭广众之下一样，令人恐惧和不安。

“你很棒！静薏。只有把内心的恐惧不安全部倾诉出来，我们才能根据你的状况，循序渐进地进行进一步的疏导。”

“我明白。本身催眠也是一种舒缓。”

苏岩赞许地笑着："这几天回去睡得还好吧？"

"好多了！"她由衷地说。自从上一周开始在苏岩这里进行心理疏导后，整个人轻松了不少。虽然进入催眠状态之后人很累，醒来之后后背也全是汗，可回去之后却睡得很是安稳。

"这是好现象，不过你的精神压力太大，整个疗程会比较长，要坚持。"

"好，我会的。只是你到时回北京，那我就只能暂停了！"她换好自己的衣服出来，语带惋惜。

苏岩不禁莞尔："放心，我会关照我同学亲自给你做的。"

"那太好了，真是麻烦你了！"

"客气什么，我也是受人之托！"

苏岩促狭地眨了眨眼睛，周静萱知道她指何人，装作没听出来，轻笑之下就没再继续说下去。

从苏岩同学的心理诊所出来，周静萱自己独自一个人驾车离去。公司一直有给高层配车的惯例，早先她一直因为开车容易走神就极少自己开车，现在想通了，总要学着自己去承受。更何况女人自己有车，来来往往也省去了很多不必要的纷扰。

许久没有自己开车，她开得小心翼翼，连音乐都不敢放，生怕一个分神就出什么意外。车后不远处始终有一辆黑色宝马不快不慢地跟着，车内一双眼眸望着前方的奥迪，一边轻轻叹气。

从来，他就没有见过这么要强的女人！

她去那边做心理治疗，苏岩老早就告诉了他的。不过苏岩也劝他，现在是她感情重创之后的修复期，平静是给她最好的礼物，让她安安静静地生活，不打搅，不干涉，不要求，这才是最爱护她的做法。

"我只是装作经过这里，偶遇送她一程不行吗？"蔡恒心有不甘地反问。

"不可以！"

“连这样都不行？为什么？”

“她都是自己开车来，不需要人送。”

苏岩说得淡然，可是蔡恒却听得很泄气。

“别把她治成一根筋了，否则我饶不了你！”

他装作恶狠狠的，说着狠话，灯光的暗影印在他俊美的脸庞上，却是一脸的忧伤。

“顺其自然吧，她毕竟是为自己而活的，不是为了你们这些男人而活！如果她努力的这一切令她自己觉得快乐而充实，那就是对的！看来，你也有点和景耀相似啊！总以为自己可以操纵别人的人生？”

“滚……”蔡恒终于忍不住。

雨刮器无声地扫去挡风玻璃前细细密密的雨珠，蔡恒一路脸都绷得紧紧的，直到周静薏驾驶的奥迪车拐进她家小区的地下车库，一颗心才算是安稳下来。但即便是如此，最后他还是没忍住，手指不经意间还是拨通了她的电话。

“你还好吗？”

“这么晚，有事？”她微微有些诧异，毕竟从那天之后她和他没有再见过面，也不曾有过联络。

“没什么，只是想起就打个电话。你还好吗？”

他的语调一反常态地轻缓，不似以往的随性戏谑。有那么一瞬间，周静薏忽然觉得这语气竟有些熟悉，心里不免有些微痛。

“我还好。”她停顿了几秒，又加重了语气中的肯定，“真的，我很好。”

“那，那就好！早点睡，我……挂了！”

蔡恒心里在恼自己：什么时候变得这么犹豫？向来最能拿捏女人的蔡恒到哪里去了？纵然有千言万语，可都像是全部堵在嗓子眼儿里，一句都说不出来。他这样淡淡地寒暄着，心底里翻涌着如潮的情绪。

“蔡恒。”倒还是周静薏抢在他挂断前唤了他一声。

“嗯？”

“蔡恒，谢谢你！”

她又怎么会不知道他的车这些日子一直跟着自己，哪怕他每次都是不同的车。可是，真的不能这样了！她清楚地知道，自己的心给不了蔡恒。既然给不了，就早一点断了他的念想。

用另一个怀抱来忘却前一个怀抱的伤痛，她会恨自己一辈子的！她和江景耀之间已经够复杂的了，再也不能加进第四个人来让局面愈发不可收拾了！

这一句话却让听者动容，良久，蔡恒才缓缓道：“只要你觉得开心就好！”

那晚隔着电话，他说了许多。那些风流岁月里曾经自以为是的爱情早已湮灭，当你为一个人牵肠挂肚、辗转难安的时候，当你为心底里心心念念的人奋不顾身的时候，才算得上是真的爱情吧！

曾经他以为，那么伟大的爱情不是他的。没想到兜兜转转，他蔡恒到底还只是个凡人，一样逃脱不掉某天会深爱上一个人的宿命！

这个雨夜，蔡恒第一次袒露心声，没有炽热的言语，亦没有信誓旦旦。淡淡的，就是老友之间的闲话家常。周静薏默默地听着他断断续续地叙述着，这一刻，他和她都是这般地明了：爱，不是因为被接受、被认可才能称之为爱！

“今天我好像太文艺了！”蔡恒最后忍不住自嘲。

“如果有下辈子，我一定要比任何人都要早遇见你！”

下辈子？周静薏眉眼里呈现一派柔和，如果真的有来生，该多好？

自从林潇予那次来过之后，集团里，尤其是高层办公这一层的员工很少再私下议论纷纷。偶尔和她们错身而过，周静薏看到的都是欣赏、鼓励的目光。小赵还偷偷和她竖起小拳头：“加油！”

她的脸上再也看不到失婚之后的落寞和悲伤，每天精神奕奕地主持着分内的工作，浑身洋溢着从容和自信。没有可以执手相爱的男人，自己也可以过得很好，因为还有事业，有家人和朋友！

倒反而是江景耀憔悴了许多，连日的北上奔波协调，神色间有着掩不去的疲惫。这天他难得出现在集团公司高层的例会上，常务副总裁赵允峰请他训示，也被他轻咳着推掉了。偶尔听得他吩咐李禄去拿文件，嗓音暗沉嘶哑，还夹杂着剧烈的咳嗽。与会正襟危坐的每个人都忍不住将眼角的余光瞥向了坐在江景耀左首的周静萱。

周静萱微微蹙了下眉头，侧过脸，只把注意力集中在眼前的PPT文档上。等到会议结束，她回到自己办公室，叫来秘书。

“准备点胖大海，还有川贝枇杷膏。”

“周助理，你感冒啦？感冒的话还是吃泰诺见效快。”

她摆手：“不是我，是给江总准备的，去忙吧！”

秘书稍稍一愣，旋即微笑，应了一声就转身出去。她克制住心头的关切，又把自己埋进繁忙的工作中去了。

突然案头的手机响起，她一看，是父亲的电话。

“你赶快回来一趟，江夫人刚来电话说要到家里来！”

她一下子有点懵，等反应过来，父亲那边已经挂上了电话。想象着母亲知道真相之后的反应，她的手都有些发抖。没时间了，现在得马上赶回去，至少在江景耀母亲到之前赶回家。她心里这么想着，手上立马抓了拎包和手机奔出门去。

在电梯门口迎面撞上正在讲电话的江景耀，她揉了揉被撞疼的胳膊，一言不发地想踏进电梯，却被他一把拉住。

“你，干吗？”

被他拉进他的专属电梯，直奔地下停车库，偌大的电梯里只有两个人四目相对的时候，她到底还是有些薄怒。

江夫人现在去见自己的父母，能有什么好事？

他的眼里满是血丝，眼神里溢满了隐痛，沙哑着声音跟她说对不起。

“现在不是一句对不起就有用的！你妈现在要去见我爸妈，你知道的，我妈妈至今还不知道真相！”她拼尽全身的力气冲他嚷，心里怎能没有怨？那是自己血脉相连的父母啊，怎么能让他们受到伤害和侮辱呢？

“我知道，我已经知道了！现在我们马上赶过去，你放心，不管怎么样，我不会让她伤害到伯父伯母的！”

一时间，他的面色变得决绝。

在周家，一身乳白色套裙显得格外雍容华贵的江母接过周母泡好的龙井茶，一边用茶盏盖轻拂碧绿的茶水，一边和周母寒暄着。

“景耀这孩子，一心都扑在事业上，最近又忙着赶北京，来来回回的也没时间过来给你们两老赔罪，这不，只好我这个老太婆自己跑来了！”

周父摆摆手让妻子去厨房切点水果，等到周母走开了，这才脸色凝重地朝向江母。

“你们到底想干什么？”

江母那保养得极好没有一丝皱纹的脸上划过一抹轻蔑。

“看来，静薏妈妈还不知道景耀订婚的事。你们这保密的功夫倒做得真是不差！”

“你，不要欺人太甚！”

周父竭力压低了声音喝道，因为愤怒，额头上青筋浮现。

“爸，妈，我回来了！”几乎是与此同时，大门被打开，周静薏鞋也没换，急匆匆地朝客厅这边跑过来。

她身后赫然立着一脸清冷的江景耀，江母在看到他的刹那，马上收起了之前的轻蔑，装作轻松地笑：“原来你们今天也有空，正好我来看亲家，等会儿一起吃饭？”

她伸出白皙丰腴的手去挽静薏的胳膊：“静薏啊，我们也好久没见了啊！想想等会儿吃什么菜，我叫人订位子！”

“不用了，谢谢您的好意！”

周静萱不露痕迹地闪过江母伸过来的手，一把扶住旁边的父亲。

“妈，你今天不用去做美容？或是和蔡太太她们打牌的吗？”江景耀目光锐利而清冷，说完之后，唇线紧绷着，如同被刀割过一般，客厅里的气氛一下子变得紧张起来。

江母尴尬地笑了笑，“真是啊，光顾着来和亲家闲聊，忘记了下午是约了她们的啊！好吧，那我不坐了。今天先告辞了！”

江景耀一直送出门去，及至楼下，江母临上车前，他低头道：“下次再有类似的事情，江林两家的结盟就立刻会终止。你知道这对于父亲而言，意味着什么的！”

江母脸色变了几变，沉着脸上车，一言不发地走了，路上，甩手一个电话就打给林潇予。

“你是怎么搞的？不是让你去公司拖住景耀，怎么他们两个人还是会一起回来？”

“我的车坏了！”

“成事不足败事有余！”江母怒气冲冲地挂断电话。

林潇予猝不及防，听着手机里传来电话被挂断后持续的嘟嘟声，忍不住火大，啪地就把手机一扔。死老太婆，当自己是什么了啊！敢来教训自己？

“老陈，车到底修好了没有？”她满是不耐烦。老太太当她不想赶去牵制住江景耀啊，要不是中途司机说水箱坏了，温度过高不能继续再开，她至于在路边这么干等吗！

“小姐，已经修好了，这就走！”

老陈和车行派来的修理工对视了一眼，拍拍对方的肩，递了几张百元大钞给他，然后上车驶离。

年轻的修理工望着远去的宾利车，手里抓着钞票，不由得咧嘴笑："这年头居然还有白送钱的好事啊！"

初秋的深夜已经颇有些凉意。周静薏从停车场取了车，还没发动就接连打了三个喷嚏。一场秋雨一场凉，只是这心头的寒意比身体上的远远来得真实。

抬起手腕，已是凌晨一点。手机上传来收到短信的提示音，不用看也知道，一定是蔡恒回复的短信，他应该已经抵达杜塞尔多夫了。

临行前在机场，他轻笑着拢她的头发："要快乐工作，开心生活。"她亦笑着承应，心中却微微地触痛。

蔡恒是不知道她现在在公司的处境，或许也是知道的，但又能如何？

现在林潇予不仅自己天天到公司报到，而且还安插了亲信在集团后勤和行政上。暗地里的风起云涌，虽然不足以诋毁到她的全部，却也让人倍感难堪。

做那么多，只不过是逼自己离开这里。其实只要亲眼看到他度过这一次的难关，自己就会安心离开。不是没有一丝留恋，每一次四目相对，哪怕只是短短的数秒，都令人百感交集。

整个城市此刻是如此的安静，道路两边的树影层层叠叠，伴随着路灯发出的璀璨灯光大片大片地迅速往车后退去，如果有些记忆也能这般潮水样地退去，一切只是当初的样子该多好！

她嘴角开始淡淡地浮起自嘲的笑意，是回到初恋的年纪，还是与傅博相敬如宾的最初，抑或是和江景耀情愫互生的那段时光？

耳边传来cry on my shoulder的铃声，邦妮瑞特略带沙哑的歌声，伤感中带着倔强。看一眼屏幕，有淡淡的失望，不是他。

最近他很少打来电话，在公司两人也只是匆匆地打个照面，然后各自忙碌。秘书小赵的电话，有些着急，又怯怯地提醒她，系统里有一份重要的文件需要审批。

“这么晚打来，真是抱歉！”

“没关系，你自己不是也还没睡？”

她温婉地笑着，职场上这样的境况自己也曾遇到过，只是不知道江景耀会在哪里。明天一早要飞去北京和商务部做最后的努力，他现在是否也在公司？

回到办公室，打开公司系统，看完邮件，手指扣动鼠标，叮的一声，文件已批准进入最后的总裁核准流程。她想自己应该提醒江景耀注意系统内的待批文件，可电话打到他手机，却始终是无人应答。

凝望了外面如墨一般的夜色好一会儿，算了，自己也已经尽了力。

还没走到门口，就听到了走廊上突兀地响起江景晖激动不已的声音。

“是你通知Mark要搁置计划？”

“现在是反戈一击的最佳时机，我搞不懂你为什么会这样？”

“莫非你还在顾念这些年所谓的养育之恩？”

江景晖明显有些失控，连声的质问在这样寂静的深夜里显得尤为刺耳。

周静薏站在自己办公室门内，一时间不知道是该推门出去还是继续留在门内。心里隐隐感觉到江景晖在质问的那个人，应该是自己很熟悉的那个人，即使他并未出声。

短暂的沉默过后，遥遥地，果然听到了江景耀的声音，心里轻轻地发颤：果真是他！两人究竟在争执些什么？

“我一直在等这一天！”

冷静沉稳的声音从她办公室门口经过，渐行渐远。

“那你为什么要我停手？”江景晖边走边不甘心地问道。

养育之恩，反戈一击，还有……她呼吸一滞。

没一会儿，外面已然变得十分安静。推门出去，空寂的大厅和走廊里空无一人，仿佛刚才听到的一切只是自己的幻觉。

拿了车，准备离开，手机上叮咚一声跳出短信：“你等我！”

是他一贯的做派和语气，言简意赅，不容人拒绝。他知道她在公司。

她坐在自己车里看着江景晖满脸不悦地驾车离开，这才上楼去找江景耀。

“你怎么知道我在？”

不知从什么时候开始，她和他说话的语气中多了一分冷意。聪明如他，又怎么会听不出来？

江景耀低头淡淡地笑了，映着夜色的侧脸益发显得线条分明，俊朗无比。

“灯光。”

她恍然之后旋即沉默，那么他也知道自己听到了些什么，以江景耀的个性会解释吗？周静萱一想到过去的事，心里就变得莫名烦躁。

“处理完北京的事情，我要去趟洛杉矶，到时候你和我一起去！”

她一愣，脱口而出：“为什么？”。

于公于私，这个提议都有些令人意外。

寂静夜晚里，她诧异的声音连同眼神里的愕然，都让江景耀的心陡地一沉。

“去吧！我也想你去散散心，另外此次去还有很重要的事情，到时候再和你细说！”

他轻缓而又肯定地说完，眼神灼灼地看定她：“走吧！”

其实周静萱很想知道他又遇到了怎样的难事，但又极力克制住自己，既然他不想说，自己又何必强求？她已经渐渐学会看淡许多事情，想好要离开，就要一点点淡去心头的牵挂。

“太晚了，我送你回去休息！”

周静萱心头一颤，转过脸看他。英俊的脸庞上亦是有着难掩的疲惫，心一酸，立马偏过头去，口上依旧是淡淡地应着：“好啊！”

他身上略有略无的檀香木味道，熟悉又温暖，是她贪恋的气息。多想不顾一切躲进他的臂弯，什么都不管了，任它世俗流言又如何！

可是，她终究还是做不到，她怕面对不了自己的良知，在岁岁年年的时光里黯然忏悔。

一路上，江景耀只是专注地开着车，车内的气氛有点压抑。临下车的时候，他看着她轻轻地叹气。

“有时候我在想，为什么你不像别的女子一样去争去要？”江景耀说着自己都轻笑起来，“你要真像个妒妇，还指不定会怎样呢？”

她眸底泛起一片清幽，想起仓央嘉措的诗句，酸涩得几乎要落下泪来。

“帝豪那边你没必要搬走，房子原本就是你的！”

“我知道。”她回过脸，一脸的沉静。

“你知道？”他清俊绝然的脸庞上闪过几抹错愕。

看到她的表情，江景耀没有再追问，有些话再追问下去也是一道无解的题，或许答案就在他自己手上，但是发生了这么多，他只有做一些实际的事情才能改变些什么！

“去洛杉矶的事情，你考虑下。瞿律师也去！”

瞿少青也去？周静薏想起刚才江景晖的话，已经猜出这一次美国之行并不简单，远不只是散心和考察企业那么简单！

目送周静薏的身影消失在大楼电梯口，江景耀这才缓缓掉转车头离去。

静薏，知道吗？你太要强，要强得让人生气，也让人更加心疼！

林潇予发来好几条短信问他睡了没？明天几点的飞机？他只回复了一条，两个字：在忙。心里明白有些事情该纳入结束的轨道了！

可他不知道，那个夜里有人哭了，也有人一夜无眠。

听到话筒里传来周静薏悲怆的哽咽声，苏岩有些难过，但是出于本能还是暖暖地劝慰着她。

“傻瓜，有什么好哭的呢？”

苏岩轻软的声音在黑夜里一点点包围住无措的她。

“事实证明他还是在乎你的，也许去美国会是一个开始，静薏，去试试看也不错。”

周静薏慢慢止住泪水，冰冷的指尖抚过一直反扣在梳妆台上的相框，那背面是当时的缱绻相拥，他一脸暖煦的笑容曾是她无助彷徨前行时的明灯，指引着她慢慢相信自己，慢慢相信爱情，相信有可以把握的天长地久，可是结果如何呢？他和她终究抵不过豪门里的恩怨算计！

她知道他的难，正因为如此，才更觉得悲怆：为什么爱情会这样地教人死无葬身之地？

越是看清楚江景耀的心意，她越伤感，自己不能肆无忌惮地去享有他的宠溺和关爱，向往他在身边的温暖，不能不狠心地，一点点抽离自己的心。

苏岩最后只剩下叹气，手机上的亮光一点点地黯淡下去，天终究要亮起来，总有拨开云雾见天日的那一刻吧！静薏，你会坚持下去吗？

江景耀飞去了北京，总部大楼里的气氛开始变得沉重。每个人都在揣测这次与商务部沟通的最终结果，或成或败，就要在那么几天里呼之欲出。周静薏心里也很忐忑，但是回想临行前江景耀眉宇间的淡定，有个小小的转机并非不是没有可能，毕竟还有林家在为这件事上下活动。

林家确实是尽力，所以林潇予颐指气使也并非没有理由。

哪怕她现在占着江氏最豪华的会客室打着漫无边际的电话，也没有人异议，只是秘书室这边出于本能，一直留意着林大小姐的动静。

周静薏推门出去就瞧见小赵伸长了脖子张望着，没必要这么小家子气，只是几个电话而已！

路过小赵的座位，她轻轻扣了扣桌面：“做事吧！我出去下。”

语气淡淡的，不像是上司对下级的责怪，小赵眨了眨眼睛：“知道了！”

见她拿了外套和包，连忙问她等会儿还回不回公司。

“看吧，不一定，有事电话联系！”

周静薏心想，接了轩轩这小家伙还不定怎么折腾呢，哪有那么快回来？最近一直忙，鲜见杨沫和朱宜兰来找她，今天朱宜兰要和老顾去民政局排队登记，这不，又把接孩子的任务交给自己了！

朱宜兰和老顾也算是一个圆满，兜兜转转，朱宜兰终于答应了老顾的求婚，据说应允的那一刻，老顾同志热泪盈眶。

都说男儿有泪不轻弹，可真到了男儿洒热泪的当口，还真是挺煽情的。有几个女子有这般地幸运，有执著的爱人为自己落泪？那一刻，必是他们此生最难忘的瞬间吧？

杨沫审过朱宜兰，到底老顾最后说了什么求婚词让朱宜兰坚守多年的防线溃不成军，终于肯再做一回新娘？

朱宜兰抿嘴笑了笑：“其实他也没说什么海誓山盟，他那人你们也知道，不会玩浪漫，也不会捡好听的话说。”

杨沫不信，周静薏也不信。

“他只是说，其实吧就现在这样子一家三口过着日子也挺好，不必强拧着我再踏进婚姻的形式里，他知道那是我的一个心结，视而不见或许也能维持一段关系，但是他是个男人，是男人就得给最亲最爱的人承诺和责任，而一纸婚书是他能给的东西里最重的一样！哪怕我还是不肯接受！”

“他说他知道我为什么会一直回避，是因为害怕，因为不信任自己和他，所以他更要坚定地陪在我身边，让我相信有个人这辈子都不会辜负我！”

说到最后，朱宜兰声音微颤起来，而周静薏早已眼眶发红，连忙别过脸去。何其幸运，好姐妹能得良人如此？

杨沫伸手拥住了朱宜兰，泣不成声。

“宜兰，你要替我和静萱好好幸福下去，现在只有你可以有这份幸运了！”杨沫含着泪说得语无伦次，但朱宜兰和周静萱都听明白了。

她们是最好的三姐妹，彼此都经历过情感上的伤害，心底里都有着对于爱情和婚姻的恐惧和怀疑。嬉笑怒骂，故作不在意的背后是忐忑的期盼，然而幸福总是和她们失之交臂。那一个个孤单寂寞、悲伤无助的夜里，是她们三个彼此打气彼此安慰着，一点点艰难地走过那些难堪的岁月。

现在，终于有人等到了自己的圆满和幸福，那种感觉真的是难以形容，哪怕自己还要继续孤单继续伤痛着前行，也无妨了！

朱宜兰轻轻擦去杨沫眼角的泪：“好啦，别说傻话了，你们两个比我好着呢！我只是给你们拉个序幕而已！”

周静萱开着车回想起那天的一幕，心里也是五味陈杂，似乎她们三人是第一次齐齐落泪，又齐齐傻傻地笑。

她的车是朝着轩轩读的华侨幼儿园开的，车速不快，快到路口的时候黄灯亮起，她就缓缓地停了下来，静静地看着黄灯变红灯，红灯变绿灯。

起步的时候，一辆黑色的奥迪从后面一下子超越上来，因为是紧贴着开过，所以她看得挺清楚，林潇予。

几次看到林潇予都是宾士车出入，第一次看到她自己驾车，而且还换了辆低调的车。

去华侨幼儿园往左拐弯就到了，周静萱有点惊讶地发现前面的奥迪也是打了左转弯的方向灯，那里只有一家幼儿园，周围附近没有住宅商铺，环境清静，得天独厚。

到得园门口，一排刚下课的孩子们已经排着队等在大门口，这个钟点一向是父母们接孩子的时间。扎着马尾的年轻女教师还在和最前面的几个孩子玩着老鹰捉小鸡的游戏，欢声笑语此起彼伏着。

她看到林潇予的车远远地停在路边，因为乍然看到自己，林潇予连忙拿出墨镜戴上。周静萱心里有疑问，脚下也放慢了脚步。两人交身而过的时候，林潇予走得飞快，周静萱只见她在孩子们前面停顿了几秒，便有一个扎着两个小辫子的粉衣女孩蹦蹦跳跳地上来抱住了林潇予的胳膊。

轩轩这时也瞅见周静萱，撒腿就朝她跑过来，红扑扑的脸蛋上满是喜悦。周静萱蹲下身张开双手轻轻抱住小家伙，轩轩搂住她的脖子咯咯地笑，一旁有小朋友稚声稚气地问："顾嘉轩，她是你妈妈吗？"

"刘闹闹，她不是我妈妈，她是我喜欢的姐姐！"轩轩认真地解释。

被称作是刘闹闹的男孩瘪瘪嘴："现在就你没有妈妈来接过啦！连张小菲今天也有妈妈来接了！"

轩轩眼角一垂，一言不发。周静萱知道这是敏感话题，忙抱着轩轩上车。帮他系安全带的时候，轩轩一直乱动，直到她虚张声势地拿眼瞪他，小家伙才算是配合地坐直了身子，刚系好，就见他转过头向一旁经过的车子挥着小手："张小菲，拜拜！"

"谁是张小菲？"

"坐在我前面的同学，呶，就坐在那个车车里的。"轩轩小手指了指前面的奥迪车。

周静萱哦了一声，没再说话。

心里有些许的疑问，但是转眼又被工作的忙碌给盖了下去，北京那边需要再提供一些开发上的资料，也就是说这次会有转圜的余地。那几天周静萱一心扑在公司，没日没夜地带着一帮子下属忙，回到家倒下就睡。松软的床褥好像一个人的怀抱那般温暖，这个时候，她真的好想念那个人。

手指摸索了半天，终于找到手机，个人收藏里那个无比熟悉的号码，打还是不打？她在心里挣扎了半天，终于咬了咬牙，轻轻一触，电话便径自拨了出去。

电话没响两声便被接起：“静萱……”

江景耀很少会在电话里直呼她的名字，现在这般毫无顾忌地唤自己的名字，想必是一个人在房间。

两个人都没有急着开口说话，她握住手机听着他在遥不可及的地方传来的呼吸声，一切是那么的不真实。良久，她才低低出声：“你要的材料都准备好了，小赵明天一早的飞机给你送去。”

“好。”

“没别的事我挂了！”她心虚地急着要挂电话，多么矛盾的事，是自己打给他却又急急地要挂，但是她管不了了！

“等等！”江景耀似乎是在房间里踱步，慢吞吞地一个字一个字问她：“你的空间锁了？”

她老老实实地答：“是的。”

“好，早点睡！”他平静的声音听不出有丝毫的不悦。

她怔忡地挂断电话，搞不懂江景耀是什么意思。

QQ空间是锁了不假，因为随笔写下的文字泄露了太多的心事。

第二天打开电脑看见江景耀的名字出现在最近访客的第一个，她才明白，原来昨晚他接电话时是在看自己的空间。他居然也会去看那个？哦，不对，他怎么能答出空间设置的密码问题？

那个空间密码问题是：我最喜欢的地方？

自己的答案很生僻，而且绝对冷门！她有些怀疑江景耀是怎么蒙对的。

杨沫听了周静萱的疑惑，很不以为然：“很好答的，机场呗，因为帅哥最多！”

“呸，你答得出是因为我告诉你答案了！”

“是不是从你这里泄密了的？”周静萱拿笔去敲杨沫的头。

杨沫坐直了身体，一脸正色道：“别乱说，我现在哪还敢和他私自联系啊？真的不是我！”

“话说，最近林大小姐好像很少折腾你了？”

“扯开话题是吧？”周静薏听见林潇予的名字就有些异样。

“没扯开话题，这种事你怎么不自己问他？或许说你们两个真的心有灵犀一点通呢？”

杨沫一边打趣着一边冲玻璃门外的朱宜兰和轩轩打着招呼：“哟，我的小祖宗哦，怎么耷拉着脑袋呢？你后妈欺负你了？”

轩轩狠狠地瞪了杨沫两眼，哼了一声，转脸不理她。朱宜兰可不干，伸手往杨沫腰间就是一掐：“口无遮拦，后妈你个头！”

杨沫弯腰躲闪，嘴里还在申辩：“可冤枉死我了！你们不知道啊现在亲妈没人看，后妈才有爱，我这是夸你着呢！”

“呸，呸，狗嘴里吐不出象牙！少说话没人当你哑巴，轩轩今天不高兴着呢，我都没辙了！”

“轩轩怎么了？”周静薏闻言揽过轩轩，柔声问道。

小家伙磨蹭了半天，才嘟嘟囔囔地吐了一句：“张小菲转学了！”

周静薏心里咯噔一下，这事自己怎么就忘了？林潇予为张小菲转学是因为自己吧？若不是那天偶然撞见，又怎么未到一个学期结束就突然转学？

心底里有个问号渐渐放大，如同被石子打破的湖面一般，泛起无边的涟漪。

她的脸色到底还是瞒不住两个好姐妹，朱宜兰十分肯定地说：“这背后肯定有故事！”

杨沫眼眸里闪过几许精光，冷笑了几声，没再说什么。不过隔了两天，她便带来了爆炸性的消息。

这消息，有点狗血。

人生何处不狗血？即便这狗血是发生在不招人待见的林潇予身

上，也足以让朱宜兰和周静萱嗟叹不已。

“你们两个这是怎么啦？林潇予这种人就该好好杀杀她的锐气，免得她总是欺负静萱，自己拖着个私生女还想嫁给江景耀，真是异想天开！”

杨沫伶牙俐齿得说得很顺，可是周静萱却不想再听下去，这些话未免说得有些刻薄。

她始终相信一个能孕育一个小生命到出生的未婚妈妈是怀着极大的勇气的，世俗是那么冷酷，不是每个人都能做得到去直面的。那孩子似乎也已经六岁了吧？想想林潇予这些年也真是不易！

“哼，那孩子又不需要她自己带，都是保姆一手带大，住也不是住在林家。你不信去问问林潇予自己，这些年她陪那孩子的时间加起来有没有超过一个礼拜？”

“说到底，是小孩子最可怜，没有父亲，连母亲也似有似无！”

杨沫语气里极是不屑林潇予，末了她提醒周静萱：“我可给你打探准了消息，你自己好好把握。”

“你要我干吗？”周静萱一扬脸。

“让江老太太知道林潇予有多不堪！幸好还只是订婚，看她还会不会让这样的女人嫁进江家？”

周静萱没说话，她知道杨沫只是逞一时口舌之快，心里在说：杨沫你的想法真是简单！能让你杨沫两天之内打探到的秘密，江家人焉会不知？除非是故意不拆穿，否则这么多年两家走动得紧，怎么会没觉察出林潇予曾经珠胎暗结？

更何况，现在是江家求着林潇予的爷爷和父亲在为油田的事奔走打点关系，又怎会为这些旁枝末节的事情大动干戈？豪门里上演的所有戏码，说到底无一不是为了家族利益！

可这种揭人伤疤的事情，她周静萱做不来！

一直在一旁不出声的朱宜兰这时开了口：“江景耀会不会知道这

个事？”

“宜兰。”周静萱轻叱一声，“你也来添乱？”

其实朱宜兰是觉得周静萱可以探探江景耀的口风，如果他不知情，最好还是让他知道。毕竟这个时候她和江景耀凡事要多商量才好，别再什么都搁在心里，反倒成了误会！

周静萱听了，勉强地笑了笑：“没那么多误会，他现在不过是我上司而已！好了，我公司还有事，你们再坐一会。”

等周静萱走后，朱宜兰看杨沫还心有不甘地想揭林潇予的短，不由得压低声音：“你别搀和，我可听说了，江家那老太太不是个省油的灯！”

“还是说你还在意某个人，所以逮着林潇予的旧事不放？”最后一句一下子戳到杨沫的要害，顿时哑口无言，脸色大变。

朱宜兰见杨沫噤了声，也就打住了。

在林家的活动下，江氏果真弄到批文。原先的开发限令被撤销，江氏集团高层内部一阵欢欣鼓舞，未等江景耀一行回来就筹备起庆功宴来，也难怪，这的确是这几个月最大的利好了！

江景耀一回来就直奔江家大宅，江父守在大厅看他进了门，这才徐徐踱回书房。江景耀也不多说什么，径直跟着父亲也去了书房。

父子俩对视了一眼，各自都神情凝重。江父轻叹一声，把一份东西推到他面前。

“这是林岷山提出的要求。”

林岷山是林潇予的爷爷，出名的红顶商人，在北京的确是关系深厚，江景耀这次算是领教了。

看过那份文件，他蹙了蹙眉。

林家开出的条件着实有些过分。江家必须以低于市价20%的价格出让江氏10%的股份给林家，出让10%股份之后，江家在江氏的股份比率会变得十分微妙。相对于这一条而言，林家提出让林潇予或者林家的任何一人进入董事会倒也不足为奇。

江景耀抬头看了眼父亲，语气谨慎地询问道："她知道吗？"

江父摆了摆手，很是淡然："知不知道都一样。"

江景耀点头："那好，这件事我来处理。"

老人沉吟了一会："也好。"之后，老爷子问了些公司上的事，见江景耀都安排得妥妥帖帖的，也禁不住频频点头。临了又问周静薏最近如何？

江景耀神色默然地看定书房一隅的青花瓷瓶："换别人，怕早不消停了！"

"你一向是最具大局观的孩子，没想到那个孩子也不输你！"

江景耀想到那个已经许久未见的人，尤其是想起那晚夜里她突然给自己打来的电话，明明抑制不住心里的思念，还刻意装作只因公事打给自己，小小的心思，他一早看透，却不点破，因为自己更甚。

想到这，他面上的神色格外柔和起来。坐在书案对面的江父看到儿子此刻露出的沉静而温柔的表情，不由得心头一震。发生那件事之后，父子之间一直避讳提及，他不知道在这个小儿子面上的平静下面还有多少他无法触及的情绪？

如果还有恨，那他这做父亲的能做多少？

周静薏的美国签证下来了，快递寄到手上的时候，她才确定自己是不是要去。江景耀说得好似假公济私一般，其实这次美国之行倒纯粹是来工作的。开始只有江景耀、瞿少青和她三个人，第三天林潇予和江景晖也飞了过来。

林潇予显然是擅作主张跟过来的，江景晖见到江景耀时双手一摊，也不管旁边还有周静薏和瞿少青在场，嚷嚷道："你老婆非要跟来，我也没办法。"

江景耀微微一笑，转向林潇予："要进江氏董事会了，很多事务要好好学起来，大哥在这边有很多事，你正好跟着帮下忙也好！"

他的语调很平和自然，可江景晖听了却倒吸一口凉气，探究的眼神飘过来又飘过去的，但江景耀一直视而不见。

林潇予却是十分欣然，原本父亲还在担心爷爷开给江氏的条件他们会用种种借口搪塞，没想到今天江景耀竟是以这般轻松自然的语气点明。

江景晖带林潇予一起去纽约的分公司视察业务，这边瞿少青和周静薏一直搞关于AYE公司的收购文件。等看到关于AYE自然人股东的信息时，周静薏一脸镇定，清澈黑亮的眼眸里没有丝毫愕然。

瞿少青赌一定是江景耀老早告诉她原委了。"怎么会？"她听了只是摇头，他不是那种遇事会全盘托出的男人，他喜欢把事情牢牢掌控在自己手里。若不是之前发生了那么多，若不是那晚她正好听到他和江景晖的对话，他也不会这么快让她参与这个收购计划。

但，这算不算得他开始有点改变？她在心里反复问着自己。

江景耀最后还是选择了全面收购AYE公司，这个江氏在海外最大的贸易合作伙伴。他不喜欢在生意上有被人掣肘的机会，所以倾尽全力。

不过周静薏明白，这其中更多的因素是股东名单里的那一个名字。那个人，自己现在亦是避之不及。想不到那张慈爱和蔼的脸庞下竟会有那样的手段，订婚礼那天，她离开江家之前，江母牢牢看定江景耀和自己，嘴角带着暗讽的神情，她一辈子都忘不掉！

江景耀在两人正忙得昏天暗地的时候回来了，一辆丰盛的餐车也随在他身后被侍者推了进来。

"老板，你也太小气了，怎么也得好好犒劳一下我们吧？"瞿少青故意愁眉苦脸地抱怨。

"没钱！"江景耀一句就打发他了。

大概是从未想过他堂堂江氏总裁会突然冒出这一句，瞿少青有点噎住，想说“你还会没钱？”但转念想，也是。收购AYE可是两兄弟自掏腰包，江景耀还是大头。

周静薏看着面前的这两个男人难得放下平日里清冷肃然的样子，一时忍不住笑了，好看的眸子里是深深的笑意，面上莞尔，透着融融的暖意。很久没有看到她这么闲适亲切的神情，江景耀一时有些收不回视线。

周静薏立起身伸了伸有点酸痛的胳膊，问了句：“国内的事处理好了？”

“嗯。”江景耀拿出皮夹给了侍者一张纸钞，直到套房里只剩下他们三个人时才告诉他们，已经和林家谈妥了。

“这么快？没问题吧？”瞿少青一改刚才的戏谑，语气急切起来。

“父亲名下5%的股份转让给林家。”江景耀慵懒地靠在沙发上，手里执着一杯咖啡，慢悠悠地说着。

瞿少青有些不置信，江景耀轻抿两口咖啡：“少青，这是最好的结果，不是吗？”

瞿少青默然，那是当然的。但是……

“你在担心什么？”

周静薏看着两个男人说话间空气有些凝滞，想来是因着自己在场，便轻轻退后几步，转身去了洗手间。可两人对话还是清晰地传入她耳中。

“夫妻婚后的财产共享，所以你还是留了机会，让林潇予有机会从你名下分走一半的股权，到那时林家从你们江家得到的股份再加上外面散户的，很有可能超过你和江老！”

“你大哥可以和你达成一致共同出资收购AYE，却不见得会在林家这个事上与你们同仇敌忾，所以还是一招险棋！”

“林岷山和你是一样的想法，所以他同意。如我所愿！”

江景耀扬起脸，微微一笑。笑容久久不去，仿佛早已成竹在胸。

周静薏再进去的时候，对上他灼灼热烈的眸子，一时间竟有些无措。

晚上清风徐徐，原本说好三人出去闲逛，结果瞿少青借口肚子痛避开了，所以只剩江景耀和周静薏两人。在酒店花园里缓缓散步时她忍不住还是问了他："真的要收购AYE？"

"这个你还怀疑？"他低头苦涩一笑。

她不是怀疑，只是觉得那个人是他后母，可也是他的亲姨妈，虽然她也做了那么些令人不愉快的事情，可两兄弟联手夺走后母唯一拥有的股份，着实令人咋舌。

"你说错了，不是夺走，我们是买，是收购。报表你也看了，我是要拿出大半身家的，如果不是父亲兑现了一部分现金给我，这个计划没有这么快！"

他看到她眼里深深的愕然，轻轻拍了拍她的肩头："不必惊讶，凡事有益于江氏的事我和父亲总是意见一致的。"

这样的结果，江母想必会很气愤吧？她想。

江景耀立在她身侧，淡淡的笑容里有着明显的苦涩。

豪门世家里的恩怨，总是扯不清理还乱的。

周静薏心里有着莫名的心疼，想他一个六七岁的孩子早早地失去母亲和外婆的庇护和疼爱，背负着一个私生子的名义在那样的一个家庭里生活，冷暖自知。江夫人当年掠走的何止一个名正言顺的妻子身份，她掠走的是江景耀母亲一生的幸福和希望，掠走的是江景耀永远的母爱。所以即便在江景耀回到江家的那些岁月里，过了二十多年平静的生活，却依然没有原谅始作俑者。

一切只是维系着表面的融洽祥和，他还是要还母亲一个公道，而江夫人也有她狠绝的一面。自己和江景耀的幸福就那样地夭折在这样的恩怨里，她并非没有感慨，只是这些日子以来，她明白他心里有自己，所以哪怕有天真的转身离开，心中亦是甘愿的。

这一生遇见你，相爱过，何其幸也！

忽然就潮湿了双眸，滚烫的泪珠缓缓地滑落到腮边。身边的江景耀察觉她的异样，一把揽住她的双肩，将她泪眼朦胧的脸扳向自己，四目相对的那一刻，他心底里嘣的一声，就像是断了弦，隐隐的刺痛如潮水般袭来，教他再难自已。

“静薏。”他低低地唤她的名字，声音里是难抑的伤感和心痛。他的声音，他的人就这般近在咫尺，伸出手就可以拥住的距离，可她就这么呆呆地立在那里，哀然欲泣的双眸里伤心一片。直到他低下头，温热的唇一点点地吻去她眼角的泪，她的理智才回来，可是身体却如同瘫痪了一般不听自己使唤。

那些时日里受过的委屈、心酸一股脑儿涌上来，她的泪益发汹涌。江景耀紧紧地拥住她，在她耳边轻缓地低语：“别哭，我在这里！”

我在这里，我一直在，一直在！静薏，你可知道，我一直在，从不曾走远！

江景耀心潮起伏，有那么一瞬，几乎就脱口而出了！

回国前一晚林潇予和江景晖来和他们会合。晚餐的时候，林潇予自然而然地挨着江景耀坐，在上菜之前一直兴致勃勃地讲一路的见闻，江景耀静静地听着，偶尔笑笑，并不说话。

说得兴起，林潇予挽了他的臂弯，将脸颊靠过去：“亲爱的，我们结婚注册去拉斯维加斯吧！那里的夜晚真是美丽得无与伦比！”

一旁的江景晖忽然呵呵一笑：“你倒是恋旧啊！”

这话初听之下并无问题，只是一句玩笑而已，可林潇予闻言，却脸色一变。江景耀眼角扫了眼他大哥，江景晖浑然不觉，朝侍者招手又叫了两杯威士忌：“老瞿，来和我喝一杯？”

“江董，你知道我向来不喝洋酒，土包子一个！”瞿少青自嘲道。

“你，青年才俊一个，不要太招女人爱！”

江景晖像是心情极好的样子，直拿瞿少青打趣。偏偏瞿少青还真一本正经地解释："一般我还是喜欢自己主动，让女人主动这种事倒还真不习惯！"

江景晖大笑，指指江景耀，戏谑道："我们三人这点倒是像足了！"

"所以，"他转头对着林潇予，"弟妹，要了解男人啊！尤其是你未来的老公！"

林潇予脸色发僵，没一会儿便起身先回房间。江景晖看着她生气的背影，摇了摇头不再说话。

后来这顿饭吃得有点沉闷，餐桌上谁也没有再说笑。周静薏吃得很快，瞿少青忍不住搡她："吃慢点，牛排不容易消化。"

她才恍然，赧然一笑。餐毕，瞿少青很绅士地帮她披上外套，两人一起离开。江景晖像看好戏一般，双手抱在胸前。江景耀抿紧了嘴角不发一言，放了餐巾在桌上就转身欲走。

"老瞿还是单身？"江景晖站起身，从他身边经过时，声音不大不小。

"怎么，有好的介绍给他？"

"我这当大哥的是好心提点你，总好过你掩耳盗铃，充耳不闻，视而不见。"

"多谢！"

江景耀脸色平静，一如平常，可江景晖却不依不饶："以林家的能量，将来还是有许多裨益的，老太太虽然摆你一道，其实是让你占了便宜！"

"所以，有些事还是看开点，蔡恒是太熟了下不了手，老瞿可是近水楼台先得月！"言罢，他哈哈大笑着拍江景耀的肩，"别什么都憋在心里，小心内伤！"说罢，一抬脚先进了电梯。

回国的时候，江景耀看到周静薏和瞿少青在机场的一隅讨论着免税品的购买优惠，说得兴起时，她盈盈地笑，眉眼如水晶亮。

那一刻，他真的有些害怕。

倘若，就这样失去她，自己会怎样？一直以来，他都告诉自己，等眼前所有的难题解决，他还是会是她的唯一。他令她所受的伤害，他也有能力去修补，给她安宁温暖的未来。可是不知怎的，这一刻忽然觉得有些不确定，隔着机场熙熙攘攘的人流，人影接踵，她在相隔不远的地方，却像隔了千山万水，有种令人心恸的悲凉。

下了飞机，周静薏因为在飞机上没有休息好，整个人昏昏沉沉的，是瞿少青帮她一路取了行李，推了行李车在前面，江景耀几次回过脸，想说什么又忍住。瞿少青看看一脸憔悴的周静薏，轻轻地摇了摇头。

出口处来接的林家司机神情却不同寻常，见到林潇予后，取了行李却并未挪步："小姐，那个，出事了！"

这边正在接听电话的江景耀脸色凝重，持着手机递给林潇予："你的电话。"

满面惊愕的林潇予用探究的眼神询问着江景耀和自家司机，可两人均保持了沉默，手机此时却传来陌生的男声："林潇予小姐是吗，两小时前在新兆路发生一起车祸，您女儿张小菲身受重伤，现在市第一医院重症监护室。"

对方是不是还在说些什么，林潇予已经听不到了，手机从手里啪地一声掉到大理石地面上，清脆的声音像是孩子嬉闹时的尖叫。林潇予茫然地四处张望，直到江景耀用力地握住她的手腕："你女儿还在等你！抓紧时间，快！"

林潇予身子开始战栗起来，步履有些踉跄。江景耀一直紧拽着林潇予的胳膊，生怕一个松手她就会如落叶般倒下。周静薏站在原地怔怔地望着两人的身影消失在接机大厅外，才听得瞿少青在叫她，见她默然的神色，忍不住轻拍她的肩头："希望那个孩子吉人自有天相，我们走吧！”

她点头的同时也在心里默念：“孩子，希望你平安！”

那晚及至深夜，周静薏都没有医院那边的讯息，一直辗转反侧睡不着的她最后还是拨通了江景耀的手机，却一直无人接听。

江景耀的电话是第二天一早回过来的：那个孩子凌晨的时候死了。

听闻这个消息，她心里满是惋惜，那个才六岁的小女孩，精灵可爱的样子还依稀在脑海里，可生命已经骤然停止。

没几天，江氏还有几个相熟的大家族之间都流传开了，林潇予私生的女儿因为车祸过世。有叹息的，也有幸灾乐祸，更有准备看戏的，一时间，茶余饭后众人都在揣度江林两家的联姻还有几分可能。

据说那孩子的后事都是江景耀派人在料理，经历过这次的打击林潇予一时间变得极为消沉。林家没有人在公共场合谈及此事，似乎想彻底淡忘掉，可好事者却议论纷纷，甚至有人到江老太太那里探询那孩子是不是江景耀的？

直到林父出来辟谣，说那是林潇予几年前领养的孩子。可谁信？

周静薏在公司遇见过江老太太一次。远远的，老太太面若冰霜一言不发地听着身旁的人在讲着什么，看到自己过去，明明是淡淡的微笑，可周静薏还是从她眼神里读出了疏离和防备。

那些天里，江景耀一直很忙。

得知张小菲的死讯，朱宜兰和杨沫都很讶然。朱宜兰更是唏嘘，她也是一个六岁孩子的母亲，眼睁睁地看着鲜活的生命转瞬即逝，任是外人都不忍心，更何况是自己身上掉下的肉！所以当听闻林潇予深受打击时，朱宜兰语气中满是同情。

杨沫看了看陷在伤感中的两个好姐妹，想说什么，最后还是咽了回去。

轩轩却一直吵着要去扫墓，小小年纪的他也会红了眼眶求着朱宜兰和周静薏，心心念念地要带最好看的兔娃娃给张小菲，让她以后的日子不会孤单。

带轩轩去给小菲扫墓的那天天气很好，可一路上没有人说话，轩轩一直抱着一个粉色的兔娃娃看着车窗外，难得的没有呱噪。

顺着墓园的台阶蜿蜒而上，沿路松柏绿竹长青，一座座灰白色的墓碑安静地坐落在那里，周静薏按照墓园管理处给的编号慢慢搜寻，终于找到了位于半山腰的墓碑，一个黑衣黑裙的女子站在那里，微风拂动她的发丝，而她就直直地站在那里，一动不动。

一周多不见，林潇予果真瘦削了许多，黑色的墨镜遮住了眼眸里的心事，却还是让人听出了声音里的破碎。

"周静薏，我们谈一谈。"

CHAPTER 09

你是我眼里唯一的你

流年匆匆如水，太多的物事都成为过客，
花还在开，已不是千年前的那朵，而我还在，还是当年的我，
你的名字我在心底吟唱着再也不愿放手。

爱情是一件昂贵的奢侈品，不是每个人都可以消费得起的！生在那样富足的家庭是幸运还是悲哀？林潇予至今都说不清楚。

年少时的她执意要选择去大洋彼岸的美国留学，不是因为自己有美国梦，仅仅是因为那是她可以选择的范围里的最远的国度，远得可以逃开爷爷、父亲、母亲的管束，那是她企盼的天堂。叛逆的少女哪里知道，那些令人厌烦的管教和约束不管怎样都是带着亲情的。当时的她想不到，也不愿意去想，带着一颗向往自由的心来到美国，生活里充满了新鲜感。

她也会去打工，在纽约最繁华那一区的餐厅里当侍应生。第一次收到客人额外给的小费，虽然只有区区的十美元，却也令她欢喜雀跃，那是她第一次凭着自己的努力得到别人的认可。

她不是人群中最惊艳的女孩，却因着无邪的天真和单纯成为华裔同学圈子里注目的对象。哲就是在那时注意到她的，而后常常光顾她打工的餐厅，他总是带着他的黑色笔记本电脑做在靠近街角一侧，点一份简餐淡淡地朝着她笑。很快，林潇予就坠入情网，那时年少，她总以为这样的爱情是一生一世的。

留学的那四年，她和哲一直在一起。风花雪月的日子转眼如流水般过去，临到了毕业，她才知道，他终究是要回台湾去的。他和她将来的路就要戛然而止，她流着泪问心爱的男人："难道这就是你的爱吗？明明相爱却不准备努力让两个人永远在一起？"

哲却清醒地告诉她，爱情和婚姻无关。

年轻时该享受爱情，而婚姻更多的是工具，他的婚姻早就是尘埃落定了的，只等他毕业回去，早有父辈相中的世家小姐等候在那里。

这样冷酷的现实教她无所适从，一个人在深夜的街头茫然地走了一夜，当哲找到她的时候，她已经被大雨淋得浑身冰冷。当爱情里有人要抽身而退的时候，另一方能怎么做呢？真的能做到心如止水，淡然处之？

毕业典礼之后哲延后了他的归期，整整一个月他只陪着她，也许这是这个男人能给予自己，或者是两个人爱情最后的坚持。明明知道一个月之后，他要回台湾，而她也必须整理行囊，回到那个逃离了四年之久的家。他和她此生不会再有交集，甚至很难再见上一面，有的只是现在。那是他和她爱情最好的时光，也是最无望的日子！

她是在回国之后的第二个月才发现自己居然怀孕了！刚开始知道这个消息的时候，心里是欢喜的。这毕竟是她和哲爱情的结晶，或许她和他还远没有结束！

直到她再也无法拨通那个熟知已久的电话号码，他的电子信箱也犹如大海，每一封邮件都有去无返。她拜托其他的台湾同学找他，得到讯息却是他已经举行了婚礼，并转告她，不要再联系了！

犹如晴天霹雳，林潇予当时就懵了，心情糟糕到极点，整日恹恹地躲在家里发呆。直到肚子开始显山露水，再也遮掩不下去了，林家上下都逼着她去打掉这个孩子。用林岷山的话来说，就是林家丢不起这个人！

但是，林潇予舍不得。不管哲现在如何待自己，她终究是舍不得亲手去抹杀这条无辜的小生命。甚至在内心深处，她觉得这是老天给自己的一个念想。

孩子生下来就交给保姆在外边养着，她饱尝了家里人的责难，怀着复杂的心情去看自己女儿的时候，每次内心都经历着极大的痛苦。也许这一生，她只能给这个孩子私生子的身份，也许这一生，这个孩子都是她无法抹杀的污点，看着酷似哲的小小脸庞，疼惜中又多少带着些怨恨。

在过去的那几年里，林家对于这件事一直是讳莫如深。林母挖空心思让林潇予和不少豪门公子交往，然而林潇予总是心不在焉。时间久了，她的年纪也渐渐尴尬起来，林家的长辈也都开始着急了。

江家原本是他们想都不敢想的亲家，毕竟江家实力不俗，而且江景耀一表人才，能力出众，所以江老太太主动谈及两家联姻的事，林母总觉得哪里不对，但又说不上是什么不对。后来是公公，也就是林岷山的一句话才点醒了林母：江家找上我们联姻，不管什么目的，江家那孩子都配得起潇予。

后来林潇予才知道，不仅仅是为了江氏的利益，江老太太如此坚定地选择自己是为了打击那个不是她亲生的儿子，不容他心愿所偿。

“你知道还有一层原因是什么吗？”林潇予轻轻喝了一口水，抬眼问对面一直在倾听的周静薏。

看到对面的人茫然地摇头，林潇予低头无声地笑，笑容里满是自嘲：“她这是在向景耀死去的母亲，也就是她的妹妹示威呢，她的儿子只配有我这样的破鞋！”

周静薏浑身一激灵，她没想到林潇予会这么说她自己。

“我也是刚刚才知道。”林潇予隐忍着内心对江母的不满，回想上午去江家，在门口听得江母的一番话，心里百味陈杂。怪只怪自己受人利用，到如今被弃之如敝履又能如何？

“当初她和我谈了条件，目的就是要我做得让你们生不如死，否则……”

“当然给出的条件也确实让我们家心动，她答应到时候让江景耀领养小菲，让这个孩子有完整的家和正常的身份，这个对我很重要。”

说罢，林潇予终于落下泪来。小菲却早早地夭折了，她还什么都没为这孩子做过呢！这是她难以弥补的缺憾。

周静薏听得心里酸楚，尤其是看到林潇予泪流不止的样子更是难受得不行，伸手递过纸巾到林潇予面前。

“谢谢！”林潇予极力克制住悲伤，拭去脸庞上的泪水，很是真诚地对着周静薏道：“景耀是个很正直的人，其实他一直都知道我的秘密，可是他没有拿这个做文章，小菲的丧事我也很感激他，如果不是他，我真不知道自己会不会有勇气面对这一切？”

“我今天找你没有恶意，这些天我也想明白了，自己的幸福和将来不应该建立在伤害别人的基础上，我发现自己做不到了！因为我，你和景耀都非常不好过，其实你们两个人也都是很善良的人，只是你，也许真的很难和景耀在一起……”

林潇予欲言又止，最后还是下了决心道：“江老太太不再把我作为拆散你们的棋子，是因为她找到了另外一张王牌。”

另外一张王牌？周静薏此时想到的是美国那边AYE公司的收购已全面告捷，江老太太应该也已经知道幕后完成收购的是江家两兄弟，她的势力终于从江氏，乃至江氏所涉及的范围内消失殆尽，这是一个怎样的重创？难怪她会如此刻薄林潇予，当然更加不会放过景耀和自己了！

临别的时候，林潇予问周静薏：“倘若景耀只是把你当作另一个人在爱，你会接受吗？”

“你是说我是别人的替身？”周静薏略带玩味地反问。

“我只是打个比方，好奇问下而已，没有恶意。”

林潇予尴尬地刹住话题，匆匆地驾车离开，对于她而言，尽快地忘记这一切的伤害，重新拾回生活的勇气才是当前最重要的。

周静萱相信林潇予此时此刻告诉她这一切，应该是怀着真诚和释然的心情，只是替身之说未免有些戏剧化了。

她不曾怀疑江景耀对自己的感情，只是不希望在风雨来临的时候，瞒着自己一个人去承担，那种被蒙在鼓里任人摆布命运的滋味，曾经让她的心那样地支离破碎过。从来，周静萱就不想做心爱的男人羽翼保护下的弱女子，站在他身边共同进退，一起指点江山，才是她的夙愿。

一想到心底里的那个人，她的眼里就开始流光溢彩起来。

林家主动解除了婚约，之后林潇予就出国了。或许对于她而言，一个陌生的地方，一段平淡的生活，反而能够抚慰心灵。

离开的那天江景耀收到林潇予在机场给他发来的短信：虽然从你身边离开是迟早的事，但此刻我还是心怀感激，谢谢你为我和小菲所做的。再见！

“林潇予走了。”

江景耀平静的口吻像是在说一件公事，周静萱坐在他对面“哦”了一声，也没再问下去。她没有告诉江景耀，林潇予在离开前曾经和自己深谈过一次。那些过往的难堪、伤痛，相信不止是她自己一个人想淡忘。

江景耀打算等公司的事告一段落就和周静萱去国外度假，顺便把婚礼一起办了。当他一脸笑意地和周静萱提出来的时候，她的心跳一下子像是漏了几拍。

“这么快？不合适吧？”她神情中有意外也有些不安。

江景耀轻笑着把她的脸扳向自己：“快吗？还有两三个月呢，我还嫌等太久呢！”

她一下就脸红了，隔得那么近，曾经的亲密，那些甜蜜的记忆，一下子充斥在脑海。她缓缓地靠近他的胸膛，紧实的胸肌下有力的心跳声此刻是如此的让人安心。

从江家大宅里出来，江景耀少有地面带微笑。

与林氏的股份事宜的妥善解决令老爷子难得地称许，临走时父亲应允他可以做自己想做的事，娶自己想娶的人。他几乎是有些迫不及待地，想把这个消息告诉周静薏。

“晚上一起吃饭，想吃什么，我去订位子！”他语气欢快的，完全放下了沉稳冷静的总裁样子，此刻只是一心沉浸在喜悦里的平凡男子。

“可是江总，我还得加班呢！”被他的欢快所感染，她也俏皮起来，含着笑，纤细白皙的手指轻轻地敲打着桌沿，看他拿她怎么办？

“是个很重要的应酬，你手上的其他事情如果不是很紧急，先放一放。”他故意郑重其事的，一板一眼的。

等见了面，周静薏就笑着投诉他：“就知道拿上司的做派压人家！”

“我可是诚意约会你。”江景耀为她移开座位，看她坐稳了，“等结婚了，你想怎么压制我都行！”

因为是附耳在她耳畔说的，炙热的气息呼呼地拂着她的耳垂，说不出的痒，更是说不出的暧昧。面前的这个男子望着自己的眼神沉静自然，这是她遍寻之后的幸福，是此生此世的幸运，兜兜转转地终于没有再擦身而过，更没有戛然而止。

锦绣的港式烧腊做得极正宗，周静薏最爱他家的叉烧和乳鸽，尤其是乳鸽做得恰到好处，外脆里嫩，香气袭人。看她吃得欢，江景耀不禁也被感染：“有这么好吃？留一块给我。”

“刚刚我要点两份的时候你还说不用！”

“现在就点还来得及！”他转头去唤服务生，这边周静薏忍俊不禁地笑了起来，好久没有这么轻松地一起吃饭了！

落地长窗外，一双失神的眸子盯紧了这边的台子，看着两人谈笑的样子不自觉地绞紧了有些枯瘦的手指。在距离五六步开外的门庭芭蕉叶的暗影里，有个人一直立在那里，连何时拨通了他的号码，也不知道。

那是一个陌生的号码，江景耀没多在意就接了起来：“哪位？”

话筒里是良久的沉默，伴随着轻微的呼吸声。“谁的电话？”见他接了电话好一会儿没吱声，周静薏不禁轻声询问。

江景耀摇了摇头，正欲挂断，熟悉的、带着呜咽的女声突然响起来，让他激灵了一下：“是我，我回来了！”

“黎惠？黎惠，是你吗？你回来了？你现在在哪里？”

他的声线里带着急切，前不久还听闻黎惠在美国的讯息，她的男友破产逼迫她去卖淫，黎惠不从还被暴打，后来是同区的华人帮忙报了警才幸免。他曾有联络她，但拨过去的电话始终无法接通。现在，她终于回国内来了吗？

黎惠在那头一直抽泣着，江景耀有些着急：“出了什么事？你好好说，别哭。”

过来添茶水的服务生忽然伸手一指玻璃长窗外：“是不是那个女人，她在那里看你们这张台子很久了！”

朝窗外望去，果然一个身影瘦削、长发垂肩的女子正捂着脸哭泣，手里还拿着一部手机。江景耀腾地就站起身来，口中说着：“我去看下。”就已经大步流星地走到了门口。

而见到江景耀的黎惠突然大受刺激，扔下手机发足狂奔出大门。

大感意外的周静薏也起身到门口，这突发的一幕让她心里很不安。她等了许久仍不见江景耀回来，于是招了服务生过来买单。

“请问那位小姐是您朋友吗？”

“哦，有什么事？”

“哦，是这样的，她刚才把手机掉在了草坪上，您是否方便转交给她？”看着服务生递过手机，周静薏迟疑了几秒。

"好吧，我让我的朋友转交，谢谢你们！"

"哪里，是麻烦您了！"

被服务生客气地一路送到门口，依然不见江景耀的身影，周静薏给他打电话："怎么样？找到你的朋友了吗？"

"静薏，找到她了。我带她去医院，你先自己回去好吗？"

人既然找到，那就放心多了。"没关系，我自己回去好了。她还好吧，去医院？是生病了吗？"

"刚在路口被车撞到了，不说了，救护车来了！"

"好，你先……"她还没说完，那头就已经挂断了。

江老太太果然如她猜想的，第二天找了她在喜来登喝下午茶。

礼貌地和老太太客套一番之后，她顺手拿出那部手机，眼神扫过老太太那慈眉善目的脸庞："您有什么就直截了当告诉我吧！我知道您和那位小姐有过联络的。"

江老太太拿起银制汤匙轻轻搅动着杯里的咖啡，一脸的气定神闲，丝毫看不出那场股份收购后的颓丧。

"静薏，其实你是个很不错的女孩子，只是你在错误的时间遇到了错误的人。景耀不是你的，终究不会。"

"我是干涉过你和他的婚事，不过我已答应他父亲，今后让他自己做抉择，我不会再过问和干扰。"

她像个亲切的长辈一般娓娓道来，周静薏心底却有难以压制地反感，但面上仍微笑着问道："您真的不再反对？"

"不反对，只要景耀自己选择，无论是谁，我都不反对。"

"那好，有您这句话我和景耀就安心了！"周静薏取过一旁的拎包，打算先告辞。

"别急，难道你不想知道这部手机的主人和景耀的关系？不想知道景耀心里真正在乎的那个人是谁吗？"

最后的那句话像晴天霹雳击中了周静萱的心事，她愕然地看定江老太太："您说什么？"

江老太太轻叹了口气，淡淡地交代了黎惠的身份：江景耀相恋六年的前女友。她还指点周静萱：想要知道全部，就去找宋子涵。宋子涵在美国留学期间一直和江景耀做邻居，对他们之间发生的一切最是清楚。

一切都对应起来了，难怪林潇予临走的时候会那样说，难怪江景耀见到黎惠会那样情急！六年，一段不短的岁月，像他这样的男子和女人相处六年，应该是因着爱情吧？

虽然，那是他过往的一段情，但依然让周静萱有些触目惊心。

不知就里的宋子涵果真将江景耀在美国和黎惠相恋过的事情全盘托出，而且还把江景耀回国工作后不久遭遇分手，性情也变得古怪，不近女色等一股脑儿倒了个干净。

是的，周静萱是相信的。初见江景耀的那刻，他俊朗阳光，一脸和煦，而集团收购后他阴沉冷漠了许多。是因为那个女子而改变的吗？那样的话，这个女子在他心目中分量很重。

心在一路下沉，然而宋子涵这个猪头一打开话茬儿就收不住。

"你还别说，景耀也是长情的人，找的女朋友也居然极像黎惠。"

"你不相信？你的模样和黎惠可像了！"宋子涵见周静萱一脸的阴晴不定，还以为是她不相信自己的话，立刻举手发誓："不是我一个人这么说，几乎所有见过你们两人的哥们儿都是这么说的！"

到底是如何离开宋子涵办公室的，她后来是一点都没印象了。太阳穴剧烈地抽搐着，该死！偏头痛又犯了。

那天晚上周静萱在客厅里来来回回地转着圈，心底里有个声音一直在叫着：去问他，问他，到底是怎么回事？

可当看到江景耀一脸疲惫地上来，她忽然又失掉了勇气。

她是谁？在你心里，她是谁？

周静薏俯在他的肩头，闻到一股属于医院的消毒水味道。

“这几天，可能陪不了你了。公司的事情忙是一方面，另外就是我的朋友，就上次我们吃饭见过的那个，她小腿骨折住院了，而且她精神状况不大好，国内也没有什么亲友可以照顾的，我得多去看看她。”

“我这样，你会介意吗？静薏。”他把她抱在腿上，语气中透着疲惫和伤感。

她轻轻摇头，双手却更紧地搂住了他的脖子。

“怎么啦，今天这是怎么了你？”他觉出她的不对劲，想去看她的表情，可她把脸埋在他的脖子里怎么也不肯抬起头来。

她想亲自去见黎惠一面，验证心里的那个谜底，于是特意选了江景耀开会的时候，独自去了黎惠所在的医院。离病房越近，她的心越忐忑，手中的花篮也似乎愈发沉重了。

“你是谁？”

初见周静薏的黎惠仿佛是受了惊吓，搂紧了被子蜷缩在一隅，苍白瘦削的脸上一双原本很美丽的眸子里闪着惊恐。白色的被单衬着她的脸色更加苍白，看到她对自己的来访似有敌意，周静薏不敢再上前，抬手将花篮放置在窗台上。

“我是你朋友的朋友，给你送这个来了，你遗落的手机。”周静薏放缓了语气，分外温柔地对她说道。

她细细地打量着黎惠，真的长得和自己很像，眉眼间尤为酷似，只是黎惠看上去有几分恍惚。

“朋友的朋友？”黎惠反复地念着这一句，霎时神色大变：“江景耀是我的，谁也抢不走！”

“你走，你走！我不想见到你！”黎惠开始激动起来。

眼见着黎惠情绪不对，周静薏呆了一会儿就匆匆离开了，说心里话，继续留在那里需要极大的勇气，那张与自己甚为相似的脸庞触动的是她最为脆弱的心事。她无法去想象，如果一切是真的，那该怎么办？

蔡恒忙完了德国那边的业务就急急地飞了回来。发生了什么事？他原以为，都该风平浪静了，不是吗？

等到听郑辛讲周静萱找过宋子涵，了解当年黎惠和江景耀的纠葛，他就知道坏了！

黎惠和周静萱有七分神似，这是他们哥们儿之间心照不宣的事情。江景耀对黎惠是用了真情，当初还打算和黎惠结婚的，即便她执意演戏，出身也一般。也是因为黎惠，这小子才会性情变得如此古怪，现在黎惠一身潦倒地回国来，他江景耀能置她于不顾？

蔡恒皱了皱眉，早知道当初就横下心了！

与周静萱一起午餐的时候，他刻意讲了好几个笑话，但都不能搏她一笑。

“你几天没吃饭？”他低声嘟囔。

“昨晚胃疼得厉害，有两顿没吃了。”她老老实实地作答。

“有没有去看医生？”

“老毛病了！”

她一直患有胃溃疡，一忙起来就忘记这回事了，这几天越发疼得厉害。而这些天江景耀晚上忙完公事都去了医院，只是在回家的途中给她打个电话，有时太晚，索性也就不打了。白天在公司，他只是频频安慰她：“忙过这段就好了！”

“走吧，去医院做检查。”蔡恒把面前的碗筷一推，不容置疑站起来。

“现在就去？”她实在是怕及了做胃镜，想起来就翻江倒海般地难受。

“他不陪你我陪你！”

蔡恒不知道自己到底是在生谁的气，一路把车开得飞快。

“慢一点好吗，你开得快我头晕。”周静薏面色发白。

蔡恒降下车速，低声说了句“对不起”，然后面色铁青地一路稳稳驱车到医院。

检查的结果令蔡恒深吸了一口气。

“医生怎么说？”经历一番检查折腾，尤其是做过胃镜之后，周静薏全身像是虚脱了一般，一点力气都没有。

“什么胃溃疡？你胃里明明是长了息肉，动了手术切除了就没事。”蔡恒收好检查报告单，一脸愤愤然，“你之前看医生怎么搞的，都没好好确诊就让你乱服药，庸医害死人！”

“胃里长了息肉？要动手术？”

她有些失措，这么严重？

要不要告诉他呢？一连几天，周静薏都在想要不要把病情告诉江景耀？动手术她毕竟有些害怕。然而，一张购房发票完全打消了她的念头。

从江景耀文件包里找他要用的资料时，她看到了那张发票。东方嘉苑，他用黎惠的名字登记购买的，日期是一周之前，她愣了许久，还是将发票放回了原处。

“找到了吗？”江景耀推门进来，这些天他着实有些累，不自觉地揉了揉太阳穴。他在想，应该换一个私人陪护，现在这个只要黎惠一有什么动静就急着CALL他，自己这么忙，哪里应付得过来！

“给你。”

江景耀接过文件，看到周静薏有些默然的神色，揉了揉她的头：“怎么了？没睡好？”

“人有些不舒服。”

“哪里不舒服？要不要去医院看下？”

看着他有些着急的神情，周静薏苦笑了下，随即安抚他：“我胃不大舒服，这几天在看病了，没什么大碍，你去忙你的吧！”

“那你自己小心些，抱歉，我不能陪你。”他心里满是歉然。

她满以为那是一个不大的手术，请几天病假便可以搞定的，哪知蔡恒却安排她出国动手术。“有这个必要吗？是不是我根本就不是这个病？”她看着蔡恒的眼神，终于一点点读出他眼神里的悲悯。

“真的是？真的，是那种病？”她虚弱地问道，自己还那么年轻，为什么会得这样严重的病？

蔡恒一下就慌了神：“也只是一个胃部肿瘤而已！你不用太紧张，有我在呢！”

胃部肿瘤而已？她凄然地笑了，蔡恒总以为她好蒙，若是良性的，他又何苦劳师动众地安排自己去国外动手术呢？

“是恶性的吗？病变了是吗？”

她的泪终于落了下来，这一刻，对于生命的感知是如此的厚重！

“要告诉他吗？”蔡恒小心地征询她的意见。

“我再想想。”

周静萱又去了黎惠的病房，这一次江景耀也在。隔着一扇门，门里黎惠欢喜地和江景耀说着话，门外是强打精神的周静萱。

看护推门出来看到周静萱立在门口，惊了一下，周静萱示意她不要声张，她只是来看下黎惠，既然江景耀在，自己就没必要再进去，在外间的会客室里放下水果就准备离开了。

“你这几天忙什么，都没好好陪我？整天呆在这里，闷死了。”

“你闷的话，可以让看护给你买些书来看，或者让她推你去楼下草坪走走。”

“前些天你的朋友来看过我，她和我好像啊！”

江景耀微笑着：“你们是有点像。”

“当初我那么和你分手让你很难过吧？所以才会找一个和我相像的女朋友？”黎惠半是好奇，半是疑惑着。

江景耀斟酌着这话该怎么告诉她，明明是因着某一个人，当年他才会在和黎惠相遇时，热烈地追求了她。但她现在是个时而清醒，时而糊涂的病人，怎么说呢？

“你不说话就是默认了，对吧？”黎惠咯咯地笑出声。

“这世界有时真的很奇怪，从一个人的眼睛里能看到另一个人的影子。”他喃喃自语着，却不想外面的会客室里周静薏潸然泪下。听到这一句话，她的心终于摔得支离破碎！

她可以慢慢原谅他因为家族利益的关系放开过自己的手，却绝不能接受自己是作为别人的替身在被他爱着。倔强地转身离去，她的背影里满是苍凉和疏离。

只短短十多天，一切都失去了原来的样子，唯有一声叹息：原来，所谓的爱情也不过如此！

“真的决定离开了吗？”蔡恒低头问身边的女子，他半含着笑，心里并没有半分的喜悦，更多的是酸涩。

那个人到底是在她心目中占据了无比重要的位置！舍不得，放不开，最后只能用这样的方式断了对方和她自己的念想。

有些虚弱的周静薏把头靠向机舱，她答应去德国接受治疗，在病情还可以控制的时候，她要留住生命的脚步。没有爱情，自己还是得勇敢地去面对生活。

窗外天空分外的蓝，白云在飞机下面悠悠地飘着，看不见了，那些熟悉的城市，那些熟悉的山山水水，她终于不带一片云彩地走了！带着自己最后的骄傲和坚持。

“也许再也回不来了！”她轻轻地低语着。

蔡恒用手掌虚掩住她的嘴，冰冷的唇触及微凉的掌心，是两个人满满的苍凉和落寞。

三个月后。

这些日子周静薏一直待在医院，手术很顺利，病灶全部切除。蔡恒一直很贴心地照顾着她，到底也是年纪轻，恢复得也很快。出院后她暂住在蔡家位于郊外的一所别墅里，看着她一天天面色红润起来，蔡恒也终于一点点告诉她：自她突然不辞而别之后，江景耀像发了疯一样地找她，终于有人告诉了他，在离开前她去过医院，找过宋子涵，也终于知道她患了重病却不愿意让他知道。

“他知道是我把你藏了起来，天天在逼我，我都快坚持不住了！”蔡恒叹口气，“你总不能一辈子不见他吧？”

“就算他当初是把你当作了别人的影子，可是最后他还是真的爱上了你的，好好想想，有空上上网。”

养病的这段期间，她也忍不住回忆过去的那些甜蜜片段，记忆遥远又似乎触手可及，像一朵暗夜里绽放的花朵，深陷在夜色里。自己渴望的爱情总走不到幸福的边缘，或者说幸福只是一场海市蜃楼？

许久没有用过电脑，一打开邮箱，一封未读邮件跃入眼帘。

“你不是任何人的影子，你我之间也许注定要经历这些磨难，但是请你相信：我爱你，只是因为你是你，静薏！”

于千万万人中相遇，是何等的幸运！从生死边缘醒来的她潮湿了双眸，原来这世上没有未完的故事，只有未死的心！